講談社文庫

心霊探偵八雲 1

完全版　赤い瞳は知っている

神永 学

講談社

目次

心霊探偵八雲1

完全版　赤い瞳は知っている

Prologue

幾重にも重なった雲が、太陽の光を遮っていた——。

分娩室の中は、夏とは思えないほどひんやりとした空気に包まれていた。

「大丈夫ですよ」

看護師の飯田陽子は、妊婦の手を握りながら、何度もそう語りかける。

妊婦は額に汗を滲ませ、首筋に青白い血管を浮き上がらせながらも、身体が軋むような痛みに、必死に耐えている。

時計に目をやる。陣痛が始まり、分娩室に入ってから、長い時間が経過している。かなりの難産だ。

妊婦の目は虚ろになり、呼吸も弱くなってきているように見える。このままでは、危険かもしれない。

陽子は、医師の木下英一に視線を向ける。

「頭が出てきた。もう少し」

陽子の不安を打ち消すように、木下が言った。

「さあ、もう少し、頑張って」

声をかけながら陽子が肩を叩くと、妊婦は苦痛に表情を歪めながらも、頷き返してきた。

「いきまないで。力を抜いて」

「力を抜いて下さい」

陽子は、木下の言葉を、そのまま妊婦に伝える。

妊婦は目に涙を浮かべながら、苦しそうに息を吐く。

「よし！　出た！」

木下が言うのと同時に、分娩室に元気な赤ん坊の泣き声が響き渡った。

「あぁ！」

妊婦は、苦しそうに呼吸をしながらも、安堵とも歓喜ともつかぬ声を上げた。

「おめでとうございます。今日から、お母さんですね」

陽子は妊婦に微笑みかけ、額の汗を拭いながら声をかけた。返事はなく、ただ荒い呼吸を繰り返している。

出産して、精も根も尽き果てているだろうから無理もない。陽子は、妊婦の許を離れると、木下の処置を手伝った。

最初に異変に気付いたのは、木下のほうだった。一通りの処置を終えたところで、木下が「これは……」と怪訝な声を漏らした。

「どうかしましたか？」

訊ねる陽子を無視して、木下はペンライトを手に取り、それを赤ん坊の目に当て、何かを確認している。

――いったい何をしているのだろう？

赤ん坊の顔を覗き込んだ陽子は、あまりのことに言葉を失った。最初は、光の加減かと思ったが、そうではないことがすぐに分かった。

生まれてきた赤ん坊は、左眼の瞳だけが、まるで血のように、鮮やかな赤い色に染まっていた――。

FILE I 開かずの間

「ねぇ。大学の裏にある廃屋の噂(うわさ)って知ってる?」

「噂?」

「うん。林の奥に、ぽつんっと建ってるの。昔は、学生寮だったらしいけど、今は使われてなくて、廃墟(はいきょ)になっているんだって」

「もしかして、そこに幽霊が出るって話?」

「そうそう。私の友だちが、そこを通ったとき『助けて』って叫ぶ女の人の声を聞いたんだって」

「嘘臭(うそ)いな」

「本当だよ。声を聞いたのは、友だちだけじゃないの。サークルの先輩も、『殺してやる』って声を聞いたんだって」

「空耳だろ」

「声だけならね」

「…………」

「噂は、それだけじゃないの。その廃屋の廊下の先には、開かずの間があるんだって」

「開かずの間……」

「そう。普段は、ドアが閉まっていて、中に入れないんだけど、夜中の一時になると、ひとりでにドアが開くんだって」

「どうせ、幽霊に中に引き摺り込まれるって話だろ」

「分からない」

「え？」

「開かずの間に入って戻ってきた人は、一人もいないから――」

1

寺山美樹は、夜の林を歩いていた――。

行く手を照らすのは、枯れた木々の隙間から、降り注ぐ青白い月明かりだけだった。

以前に観た「ブレアウィッチプロジェクト」というホラー映画を思い出した。魔女を見つけに森に入った者たちが体験する恐怖を描いた作品だ。

このまま先に進んだら、美樹もあの映画の登場人物たちのように、二度と戻ってこられなくなる気がした。

「ねぇ。本当に行くの？」

不安に駆られた美樹は、前を歩く和彦と祐一に声をかけた。

「あれ？　ビビっちゃった？」

和彦が、振り返りながらからかうように言う。

付き合い始めの頃は、優しくしてくれたのに、最近は、こうやって美樹のことをからかってくる。

「別に、そんなんじゃないけど、もう夜も遅いしさ」

「夜行かなきゃ意味ないじゃん」

「それは、そうだけど……」

「だいたい、言い出しっぺは美樹だろ」

「そうだけど……」

和彦と祐一と三人で、駅前の居酒屋で飲んでいたとき、大学の廃屋の開かずの間の怪現象について、話題に出したのは美樹だ。だけど、まさか実際に足を運ぶことになるとは思わなかった。

「何怒ってんだよ。カリカリすんなって」

和彦が、肩を抱いてきたので、それを振り払った。

その態度が癪に障ったのか、和彦は舌打ちをしつつ、一人先に立って歩き始めた。

「美樹ちゃん。大丈夫？」

祐一が、さり気なく隣に並びながら声をかけてくれた。

「うん。平気」

「そう。本当に無理そうだったら言ってよ。おれが怖いってことにして、退散しちゃうから」

美樹は祐一を見つめながら「ありがとう」と返す。

やっぱり、和彦じゃなくて、祐一と付き合っていれば良かった——と今さらのように後悔する。

そこから、誰も口を開くことなく、黙々と夜道を歩いた。

しばらくして「おっ、あれじゃね？」と和彦が興奮気味に前方を指差した。

木々の間に、コンクリート造りの外壁の建物が見えた。平屋陸屋根で、建物というより、巨大な箱を無造作に放置したように見える。

外壁はひび割れ、窓ガラスはほとんどが割れてしまっていた。

いかにもという佇まいに、美樹は思わず息を呑んだ。

「せっかく来たんだし、取り敢えず記念撮影でもしますか。ほら、二人とも並んで」

怯える美樹を勇気づけるためか、祐一が明るい口調で言った。

「心霊写真とか撮れちゃうかもな」

和彦が、廃屋の壁の前に立つ。美樹は、迷いながらも、隣に並んだ。

「はい。笑って」

祐一が、スマホを構える。

和彦はピースサインなどを出しているが、美樹は、そんな気分にはなれなかった。

祐一がスマホのシャッターボタンをタップする。

フラッシュの青白い光に目が眩んだ。

「次、男二人で撮ってよ」

祐一が、美樹にスマホを手渡してくる。

美樹は仕方なく、スマホを構える。和彦と祐一の背後を何かが横切った。

それは、獣のようでもあり、人のようでもあった。

「ひゃっ」

美樹は、あまりのことに、思わずスマホを落としてしまった。

「ああ。買ったばっかりなのに」

祐一が、駆け寄ってきて、スマホを拾いあげる。

「い、今、後ろの窓を何かが横切った」

美樹は震える声で訴える。

和彦と祐一は、同時に振り返り窓に目を向けた。

「何もいねぇじゃん。ってか、怖がり過ぎだって」

和彦は、窓を覗き込むようにしながら、バカにしたように言った。

「ほ、本当だよ。本当に、さっき……」

「はいはい。怖いんだろ。もううるせぇから、さっさと帰れよ」

和彦は、舌打ち混じりに言うと、そのまま建物の入り口に向かって歩いて行った。

——嘘じゃないのに。

美樹は、じわっと目に涙が浮かぶ。

「おれ、送っていこうか？」

祐一が、優しく美樹の肩に手を置いた。

そうしたいところだが、引き返したら、和彦から後で何を言われるか分かったものではない。

「いい。行く」

美樹は、和彦の後を追って歩き始めた。

どうして、こんなことで意地になっているのか、自分でも分からなかった。とにかく、この馬鹿げた肝試しが終わったら、和彦と別れよう。

「さて、行くとしますか」

美樹と祐一が、入り口のところに辿り着くのを待ってから、和彦がゆっくりとドアノブを回した。

鍵がかかっていれば、このまま帰ることが出来たのだが、残念ながらドアは開いてしまった。

ぎいっ——と金属の擦れる音が響く。

中から、腐った魚と、黴の入り交じったような匂いが漂ってきた。

美樹は思わず噎せ返したが、和彦と祐一は、気にも留めずに、中に入って行く。

本当は行きたくないが、一人でここに立っていることの方が怖い。美樹は和彦と祐一の背中を追いかけた。

「暗くて、何も見えねぇな」

和彦がぼやくと、祐一が懐中電灯代わりに、スマホのライトを点けた。

だが、それでも光量が足りず、足許もおぼつかないほどだった。

「開かずの間って、一番奥にあるんだろ。さっさと行こうぜ」

和彦は、スタスタと廊下を歩いて行く。

平静を装っているが、さっきの和彦の声は震えていた。何だかんだ、彼も怖いのだ。

それが分かると、幾分気持ちが休まる。

廊下は人がすれ違うのがやっとの広さだった。そして、その片側には、等間隔でドアが並んでいて、そのドアの向こうには四畳ほどの広さの部屋があり、ベッドが一台ずつ置かれていた。

噂では、学生寮だったということだが、その名残だろう。

美樹たちは、すぐに廊下の突き当たりまで進むと、鉄製のドアに行く手を阻まれた。

鉄格子の嵌められた覗き窓が付いていて、何とも不気味だ。ドアの取っ手の部分に、鎖が巻き付けられていて、ご丁寧にダイヤル式の南京錠で施錠されていて。

「ここだけ、何か厳重だね。噂の開かずの間ってここかもね」

祐一は、そう言いながら鎖を引っ張ってみたが、完全に固定されていて、ドアを開けることは出来なかった。

「こんなんじゃ、誰も中に入れねぇな」

和彦は、覗き窓から部屋の奥の闇を覗き見た。

「何か見えたか？」

「何も。真っ暗でよく分からん」

和彦が諦めかけたとき、
カサッ！

音とともに、ドアの覗き窓の向こうで、何かが動いた。

それは——人だった。

髪の長い女が、ドアに張り付くようにして、覗き窓からもの凄い形相で、こちらを睨んでいる。

真っ赤に充血した目は、憎しみに満ち溢れているように見えた。

和彦は悲鳴を上げて、後ろに飛び退くと尻もちをついた。

祐一も「わっ」と声を上げながら後退る。

美樹は、あまりのことに、喉（のど）が張り付き、悲鳴を上げることすら出来なかった。

――逃げなきゃ！

そう思ったのに、どうしても身体が動かなかった。

覗き窓の鉄格子の隙間から白い手が伸びてきて、美樹の肩を摑（つか）んだ。

その途端、身体中の血が凍（こお）り付いてしまったような気がした。

「……お願い……助けて……」

和彦と祐一に向かって訴えた。

だが、二人は揃（そろ）って美樹に背中を向けると、「うわぁ！」と叫び声を上げながら、廊下を走り去って行ってしまった。

「ま、待って……置いていかないで……」

美樹は、二人に向かって手を伸ばしたが、立ち止まってはくれなかった。

「だどぅげぇでぇ」

耳許で唸（うな）るような声がした。

美樹は、もはや正気を保（たも）っていることが出来ず、力の限り叫び散らした。

だが、その声は誰の耳にも届かなかった――。

2

午前中の講義を終えた小沢晴香は、友だちの誘いを断り、教室を飛び出した。

吹き付ける風が冷たかった。

ジーンズにパーカーというラフな格好だったことを後悔する。ベリーショートの髪型ということもあって、首回りが特に寒い。

着替えに帰ろうかと思いはしたが、そんな悠長なことをしている場合ではない。

晴香は、これからある人物の許を訪ねようとしている。所属しているオーケストラサークルの先輩、相澤から紹介された人物で、超能力を持っていて、どんな怪奇現象も立ち所に解決してしまうらしい。

真偽のほどは定かではないが、今の晴香にはすがるものがない。

晴香が辿り着いたのは、B棟の裏手にある、プレハブ二階建ての建物だった。大学側がサークルや部活の拠点として貸し出している、いわゆるサークル棟だ。

この建物の一階の一番奥の部屋。〈映画研究同好会〉に件の超能力者はいるのだという。

晴香はドアに貼られたプレートを確認してからノックをした。

応答はなかった。誰もいないのだろうか？　ドアノブを回すと、すんなりとドアが開いた。

晴香は、「こんにちは」と声をかけながら、部屋の中を覗いた。

中央にテーブルが置いてあり、パイプ椅子が四脚置かれている。こちらに背を向けるかたちで二人の青年が、向かい側にもう一人座っていた。

手前の二人は、晴香の存在に気付いて振り返る。

どの人が、件の人物だろうか？　何か言わなければと思ったのだが、「あ、えっと……」と言葉に詰まってしまった。

「入るのか、入らないのか、はっきりしてもらえますか？」

声をかけてきたのは、二人の対面に座っている青年だった。今にも寝落ちしてしまいそうな目で、晴香を見据える。

嫉妬してしまうほど、白く透明感のある肌をしていて、顔の造作も中性的で整っているのだが、髪だけは寝起きみたいにボサボサだ。左側なんかは、犬の尻尾みたいに、ぴょこんっと撥ねている。

着ている白いワイシャツは、アイロンとは無縁らしく、ヨレヨレの状態だった。

「す、すみません」

晴香は返事をしながら部屋の中に入る。

「入ったらドアを閉めてもらえますか？」

青年がドアを指差した。

「あ、はい」

「話は後で聞きますから、取り敢えず、そこの椅子に座って下さい。邪魔なんで——」

ひと言余計だと思いながらも、ドアの前から移動して、青年が指差した壁際のパイプ椅子に座った。

部屋は六畳ほどの広さで、テーブルの他に、冷蔵庫や寝袋なんかが置かれていた。ドアには、映画のチラシが乱雑に貼られていて、あまり見栄えがいいとは言えない。

生活感に溢れていて、一人暮らしのアパートを訪れたような感じがしてしまう。

「では、再開しましょう」

寝グセだらけの青年は、仕切り直すように言ってから、対面に座る二人の青年に向き直った。

——いったい、何をしているんだろう？

テーブルの上には、なぜか千円札が一枚と、トランプの束が置かれていた。

並んで座っている青年のうち一人は、トランプのカードを隠すようにしながら持っている。寝グセだらけの青年の位置からは、見えないが、晴香の位置からは、そのカードが丸見えだった。

スペードの8だった。

寝グセだらけの青年は、眉間（みけん）に左手の人差し指を当てると目を閉じた。

沈黙が流れる――。

目には見えないが、何か特別なことが起きているような気がした。

しばらくして、寝グセだらけの青年は、ゆっくりと瞼（まぶた）を開け、口角を吊（つ）り上（あ）げた。その冷たい笑みに鳥肌が立つ。

「スペードの8」

寝グセだらけの青年が、はっきりとそう告げた。

――凄い！　的中した！

驚き、興奮する晴香とは対照的に、青年たちは「何だよ」「またやられた」と悪態（あくたい）を吐きつつ、カードをテーブルの上に叩（たた）き付（つ）けると、そのまま部屋を出て行ってしまった。

寝グセだらけの青年は、嬉（うれ）しそうにテーブルの上の千円札をワイシャツの胸ポケットに押し込むと、「用事があったんでしょ？」と、空席になった対面の椅子に座るように促（うなが）した。

晴香は指定された椅子に座りつつ、テーブルに置かれたトランプの束を手に取って確認してみる。

全てが同じカードというトリックを思い付いたのだが、違ったようだ。カードの裏面に細工がしてあるのでは？　と疑ったものの、見た感じでは違いが分からない。

「いくら確認しても、トランプに仕掛けはありませんよ。そのトランプは、彼らが持ち込んだ新品のものですから」

青年が、あくびを嚙み殺しながら言った。

賭博行為はいかがなものかと思うが、トランプを当てたのは間違いない。噂は、本当だったのかもしれない。

「で、用件は何ですか？」

青年が、ガリガリと後頭部を掻きながら訊ねてきた。

そうだった。トランプの数字当てに驚いて、本来の目的を忘れるところだった。

「あの──もしかして、あなたが斉藤八雲さんですか？」

「もしかしなくても、そうだよ」

やっぱり、この人が斉藤八雲──。

相澤から聞いた話では、斉藤八雲には超能力があり、あらゆる怪異現象を解決してしまうのだという。

さっきのトランプの数字当ても、透視や読心術の類いがあればこそだ。

八雲は、急に左眼に手を当てると、「ああ。やっぱりそうか……」と独り言を口にする。

「あの……」

「別に気にしないで。それより、用件は何？」

八雲が話の先を促した。

「実は、サークルの先輩に紹介されてきたんですけど」

「誰？」

「相澤さんです」

「相澤？　御子柴先生じゃなくて？」

「違いますけど……」

御子柴は、理工学部の准教授だ。どうして、ここで御子柴の名前が出てくるのか、さっぱり分からない。

「誰の紹介でもいいや。それで、何をしに来たのか、要約して説明してくれ」

八雲が気怠げに言う。

「あの、えっと、友だちが大変なんです。斉藤さんが、あっちのほうに詳しいと聞いたんで、その、助けて欲しくて……」

「要約し過ぎで、全然意味が分からない。あっちってどっち？」

「あ、すみません。ちゃんと説明します」

「ところで、君は何処の誰？」

——嫌な奴。

言葉にいちいち棘がある。晴香の言葉を遮るように喋るのも、わざと怒らせようとしているとしか思えない。

それに、さっきから表情を変えていないのも気にかかる。この世の終わりみたいな陰鬱な視線を向けられると、こっちまで気分が沈んでくる。

いろいろと言いたいことはあるが、自己紹介もせずに話し始めたのは、晴香の落ち度だ。

「私、小沢晴香といいます。明政大学の二年生です。文学部の教育学科に……」

「名前だけでいいよ」

八雲がわずらわしいという風に、手を払った。

——だったら、最初から名前だけ聞けばいいだろ！

思わず叫びそうになったが、理性を総動員させて怒りを押しとどめ「すみません」と、言葉だけの謝罪をした。

「で？」

八雲が先を促す。

「実は、何日か前に私の友だちの美樹が、彼女の恋人の和彦さんと、友人の祐一さんと一緒に、幽霊が出るって噂のある廃屋に行ったんです」

「廃屋というのは、キャンパスの北側にある、元学生寮だった場所？」

「はい。あの廃屋には開かずの間があって、幽霊にそこに引き摺り込まれるって噂があるんです」

「幽霊に引き摺り込まれるねぇ……」

八雲が鼻を鳴らして笑った。

「本当です。美樹は、そこで実際に幽霊を見たんです」

「一緒に行っていないのに、どうして幽霊を見たと断言出来るんだ？」

「それは……」

「友だちが嘘を吐いている可能性もある。怪談話ってのは、だいたいがそういう曖昧な証言から成り立っている。最善の方法は、放置することだ」

「ただ幽霊を見ただけじゃないんです。それ以来、美樹の様子がおかしいんです」

「抽象的過ぎて、さっぱり分からない」

八雲が、小バカにするように、肩をすくめてみせた。

「ですから、それを説明するので、ちゃんと最後まで話を聞いて下さい！」

苛立ちが爆発して、自分でも吃驚するくらい大きな声が出た。

だが、八雲のほうは驚いた素振りを見せることもなく、椅子に寄りかかり、眠そうに右の目を擦っている。

「それで続きは？　説明するんじゃなかったの？」

こんな態度を取られると、怒った晴香のほうが、おかしいみたいに感じて釈然としないが、黙っていても始まらない。気を取り直して説明を再開することにした。

「美樹は、廃屋で幽霊を見てから、様子がおかしくなったんです。急に奇声を発したり、突然、暴れ出したりするようになったんです。昨日は、講義の最中に急に倒れてしまって。今は病院に入院しています」

「お医者さんは、どんな診断を？」

「身体には異常がないみたいで、原因不明だって……」

「それで、彼女の症状は、その廃屋で見た幽霊と関係があるかもしれないので調べて欲しい――と？」

「はい」

「そっちなのか。てっきり、別の話かと思った」

「へ？」

「何でもない。気にしないでくれ」

「はあ……。あの、とにかく、斉藤さんなら心霊現象を解決出来ると聞きました。お願いします。美樹を助けて下さい」

晴香はテーブルに額が付くほどに頭を下げた。

八雲は大きく息を吸い込み、天井を見上げて何やら考えている。

「ダメ？　ですか？」

晴香は、じっと八雲の返答を待つ。

「二万五千円。消費税込み」

「え？　お金取るんですか？」

「君とぼくは友だちか？」

「いえ、違います」

「じゃあ、恋人？」

「とんでもない」

「だったら――お金」

「何で？」

「恋人でも友だちでもないのに無料で何かしてあげるって、どう考えても不自然でしょ」

言っていることは正論なのだが、素直に納得出来ない。

とはいえ、他に手がないのも事実だ。

「分かりました。払います。払いますけど、後払いにして下さい」

「前金で一万円。終了次第、残りの一万五千円」

晴香は財布の中から千円札を一枚取り出し、テーブルの上に置く。

八雲は、それを見て、呆れたように首を左右に振り、もっと出せと指をちょいちょいっと動かす。

晴香はやむなく、あと二千円出しテーブルに置いた。

「ケタが違う」

「今はこれ以上持ち合わせはないんです」

晴香は、八雲の目の前に空になった財布を振ってみせた。

八雲はそれを見て諦めたのか、「分かりました。調べてみましょう」と、あくびを噛み殺しながら言った。

「何か分かったら連絡して下さい」

晴香は自分の連絡先を書いたメモをテーブルの上に置いて立ち上がり、ドアのノブに手をかけた。

――あれ？

晴香は、そこで信じられないことに気がついた。

ドアに貼り付けられた映画のチラシの隙間に、自分の顔が映っていた。

——やられた！

「危なく騙されるところだったわ。さっきのトランプの数字当て、あれインチキですね」

晴香が振り返りながら言うと、八雲は「どうして？」と何食わぬ顔で聞き返してきた。よくもまあ、いけしゃあしゃあと！

「映画のチラシで隠してありますけど、ドアに小さな鏡が貼ってあります。この鏡で、あなたの位置からはトランプの数字が丸見えになっていますよね。そうか！　それで私にドアの前からどくように言ったんですね」

晴香は怒りで顔を紅潮させながら、一気にまくし立てた。

こんなペテンに、一瞬でも凄いと思ってしまった自分に腹が立つ。こんなことだから友だちにも、「晴香は単純過ぎる」とからかわれるのだ。

「正解。見抜いたのは君が初めてだ」

八雲は悪びれた様子もなく、しらっと言ってのけると、パチパチと拍手をしてみせた。

「最低。お金返して下さい」

「何で？」

「何で——じゃないですよ。あなた、私からお金を騙し取ろうとしたんですよ。返して下さい」

「失礼なことを言わないでくれ」

「どっちが？」

「別に騙すつもりはないよ。君の友だちのことは、約束通り調べる。解決出来なければ返金する」

「そんなの信じられません」

何だかんだ屁理屈を捏ねて、お金だけかすめ取るに違いない。

「嫌われたものだね」

「だいたい、あなたに何が出来るんですか？　超能力があるっていうから来たのに、ただのインチキじゃないですか」

「超能力があるなんて誰が言ったんだ？　ぼくは言っていない」

「それはそうですけど……」

「君の言う通りさっきのトランプはインチキだ」

そんなに堂々と開き直られるとは思わなかった。

「超能力がないのなら、どうやって美樹を助けるんですか？」

「今からぼくが言うことを信じるか、信じないかは、君の自由だ。もし、信じるなら任せてくれればいい。信じられなければ、出口はあそこだ」

八雲は出口のドアを指差した後、「お金も返す」とテーブルの上に、晴香から徴収した千円札三枚を置いた。

　これまで、気怠げだった八雲の目が、別人のように鋭くなった。

「何が言いたいんですか？」

「さっきも言ったけれど、ぼくには超能力はない。だけど、他人には見えないものが見える」

「なぞなぞですか？」

「どう取ろうと勝手だが、ぼくには、死んだ人間の魂が見える」

「死んだ人間の魂？」

「そう。分かり易く言うと——幽霊だ」

「そんなバカな」

「バカは君だ」

　八雲は晴香を指差した。

——やっぱりこの人ムカつく！

「バカじゃありません。だって、さっき超能力はないって言ったじゃないですか」

「言ったよ。ぼくに超能力はない。幽霊が見えるだけだ」

「同じことです」

「違うね。これは超能力ではなく体質なんだよ」

「体質？」

さっきから、理屈を並べて、話を煙にまこうとしているだけのような気がする。

「例えば、絶対音感なんかは超能力とは言わないだろう。生まれついての体質、才能でもいいが……とにかくぼくは、透視が出来たり念力が使えるわけではない。生まれついて幽霊が見える体質なだけだ」

「そこまで言うなら証明出来ますか？」

「証明になるかどうか分からないけど、今この部屋にも一人幽霊がいる」

八雲は、すうっと晴香の背後を指差した。

慌てて振り返ってみたが、そこには誰もいない。初歩的な手に引っかかってしまった。

「そんな手に騙されません」

「騙しているわけじゃない。この部屋にいるのは、君のお姉さんだ。双子の——」

——え？

「嘘よ」

晴香は首を左右に振る。

冷静になろうと努めたが、自然と指先が震えてしまう。

晴香に双子の姉がいたことは、地元の人間しか知らない。東京に出てきてからは、誰にもそのことを話していないのに、どうして八雲が知っているの？

「嘘じゃない。顔は君によく似ているけど、髪型は違う。肩までかかるセミロングだ。死んだ当時の年齢は、七歳くらいかな。名前は〈AYAKA〉だ。手首のキッズブレスレットに、名前が書いてある」

「…………」

言葉が出なかった。

確かに、髪型はセミロングだった。亡くなった年齢も名前も合っている。姉の綾香は、アルファベットで名前が書かれた、キッズブレスレットを好んで身に付けていた。自分で作ったものだ。

「君のお姉さんは頭から血を流している。他にも、幾つも傷がある。亡くなったのは、交通事故といったところか」

喉が詰まった。

頭の中から追い払おうとしたけれど、ダメだった。アスファルトに打ち付けられ、頭から血を流している綾香の姿が鮮明に蘇る。

「ど、どうして、そんなことまで……」

絞り出した声は、滑稽なほど震えていた。

耳鳴りがする。目眩を覚えて、その場に頽れそうになったが、テーブルに手を突いて何とか堪(こら)えた。

「だから言ってるだろ。見えるんだって」

「そんなはずは……」

「その狼狽(うろた)えようからして、君は自分のお姉さんの死に強い責任を感じているようだね」

「ち、違う。だって……私は、そんなつもりじゃ……私は、ただ……」

取(と)り繕(つくろ)おうとするほどに、動揺が広がっていく。

動悸(どうき)がして、額から冷たい汗が流れ落ちる。

「そうか。お姉さんと遊んでいた君は、彼女が捕れないように、わざとボールを遠くに投げた」

「違う！」

白いボールが、綾香が伸ばした手を擦り抜けて、ぽんぽんと公園から道路に跳ねていく。

「君のお姉さんは、そのボールを追いかけて、道路に飛び出したんだ。そこで――」

八雲の声に重なるようにクラクションの音が鳴り響く。次いで、ブレーキが鳴く音と、激しい衝撃音――。

「やめて……私は……違うの……まさかあんなことになるなんて……」

晴香は目を堅く閉じ、両耳を手で塞いだ。でも、記憶を消すことは出来ない。否応なしに、あのときの光景が脳裏に鮮明に浮かび上がる。

脱げた靴が転がっていた。

アスファルトに投げ出された綾香は、頭から血を流してぐったりしている。キッズブレスレットも、血に染まっていた。

晴香は、綾香に駆け寄り、頭を押さえて血を止めようとしたけれど、いくら力を込めても、流れ出る血を止めることは出来なかった。

姉である綾香の命の火がゆっくりと消えていくのを掌に感じた。

白いボールが転がってきて、晴香の足にぶつかった。

――お前のせいだ！

そう言われているような気がした。

どうして？　誰にも話していないことだった。誰も知らないはずのことだった。自分の意思とは関係なく涙が溢れ出して、止まらなくなった。

――私には泣く資格がない。だって、お姉ちゃんを殺したのは、私なんだから。

晴香は、涙を拭って顔を上げた。

「もう帰ります」

そう宣言して帰ろうとしたところで、八雲が口を開いた。

「さっきから、君のお姉さんがうるさくて困る」

「は？」

「君のお姉さんは、後悔していることがあるそうだ」

「後悔……」

「お母さんの指輪を隠したのは自分だと。あのときは、君が怒られたって。指輪はゲタ箱の天板にガムで貼り付けてある。ちゃんと言おうと思ったのに、言えなくなっちゃったって……」

確かに、そんなことがあった。

なぜ、八雲がそれを知っているのか？　気にならないと言ったら嘘になる。だけど、これ以上、この場所に留まっているのは嫌だった。

「もう聞きたくありません」

「あと、君のお姉さんは、君のことを恨んでいないと言っている」

晴香の言葉を遮るように、八雲が言った。

——恨んでない？

今までで、一番信用ならない言葉だった。姉の綾香が、自分を恨んでいないはずがない。だって、綾香は私のせいで死んだのだから——。

晴香は、逃げるように部屋を出て行った。

3

呆然自失のまま、中庭まで歩いてきた晴香は、桜の木の下にあるベンチに座り込んだ。

スクリーンを通しているかのように、行き交う学生たちの姿が、作り物めいて見えてしまった。

晴香は、頭上にある枯れた枝を見上げた。

そうしていないと、また涙が零れてしまいそうな気がした。

これまで、綾香のことは、一日たりとも忘れたことがない。ただ、それを口に出したことはなかった。

地元の友人たちも、綾香が交通事故で亡くなったことは知っているが、その詳しい経緯までは知らなかったと思う。

それなのに——。

今日、初めて会ったばかりの八雲に、秘めていた過去を看破された。

無造作に傷を抉られたことに、激しい怒りを覚えたことは事実だ。でも、それだけではなかった。

どういうわけか、これまでより、少しだけ心が軽くなったような——そんな不思議な感覚があった。

もちろん、それで自分の罪が赦されるわけではない。

綾香が死ぬなんて、これっぽっちも想像していなかったけれど、八雲が指摘したように、あのとき晴香は、わざと遠くにボールを投げた。

綾香は簡単にボールをキャッチするのに、晴香にはそれが出来なかった。ボール遊びだけではない。勉強にしても、ピアノにしても、綾香には全然敵わなかった。

全てにおいて、晴香は綾香より下手だった。

双子なのに、何でも自分より器用にこなす綾香を、疎ましく思ったことは、一度や二度ではなかった。

だから、少しだけ困らせてやろうと思ったのだ。つまり、明確な悪意を持ってボールを遠くに投げた。それは、決して赦されない罪だ。

綾香が亡くなり、悲しみに暮れる両親の姿を見て、代わりに自分が死ねば良かった——と本気で思った。

同時に、いつか自分が綾香を殺したという事実が、知られてしまうのではないか？と気が気ではなかった。そうなったときの両親の反応を想像すると、それだけで生きた心地がしなかった。

だけど、その苦しみは、自分が一生背負っていくものだと思っている。

──君のお姉さんは、君のことを恨んでいないと言っている。

八雲の言葉が脳裏に蘇る。

あんなのは嘘だ。体のいい慰めの言葉に過ぎない。本当にそうだろうか？　あんな無愛想な人が、慰めるための言葉をかけるだろうか？

──もし、八雲に本当に幽霊が見えているのだとしたら？

その疑問を確かめる方法を思い付いた晴香は、スマートフォンを取り出し、母の恵子に電話をかけた。

ワンコールで電話がつながった。

〈晴香。元気にしてる？〉

「あ、うん。元気だよ……」

〈相変わらず、嘘が下手ね。何かあったんでしょ〉

恵子が電話の向こうでため息を吐いた。

隠しているつもりだったのに、たったひと言で嘘が見破られてしまった。さすがとしか言いようがない。

あまり長いこと喋っていると、泣いてしまいそうなので、早々に本題を切り出す。

「本当に何でもないの。それよりお母さん。ずいぶん前に指輪なくしたよね。まだ、お姉ちゃんが生きている頃――」

〈急にどうしたの？〉

　恵子の声のトーンが変わったのは、きっと綾香の話題が出たからだろう。ちゃんと説明したいけれど、今の晴香には、それが出来る自信がないので、構わず話を続ける。

「ゲタ箱の天板のところを探してみて欲しいんだけど」

〈どうして今さらそんなこと気にするの？〉

「後でちゃんと説明するから、今すぐ見てきて欲しいの」

〈はい、はい〉

　母親の呆れた声の後に、保留音が流れた。

　ショパンの「別れの曲」だった。綾香が好きだった曲だ。綾香は、ピアノが巧（うま）かった。大人が弾（ひ）いても難しいとされるこの曲を、細く長い指で、踊るように弾いていた。

　そんなことを思い出しただけで、また涙腺（るいせん）が緩（ゆる）んでしまった。

〈あった。あったわよ〉

　受話器から聞こえてきた恵子の声で、現実に引き戻される。

「本当？」

〈本当よ。晴香。やっぱりあんたの仕業だったのね？〉

「私じゃない。お姉ちゃんだよ――」

〈え？　何？〉

恵子の問いには答えず電話を切った。

反応からして、恵子は指輪の隠し場所を知らなかった。もちろん、晴香も知らない。

それなのに、八雲は知っていた。

──本当にお姉ちゃんが？

疑問の答えを求めて、晴香は再び〈映画研究同行会〉に足を運びドアをノックした。

返答はなかった。

ドアを開けて部屋の中に入ると、紙ヒコーキがゆっくりと旋回していた。

「何してるんですか？」

相変わらず眠そうな顔で、椅子に座っている八雲に訊ねる。

「紙ヒコーキ、飛ばしてるんだ」

揚力を失った紙ヒコーキが、晴香の足許に落ちた。

「見れば分かります。何でそんなことしてるのか訊いているんです」

着地した紙ヒコーキを拾いあげる。その紙ヒコーキは、千円札で作られていた。

「君が戻るまでの時間潰しだよ」

「…………」

まるで、晴香が戻ることが分かっていたかのような言いようだ。

「座ったら？」

八雲は、晴香に座るように促す。

晴香は拾った紙ヒコーキを、テーブルの上に置いてから椅子に座った。

「一つ訊いていいですか？」

八雲は、大きく伸びをしながら「どうぞ」と首肯する。

「ここって、〈映画研究同好会〉の部屋ですよね。斉藤さん以外の人はいないんですか？」

「いないよ。ここはぼくの部屋だから」

「どういうことですか？」

さも当たり前のように言っているが、まるで事情が呑み込めない。

「〈映画研究同好会〉は存在しないんだ」

「哲学的な話ですか？」

「そうじゃない。簡単な話さ。学生課に行って、適当な学生の名前を借りて、同好会を結成して部屋の使用許可を申請した。で、この部屋を手に入れた。秘密の隠れ家みたいなもんだ」

「完全に私物化してるじゃないですか」

「正解」

あまりに当然のように言うので、晴香のほうがおかしいことを言っているかのような錯覚に陥る。

「それって大学を騙しているってことですよね？」

「学生課の職員は、ちゃんと買収してある」

「は？」

話が全然嚙み合っていない気がする。

「あ、その三千円返すよ」

八雲は、テーブルの上に置かれた二枚の千円札と、紙ヒコーキに変形させられた千円札を指し示した。

「インチキがバレたからですか？」

「インチキじゃないと思ったから戻ってきたんだろ？」

「それは……」

「あったんだろう。お母さんの指輪」

八雲は、頭の後ろで両手を組み、背もたれに寄りかかった。

「どうして指輪の在処を知っていたんですか？」

「さっきも説明した。君のお姉さんに聞いたんだよ」

「お姉ちゃんが、なぜ死んだのかも本人に聞いたんですか？」

「それは違う。君のお姉さんは、自分が死んだ理由については、語らなかった。多分、君を慮っていたのだと思う」

「…………」

「それに、幽霊というのは、非常に不安定な存在なんだ。姿が鮮明なときもあれば、ぼやけるときもある。声も、はっきり聞こえたり、雑音みたいになることもある。生きている人間と会話するようにはいかないんだ」

「じゃあ、どうして、お姉ちゃんが死んだ原因が私にあると分かったんですか？」

自分で言いながら、胸に刺さるような痛みを覚えた。

「コールドリーディングだ」

「コールドリーディング？」

「そう。占い師とかが、よく使う手法だ。相手に情報を与え、その反応を見ながら、あたかも最初から知っていたかのように事実を探り当てる方法だ。君は、顔に出易いから簡単だったよ」

──どうせ単純ですよ！

何れにしても、今の話を纏めると、幽霊を見て得た情報を元に、晴香と会話し、その反応を見ながら過去を言い当てたということのようだ。

悔しいが、理に適っている。

「で、結局、君はどうしたいんだ？」

八雲は、そう言ってから、大きなあくびをした。

正直、今に至るも、八雲を信用していいのか判断がつかない。それでも、他に手がないのも事実だ。

「美樹を——友だちを助けたいです。お願いします。力を貸して下さい」

晴香は複雑な思いを抱えながらも、八雲に頭を下げた。

「善処するけど、保証は出来ない」

「そんな無責任な……」

「ぼくからすれば、大丈夫だと言ってしまうほうが、無責任だと思うけどね。別に、ぼくはどっちでもいい。正直、君の友人がどうなろうと、ぼくの知ったこっちゃないんだ」

——酷い言いようだ。

やはり、この人を無条件に信用することは出来ない。

「分かりました。私も調査に同行させて下さい」

そうすれば、八雲が言っていることが嘘か真実か見極めることが出来る。クライアントなのだから、その権利はあるはずだ。

「何処かの准教授みたいなことを言うんだな……」

「何のことですか？」

「いや。何でもない。君の好きにすればいい」

八雲は、寝グセだらけの髪をガリガリと掻き回しながら言った――。

4

晴香は、八雲と一緒に大学の学食に足を運び、窓際のテーブル席に並んで座った。

昼のピーク時は過ぎ、閑散としていた。

晴香は、隣にいる八雲にふと目を向ける。その横顔は、均整が取れているけれど、表情がまったく動かないせいで、作り物のように見えてしまう。

「何だ？」

八雲が、眉間に皺を寄せながら、こちらを睨んできた。

まじまじと見ていたことに気付かれたと思うと、急に恥ずかしくなり「別に――」と、慌てて視線を逸らした。

「じろじろ見るな。気持ち悪い」

八雲がボソッと言う。

――気持ち悪いは言い過ぎだろ！

この人は、本当にひと言余計だ。黙っていれば、モテそうなのだが、この口の悪さは致命的だ。

などと考えていると、「晴香ちゃん」と、祐一が声をかけてきた。

「急に呼び出したりしてごめんね」

晴香は、歩いてきた祐一に、向かいの席に座るように促した。

八雲が廃屋で起きたことを詳しく知りたい——と言うので、晴香が連絡を取り、当事者の一人である祐一に来てもらったのだ。

「全然。それより、その後、美樹ちゃんの様子はどう?」

祐一は、向かいの椅子に座りながら訊ねてくる。

「それが……まだ、目を覚ましてなくて……」

「そっか」

祐一が、落胆したように応えたあと、チラッと八雲に目を向けた。

そうだった。まだ八雲のことを紹介していなかった。

「こちらは、斉藤八雲さん。美樹のことについて、いろいろと調べてもらってるの」

「あ、噂で聞いたことがある。心霊現象の解決を請け負ってくれる人でしょ。あれってマジだったんだ。市橋(いちはし)祐一です」

祐一が、握手を求めて手を差し出す。だが、八雲はそれに応じることなく、汚物でも見るように一瞥したあと、いきなり本題を切り出した。

「肝試しに行ったときの状況を、詳しく話して下さい」

祐一は、八雲の態度に苦笑いを浮かべつつも、話を始めた。

「飲み会の後に、美樹ちゃんとカズとで、廃屋の噂を確かめに行こうって話になったんです。建物の外で写真を撮って、それで帰るのかと思ったんですけど、カズが中に入ろうって言い出したんです」

「それで」

「美樹ちゃんは、動く影を見たとか言って、入るのを嫌がったんですけど、カズが強引に中に入って行ったんです。それで、おれたちも仕方なく……」

「建物に入った？」

「はい。廊下を進んだ先に、観音開きの鉄製の扉があって、取っ手の部分が、鎖でぐるぐるに巻かれていました。南京錠も付いていましたね。ここが、噂の開かずの間かって、ちょっと興奮しました」

「そこで、幽霊を見た？」

八雲が訊ねると、急に祐一の顔が青ざめた。

眉間をヒクヒクと痙攣させつつも、祐一は首を縦に振る。

「扉に、鉄格子が嵌められた窓があるんですけど、そこから、女の人がこっちを見ていたんです」

「それから?」

「鉄格子の隙間から、こうぬうっと手が伸びてきて……」

祐一が、幽霊の動きを再現するように手を伸ばしてきた。

実際、その現場にいたわけでもないのに、晴香はその光景を想像して身震いした。

「……おれ、怖くなって逃げ出しちゃったんです。で、途中まで逃げたところで、美樹ちゃんがいないことに気付いたんです」

祐一は、そう付け加えた。

「もう一人は、どうしたんですか?」

八雲が訊ねる。

「カズにも、美樹ちゃんがいないって訴えたんですけど、『知らねぇ』って怒鳴って、そのまま逃げて行ってしまいました」

「彼女を置いて逃げるなんて酷い」

晴香は、思わず声を漏らした。

友だちということもあって、祐一は和彦を責められないのか、苦笑いを浮かべる。

八雲は、呆れたようにため息を吐いた。

「自分の価値観を他人に押し付けて、糾弾するほうが酷いと思うね」

「え？」

「恋人だからといって、命を捧げる義務はない。怖いと思ったら逃げるさ」

「確かに義務はないですけど、助けようとしてくれても、いいじゃないですか？」

「それこそ、君の価値観だと言っている。闇雲に突っ込むなんて愚の骨頂だ。場合によっては、一時撤退というのも正しい選択だ」

「屁理屈です」

「そう感じるのは、君の視野が狭いからだ」

痛いところを突かれた。視野が狭く、自分の価値観を押し付けてしまう傾向があるのは自覚している。

「どうせ、私は小さい人間ですよ」

「分かっているなら、お口にチャックだ」

——むっ！

八雲の言いように、めちゃくちゃ腹が立ったが、何とかそれを呑み込んだ。

「それで、あなたはどうしたのですか？」

八雲が祐一に話の先を促す。

「怖かったけど、引き返すことにしたんです。そしたら、美樹ちゃんが廃屋の前に倒れていたんです」

「意識は？」

「声をかけたら、返事をして、立つことも出来ました。だから、そのまま、一緒に逃げたんです。その後、彼女のアパートまで送っていって、それで終わりだと思っていたんですけど……」

その後のことについては、晴香から八雲に説明してある通りだ。

家の中に、誰かいるような気がする——と美樹が怯えるようになった。最初は、気のせいだと思っていたのだが、次第に美樹の様子がおかしくなっていき、唐突に意味不明の言葉を口にするようになった。

そして、遂には、講義の最中に叫び声を上げ、昏倒してしまい、それきり目を覚まさなくなったのだ。

「廃屋の前で、写真を撮ったそうですが、それを見せて頂くことは出来ますか？」

八雲が訊ねると、祐一は苦い顔をした。

「それが……逃げている最中に、スマホを落としちゃって……。今、使ってるのは、代替機なんです」

祐一が、スマホをポケットから取り出した。

「分かりました。後で、実際に現場に行って確かめます。いろいろとありがとうございました」

八雲が、話を打ち切り立ち上がったのだが、祐一がそれを呼び止めた。

「待って下さい。変なことが起きてるのは、美樹ちゃんだけじゃないんです」

「どういうことですか？」

すがるように身を乗り出した祐一に、八雲が聞き返す。

「実は、おれの周りでも、最近、妙なことが起こっているんです」

「具体的には？」

「ずっと、誰かに見られている気がするんです」

「気のせいでは？」

「違います。閉めたはずの家のドアとか、鍵が開いていたり、物の場所が変わっていたりするんです」

「………」

「それだけじゃありません。この前は、夜、家に帰っている途中に、急に後ろから肩を摑まれたんです。殺されると思って、必死に逃げたんです……。多分、次は、おれが美樹ちゃんみたいになるんです……」

祐一の声は、可哀想になるくらい震えていた。

美樹だけでなく、一緒にいた祐一にまで、怪現象が降りかかっているとなると、想像以上に危険な状態なのかもしれない。

焦る晴香とは対照的に、八雲は大きなあくびをしながら、寝グセだらけの髪をガリガリと掻いている。

——この人に任せて、本当に大丈夫？

「一つ確認させてもらっていいですか？」

八雲は、目に浮かんだ涙を擦りながら訊ねる。

祐一はコクリと頷（うなず）く。

「一緒に廃屋に行ったもう一人は、どうしたんですか？」

「分かりません。あれ以来、連絡が取れないんです」

力なく言う祐一の声で、周囲の空気が一気に重さを増したような気がした。

5

晴香は、線路沿いの道を、八雲と肩を並べて歩いていた。

祐一から話を聞いた後、てっきり現場の廃屋に行くのかと思っていたが、八雲は先に美樹の状況を確認したい——と言い出し、晴香が案内するかたちで、彼女が入院している病院に足を運ぶことになったというわけだ。

陽（ひ）が落ちてきたこともあって、かなり冷え込んできた。

八雲は、背中を丸めてはいるが、寒そうな素振りは一切なかった。ワイシャツ一枚で、よく平然としていられるものだ。

「あの——一つ訊いていいですか？」

晴香は、歩きながら八雲に訊ねた。

「一つだけだぞ」

「斉藤さんは、幽霊が見えると言っていましたよね。つまり、除霊とかそういうのが出来るんですか？」

「そんな器用な真似(まね)は出来ない」

「え？」

晴香は八雲の答えに面食らった。

除霊が出来ないなら、いったいどうやって美樹を救うつもりなのか？

「何度も言うが、ぼくはただ死んだ人の魂が見えるだけだ」

「それって、何も出来ないってことですよね？」

「質問は一つのはずだ」

——何だこいつ！

「話の流れで出た質問です。答えて下さい」

晴香が強めに主張すると、八雲はため息を吐きつつも口を開いた。

「何も出来ないとは言っていない。見えるってことは、そこに何があるか分かるってことだ。何があるか分かれば、なぜ幽霊が彷徨っているかが分かる。彷徨っている原因が分かれば、その原因を取り除いてあげることも出来るかもしれない。原因がなくなれば、幽霊は彷徨う必要がなくなる」

「それって、除霊というより、幽霊を説得しているみたいですね」

「正解だ」

「え？」

——本気で幽霊を説得出来ると思っているのだろうか？

さらなる質問をぶつけようとしたのだが、その前に病院に着いてしまった。

正面の受付で、看護師の指示に従い、面会者名簿に記載をして、〈面会〉と書かれた首下げのプレートを受け取り、エレベーターに乗り込む。

「ぼくからも一つ訊いていいか？」

八雲が閉まった扉を見つめながら言った。

「失礼な質問でなければ……」

これまでの口の悪さから、めちゃくちゃなことを言われるのではないかと警戒してしまう。

「君は、なぜ赤の他人のために、そんなに必死になっている？」

「美樹は他人じゃありません。友だちです」

「友だちを助けると、見返りはあるのか？」

――何を言ってるの？

「見返りなんて求めてません。ただ、助けたいだけです」

「変わってるな」

ポツリと言った八雲の眼差し（まなざし）は、何処か寂（さび）しげだった。

――どうして、そんな顔をするの？

訊ねようと思ったのだが、その前にエレベーターが目的階に到着して、扉が開いてしまった。

晴香が先導するかたちで廊下を進み、美樹の病室のドアをノックして中に入った。

ベッドが四つ並んだ大部屋だが、美樹が寝ている一番手前のベッド以外は、全て空いていた。

美樹の腕からは、点滴のチューブが伸びている。

目は開けているのだが、虚（うつ）ろな状態で、何も見えていないようだった。

血色が悪く、僅（わず）かな胸の上下と、漏れ出た空気のような呼吸音がなければ、死体と区別がつかないほどだ。

「学校で倒れてから、ずっとこんな状態なんです。お医者さんも原因不明だって……」

晴香が口にすると、八雲は眉間に皺を寄せ、険しい表情を浮かべながら、ベッドの脇まで歩み寄った。

美樹を見下ろす横顔からは、これまでのような気怠さは微塵も感じられなかった。

彼の左の瞼が、ビクッと痙攣する。

その後、八雲は掌で左眼を覆ったり、それを外したりして、何かを確かめているようだった。

――何をしているの？

「君は誰だ？」

八雲が訊ねる。

それは晴香に向けた言葉ではなかった。美樹でもない気がする。見えていないけれど、存在している誰か――。

八雲の言葉に反応するように、ひび割れた美樹の唇が開き、そこから獣が唸るような声が漏れた。

八雲は、ベッドの脇に跪いて美樹との距離を詰める。

「もう一度訊く。君は誰なんだ？」

八雲が言うのと同時に、美樹が手を伸ばして八雲の腕を掴んだ。

「美樹」

近寄ろうとした晴香だったが、八雲が手を翳(かざ)してそれを制した。

「……て……すけ……お願い……」

美樹がたどたどしい口調で言った。

砂のようにざらついたその声は、晴香が記憶している美樹の声とは、まったく違っていた。

「君は、何を求めている？」

「だして……こ……から……」

「君は、今何処にいるんだ？」

「な……もみ……ない……こ……はど……」

「あの廃屋なのか？」

八雲が訊ねると、美樹は歯を食い縛り、しゅー、しゅーっと音を立てて息を漏らす。

それは、次第に激しさを増していく。

やがて「いや！」と大きな叫び声を上げたかと思うと、身体を反(そ)らしながら、バタバタとベッドの上で暴れ回る。

——何？　何が起きているの？

晴香は、混乱しながらも、すぐさまベッドの上にあるナースコールをプッシュした。

講義中に倒れたときと同じ状況だ。

目を向けると、八雲はこの状況でも一切動じることなく、虫かごの中の昆虫を観察するような目で、じっと美樹を見ていた。

しばらく暴れていた美樹だったが、やがて脱力したように動きを止め、そのまま動かなくなった。

「どうしました？」

看護師が、慌てた様子で病室に飛び込んでくる。

晴香は、美樹が急に暴れ出したことを告げる。看護師は、「後は、私たちが——」と
晴香と八雲は病室から追い出されることになった。

晴香は「美樹のことお願いします」と頭を下げつつ廊下に出た。

八雲は、廊下に出るなり、壁に背中を預けると、左眼を手で覆いながら俯いた。

額に汗が浮かんでいて、元々白い肌がより色素を失ったように見える。

「大丈夫ですか？」

晴香は、八雲に歩み寄り、顔を覗き込んだのだが、八雲はそれを避けるかのように急に姿勢を正すと歩き始めた。

「目が痛むんですか？」

晴香は、八雲の背中を追いかけながら訊ねる。

「いや」

「診てもらったほうが、いいと思います」

「うるさい！」

振り返り様に、八雲が鋭く言い放った。

口は悪いが、こんな風に感情を爆発させるタイプだと思っていなかったので、面食らってしまう。

「本当に大丈夫ですか？　凄く苦しそうですけど……」

「君には関係がないことだ」

「関係なくないです」

「お節介（せっかい）だな」

「よく言われます。いったい何があったんですか？」

「言っても無駄だ」

「無駄かどうかは、言ってみないと分かりません」

「君は質問が多過ぎる」

八雲は、晴香から逃げるように再び歩き出した。

反抗期みたいな態度だ。晴香は呆れつつも、小走りで八雲の後を追いかけた。

「美樹の病室で、何か見たんですよね」

晴香は、エレベーターに乗り込みながら、改めて声をかけた。

敢えて断定的な言い方をした。そうしないと、また知らぬ存ぜぬを押し通されそうな気がしたからだ。

しかし、八雲は返事をすることなく、腕組みをしながら不機嫌そうに天井を見つめている。

「私、教えてくれるまで、聞き続けますよ」

晴香が言うと、ようやく観念したのか、八雲は、ガリガリと寝グセだらけの髪を掻き回しつつ説明を始める。

「君の友だちには、女性の幽霊が憑依(ひょうい)している」

「憑依って、あの憑依ですか？」

「君の指すあの――が何かは知らないが、取(と)り憑(つ)かれた状態だ」

「どんな幽霊なんですか？」

「年齢は、ぼくらと同じくらい。ただし、死んだ当時ってことになるけど――。髪の毛は肩くらいまでのセミロング。目の下に黒子(ほくろ)がある」

「それで？」

「暗い。真っ暗な部屋……狭い……水の滴(したた)る音……空腹……重い空気……苦しい……恐怖……恐怖……恐怖……憑依している幽霊から感じ取れたのは、そこまでだ」

「どういうことですか？」

「そんなに簡単に分かったら苦労しないよ。その間抜けな頭で、少しは君も考えたらどうだ？」

「アホみたいに言わないで下さい」

「違ったのか？」

エレベーターが一階に到着し、八雲は再び足早に歩き出す。

晴香はまた小走りで八雲を追いかけるはめになった。

6

病院を出た晴香と八雲が駅前に辿り着くと、人だかりができていた。帰宅ラッシュの時間ではあるのだが、それとは明らかに様相が違う。

駅のホームに入れない人々が改札から溢れ返っていた。

駅前のロータリーには救急車が停車していて、今まさに救急隊員が担架を持って降りてくるところだった。

電車の運行状況を示す電光掲示板には〈人身事故のため上下線ともに運行を見合わせています〉の文字が流れている。

駅員が拡声器を使って、電光掲示板と同様の内容を大声で叫んでいたが、先を急ぐ人と、ヤジ馬がごちゃまぜになり、ひしめき合っている。

「人身事故みたいですね」

ただ、同意をすればいいものを、八雲は「見れば分かる」とぶっきらぼうに答えた。

――この人は、本当にいちいち。

文句を言ってやりたいところだが、百倍になって返ってきそうなので止めておいた。

何とか人混みを抜けようとしたところで、晴香は思わぬ人物の姿を見つけた。

「和彦君?」

晴香が背伸びをしながら声を上げると、和彦はこちらに顔を向けた。

――え?

あまりの変わりように、晴香は言葉を失った。

和彦は、いわゆる陽キャの部類で、お洒落で小綺麗にしていた印象があったのだが、今の彼は、髪はボサボサだし、髭も生えていて、目の下には隈が出来ていた。

何日も漂流した後のような有様だ。

目が合ったのだから、和彦は晴香に気付いたはずなのに、逃げるように遠ざかって行ってしまった。

「ちょっと……」

追いかけようとしたが、人混みに押されて転倒しそうになる。

腕を摑んでそれを支えてくれたのは、意外にも八雲だった。

「こういう場所で、闇雲に動くな」

「ごめん。あ、ありがとう」

何か、ちょっとドキッとして、カタコトになってしまった。

その後、八雲と一旦、駅から離れた。この状況では、しばらく駅は使えない。

ため息を吐いたところで、「小沢さん」と声をかけられた。

「高岡先生——」

そこにいたのは准教授の高岡だった。

丸い眼鏡をかけ、一見優男に見えるが、肩幅は広く、がっしりとしていて、スーツが板に付いている。

年齢の割に若く見えることもあって、ファンを公言する女子学生も多い。

「大変なことになっているね」

「そうですね」

「まさか、市橋君がね……」

高岡が口にした名前に、「へ?」と間の抜けた声を上げてしまった。

「祐一君がどうかしたんですか?」

「そうか。知らなかったのか……人身事故に遭ったのは、市橋君なんだよ」

「たまたま近くにいてね。声をかけようとしたんだけど、その前に線路に落ちてしまったんだ。助けようとしたんだけど、そこに急行電車が……」

そう言いながら、高岡がゆっくり首を左右に振った。

「そんな……」

「何でそんなことに……」

「分からない。ただ、彼が挙動不審だったのは確かだ。辺りをきょろきょろ見回していて……まるで、何かに追われているようだった」

その話を聞いて、晴香は祐一が言っていたことを思い出した。

彼は、肝試しに行って以来、ずっと誰かに見られている気がする——と語っていた。

「小沢さんは、市橋君から、何か悩みとか、困っていることとか、聞いていなかったかい?」

高岡が、続けてそう訊ねてきた。

心霊現象に悩まされていたことを、話すべきだろうか? でも、そんなことを言って、信じてもらえるとは思えない。

などと考えているうちに、高岡は制服を着た警察官に呼ばれて、晴香たちの前を離れて行った。

目撃者として、事情聴取を受けるのだろう。

晴香は、廃屋の心霊現象と、祐一が電車に飛び込んだことが、関係あるのではないかという推測を八雲に話した。

もちろん、さっき、逃げるように立ち去った和彦のことも言い添えた。

「関係あるかないかでいえば、関係はあるだろうな」

八雲が、さも当然であるかのように答える。

今の返答――つまり、祐一は、廃屋の幽霊によって、殺されたということだろうか？

突っ込んで訊ねようとした晴香だったが、それを遮るように、「おい！　八雲！」と叫ぶ声が響いた。

見ると、熊のような大柄な男性が大股で、こちらに向かって歩いてくるのが見えた。ネクタイは緩み、ワイシャツもスーツも皺だらけだった。年齢は、三十代後半くらいだろうか。

見るからに粗野な感じがする。

「こんなところで、何をやってるんですか？」

八雲は、この男性と知り合いらしく、小さくため息を吐きながら言った。

「あん？　仕事に決まってんだろ！」

「人里に降りてこないで下さい。迷惑です」

「てめぇ！　そりゃどういう意味だ？」

「言葉のままです。熊は山に帰れと言っているんです」

「てめぇ！　ぶち殺すぞ！」

激しい口調で罵（ののし）っているのに、じゃれ合っているように聞こえてしまうのはなぜだろう？

そもそも、この人は、いったい誰？

晴香の視線に気付いたのか、熊扱いされた男性が、ニヤッと笑みを浮かべてみせる。

「ははぁん。お前も、ようやくそういう年になったか。おれは嬉しい。しかも、かわいいじゃねぇか」

男性は、意味不明に感極まっている。

――この人は、さっきから、何を言っているんだろう？

「かわいいとか美的センスを疑います」

――あれ？　何かしれっとディスられた気がする。

「あんだと？」

「そんなことより、聞きたいことがあります」

「何だ？」

「ここではちょっと……」

八雲が言うと、男性は何かを察したらしく、「こっちだ」と八雲に合図をして歩いて行ってしまった。

「今日はここまで。あとは明日だ――」

八雲は一方的に通告すると、男性の後を追ってその場を立ち去った。何て自分勝手な。

夕闇迫る中、晴香は、ただ呆然と立ち尽くすしかなかった――。

7

晴香が〈映画研究同好会〉のドアを開けると、仏頂面の八雲と目が合った。

「何だ。君か――」

八雲は、悪びれることもなく、あくびを噛み殺しながら言う。

その態度に腹が立った。

昨日「あとは明日だ――」と言っていた。てっきり八雲から、何らかの連絡があると思っていたのだが、待てど暮らせど音沙汰なし。

連絡しようにも、八雲の連絡先を知らないので、完全にお手上げ状態だった。

夕方まで待って、何もなかったので、わざわざこうして足を運んだのに、この態度はない。

「何だ――じゃないですよ。全然、連絡くれないじゃないですか」

「君は、束縛系のメンヘラか？」

「は？」

「連絡しないくらいで、ごちゃごちゃ言うな。恋人でもあるまいし」

「私は人としての話をしているんです」

「ああ。うるさい」

八雲は、耳に指を突っ込んでみせる。

そんなに大声を出していない。本当に、人を怒らせることにかけては、天才的といっていい。

何れにしても、これ以上、やり取りを続けても不毛なだけだ。

「もういいです。それより、この先はどうやって調査を進めるんですか？」

「丸投げか？」

「違います。私なりに、いろいろと調べてみました」

「ほう」

八雲は、どうぞ――という風に促した。

「和彦君に連絡してみたの」

「和彦？　誰だそれ？」

八雲が首を傾げる。

この人は、本気で言っているのだろうか？　何だかバカにされている気がしてならない。

「肝試しに行った三人のうちの一人です。昨日、駅でも姿を見かけたから、気になったんです」

「で？」

「スマホの電源切っているらしくて、電話が繋がりませんでした。メッセージを送ったけど、返信はなしです」

「家には？」

「行ってません。家を知らないんです」

「結論、収穫はなしというわけだ」

結果としては成果なしだが、そこに至るまでの労働を評価して欲しいものだ。

「そっちはどうなんですか？」

目に見えた成果がなければ、ボロカスに言ってやろうと思ったのだが、その目論みは外れることになった。

「まず、昨日、電車に飛び込んだ市橋祐一についてだが、警察は自殺とみているようだ」

「そんなはずありません。だって、ちょっと前に私たちと普通に話をしていたじゃないですか」

それが急に自殺なんて、どう考えても不自然だ。

「そうでもない。あのとき彼は、酷く幽霊に怯えていた」

「確かに」

「現場の目撃者の話だと、彼は、急に悲鳴を上げて線路に飛び込んだそうだ。ホームの防犯カメラに、証言を裏付ける映像が記録されている」

「え？」

「これは、あくまでぼくの推測に過ぎないが、彼は、駅のホームで幽霊らしきものを見て、恐怖から逃げ出した結果、線路に転落したのではないかと思っている」

「幽霊が、祐一君を突き落とした可能性はありませんか？」

「ないね」

即答だった。

しかも自信たっぷりだ。

「どうして、そうだと言い切れるんです？」

「説明しても分からない」

「だったら、分かるように説明して下さい」

晴香が食い下がると、八雲はいかにも面倒臭そうに、ガリガリと寝グセだらけの髪を掻いた。

「ぼくは、幽霊を死者の想いの塊のようなものだと定義している。実体を持たない、意識だけの存在――」

「根拠はあるんですか？」

「ぼくの経験からの推測だ」

八雲は、自分の左眼の下に人差し指を当てた。

ちょっと前なら、八雲のその推測を信じることはなかっただろう。だが、今は少しだけ違う。

美樹の病室での出来事を見る限り、八雲には、本当に幽霊が見えているのかも――と思い始めている。

「何れにしても、意識だけの存在である幽霊は、憑依などの現象を引き起こすことはあるが、基本的に、物理的な影響力を及ぼすことはない」

「そうなんだ……」

「それともう一つ。君の友だちに憑依している、幽霊の正体が分かった」

「え？」

驚く晴香を尻目に、八雲は説明を続ける。

「警察に行方不明者のデータを洗ってもらった結果、昨年の冬、うちの大学の学生が一人、失踪していることが判明した。両親から捜索願が出されていたが、現在に至るもその消息が摑めていない」

「警察に協力してもらったんですか？」

「下僕がいるからね」

「下僕？」

本気なのか、ふざけているのかよく分からない。

「その女性の写真を見せてもらったが、ぼくが君の友だちの病室で見た幽霊と、一致している」

そう言って、八雲は一枚の写真をテーブルの上に置いた。

セミロング髪の女性で、目の下に黒子がある。年齢は二十歳前後だろう。少し地味な印象はあるが、瓜実顔の美人だった。

昨日、八雲が美樹に憑依していると言っていた幽霊の容姿と、一致する部分が多い。

――あれ？

写真を見て、記憶が蘇ってきた。

「彼女の名前は――」

「篠原由利さん」

晴香は、八雲の言葉を遮るように言った。

「知っているのか？」

「うん。一年のとき、同じ講義を受けてたんです。直接話したことはないけど、何度か姿を見たことあります。確かに、昨年の終わりから、講義に顔を出さなくなって……休学したって聞いた気がするけど……」

実際は、学校を休んでいるのではなく、彼女自身が行方不明になっていた——ということか。

「誰か詳しい話を聞ける人はいるか？」

「高岡先生なら、何か知ってるかもしれない」

「高岡先生とは誰だ？」

——この人は、本当にもう。

「忘れたんですか？　昨日、駅で会ったでしょ。あれが高岡先生——」

「あんまりあてにならないね」

八雲が、あくびをしながら言った。

「誰にでも否定的なんですね」

「君は誰でも信じるのか？」

「あなた以外は」

「そりゃ光栄だ」

「とにかく、高岡先生に、話を聞きに行ってみようよ」

高岡からの情報が、事件解決の突破口になるかもしれない。そう思うと、不謹慎だけど気分が高揚した。

8

「あっ、晴香ちゃん」

八雲と一緒に、高岡の研究室に向かっているときに声をかけられた。

相澤だった。

見た目がチャラく、お調子者で、手当たり次第に女の子を口説く悪癖がある。

晴香も、オーケストラサークルに入った当初、相澤から口説かれたのだが、丁寧に断ると、それ以降は何も言われなくなったし、気まずくなるようなこともなかった。相澤からすれば、あれは挨拶みたいなものなのだろう。

あと、意外と面倒見のいいところがあって、美樹のことで困っている晴香に、八雲を紹介してくれた人物でもある。

「相澤先輩。こんにちは」

「あれ？　そっちは彼氏？　晴香ちゃんに彼氏いるとか、ショックだわ」

相澤が興味津々といった感じで、八雲に顔を近付ける。

「その勘違いは、非常に迷惑です」

八雲が、きっぱりと否定する。

事実でないのだから、否定される分には構わないが、迷惑とまで言われると腹が立つ。

「もしかして、微妙な感じだった？」

相澤が八雲に絡んでいった。

「違います」

「え？　そんなこと言ってると、おれが取っちゃうよ」

「どうぞ」

「つれないな」

「というか、あなた誰ですか？」

――あれ？

八雲を紹介するとき、相澤は自分の紹介だと言えば、引き受けてくれるはずだと言っていたので、てっきり知り合いかと思っていたが、そうではなかったらしい。

怒るというより、呆れてしまう。相澤には、そういうところがある。

「邪魔なんで、どいてもらえますか？」

相澤は、八雲の睨みに一瞬で怯み、もぞもぞと何か言いながらも道を空けた。

そのまま八雲は、何事もなかったかのように歩いて行ってしまう。晴香は、相澤に一礼してから、八雲の背中を追いかけた。

無言で歩くのは気まずかったが、余計なことを喋れば、手痛い反撃を喰らいそうなので、黙っておいた。

そのままA棟の四階に足を運び、高岡の研究室のドアをノックする。

事前に、連絡を入れておいたこともあり、すぐに「どうぞ」と返答があった。「失礼します」と声をかけながらドアを開け、八雲と一緒に部屋に入った。

笑顔で出迎えてくれた高岡に促され、八雲と並んでテーブル席に腰掛ける。高岡は、対面の椅子に座った。

「まさか市橋君が、あんなことになるとはね……」

高岡が、独り言のように言った。

「そうですね……」

祐一が死んだという事実を、改めて思い返し、心がずんっと重くなる。

特別、親しかったわけではないけれど、それでも、死ぬ少し前に直接話をしていることもあって、ショックは大きい。

正直、昨晩は、ほとんど眠れていない。それは、高岡も同じらしく、目の下に隈が出来ている。

「それで、今日はどうしたんだい？」

高岡に訊ねられたものの、いざとなると、何から訊いたらいいのか分からなくなる。

心霊現象を調べている――などと言ったら、笑われてしまいそうな気がする。

「実は、ぼくたちは、この大学で失踪した女性について、調べているんです」

晴香に代わって切り出したのは、八雲だった。

「失踪した女性？」

「彼女です――」

八雲が、篠原由利の写真をテーブルの上に置いた。

高岡は一度自分のデスクに戻り、老眼鏡を取って戻ってくると、まじまじと写真に目を向ける。

「ああ。篠原由利さんだね」

「彼女は、昨年の冬に失踪したそうですが、何かご存知ですか？」

「失踪？　そうだったのか。休学届は出ていたが、理由については、詳しく知らなかったな。まさか、失踪していたとは……」

高岡は、写真をテーブルの上に置くと、指で摘まむようにして目頭を揉んだ。

昨日は祐一が死に、今日は、かつての教え子が、失踪したと聞かされ、高岡が受けたショックは相当なものだろう。

「篠原由利さんについて、知っていることがあったら、教えて頂けませんか?」

ただの常識外れだと思っていたが、高岡の前では、こんな風に丁寧な対応も出来るとは驚きだ。

「話すのはいいけど、なぜ、急にそんなことを調べ回っているんだ?」

高岡の疑問はもっともだ。そこが説明出来ないが故(ゆえ)に、晴香は言葉を躊躇(ためら)ったくらいだ。

「警察は、彼女は自分の意志で失踪したと考えているようですが、一部の友人は、そこに疑念を抱いています。それで、いろいろと調べて欲しいと頼まれた――というわけです」

八雲は流れるように説明をした。

よくもまあ、こうもスラスラと嘘が出てくるものだと感心してしまう。

「学生である君に?」

「ぼくは、探偵事務所でバイトをしていまして、それなりにノウハウがあるんです」

多分、これも嘘だな。

「由利さんの友人が抱いている疑念とは、具体的にどういうものなんだい?」

「そうですね——単刀直入に言うと、由利さんは、何者かに殺された——と考えているようです」

「え!?」

晴香が思わず声を上げると、八雲が鋭く睨んできたので、慌てて口を手で塞ぐ。

「殺された……それは、本当ですか？」

高岡が怪訝な表情を浮かべる。

「それは分かりません。もし、殺人なのだとしたら、探偵の出る幕ではありませんし、捜査は、警察に引き継ぐことになります。何れにしても、失踪前の由利さんに、何があったのかが知りたいんです」

八雲の言葉を受け、高岡はふうっと長い息を吐いた。

「自分が知っていることは、それほど多くはないけど、それで構わないかい？」

「もちろん」

「由利さんは、まあ、どちらかといえば、周囲とコミュニケーションを取るのが苦手なタイプだったかな。真面目過ぎるくらい真面目な性格で、融通が利かないところがあった。些細なことで、思い悩んでしまうことも多かったね」

「なるほど」

「交友関係については、どうですか？」

「どうだろう。准教授という立場だと、そこまでは見ていないからな……」

高岡が視線を漂わせながら顎を撫でる。

「そうですか……」

八雲が、話を切り上げようとしたところで、高岡が何かを思い出したらしく、「あっ」と声を上げた。

「そう言えば、由利さんには、恋人がいたはずだ。一学年上の学生で、確か、相澤といったかな……」

「相澤って、相澤哲朗先輩ですか？」

「そうそう。相澤哲朗君だ」

相澤と由利が交際している姿は、なかなか想像が出来ない。でも、それは表面的なイメージに過ぎない。

真面目な由利が、相澤の軽い口説きを本気に捉えてしまったという可能性も否定出来ない。

何れにしても、相澤に由利のことを訊いてみる必要があるかもしれない。

高岡の研究室を出たあと、晴香は、そのことを八雲に提案してみた。すぐに快諾してくれると思ったのだが、意外にも八雲は首を左右に振った。

「話は、何れ訊くことになるかもしれないが、その前に、やっておくべきことがある」

「やっておくべきこと？」

「現場検証だ——」

八雲はそう言って、廃屋のある北側を指差した。

9

「ねぇ。さっき言っていたことって、本当なんですか？」

晴香は、廃屋へと続く雑木林を歩きながら、前を行く八雲に訊ねた。

鬱蒼とした雑木林は、校舎からさほど離れていないのに、異界に迷い込んだような不気味さが付き纏う。

赤く染まった空の色が、余計にそう感じさせるのだろう。

そうした怖さを紛らわせるための言葉でもあった。

「何の話だ？」

八雲が、歩みを進めながらぶっきらぼうに答える。

相変わらずつっけんどんな言いようだが、主語を省いたのは晴香の落ち度でもある。

「由利さんが、死んでいるって話——」

晴香が言うなり、八雲は足を止めて振り返った。

その目は、ゴキブリでも見つけたかのような嫌悪感に満ちていた。

「君は、気付いていなかったのか？　あるいは、ぼくが見えるというのを、疑っているんだな」

八雲がため息交じりに言う。

確かに、最初は疑っていたのは事実だ。だけど、今は少し違う。

「全面的に信じてるわけじゃないけど、それなりに信憑性はあると思う」

「そりゃどうも」

そう言うと、八雲は再び歩き出す。晴香は、慌ててその背中を追いかける。

「ねぇ。由利さんが、死んでいると思う根拠を教えてよ」

「簡単な話だ。君の友人に、憑依していたのは由利さんの幽霊だ。幽霊になっているということは、つまり――」

「死んでいるってこと？」

「正解」

なるほど。確かに、八雲には幽霊が見えるということを信じていれば、自ずと答えが出る。

そんな簡単な答えに辿り着けないということは、やはり、晴香は心の何処かで、彼のことを疑っているのだろう。

「ここか――」

八雲は、そう言うと急に足を止めた。

考え事をしていたせいで、危うく八雲の背中に体当たりをするところだった。

目を向けると、コンクリートの外壁に囲まれた、陸屋根式の建物が見えた。あちこちひび割れ、枯れた蔦が這っていて、何ともいえない不気味な佇まいだった。

「いざとなったら助けて下さいね」

建物が放つどんよりとした空気に呑まれた晴香は、思わずといった感じで口にした。

摑み所がない人だが、他に頼る人がいない。

「努力はするけど、保証は出来ない」

八雲が、あくびを嚙み殺しながら言う。

「聞いた私がバカでした」

「ようやく自覚が出てきたか」

――むっ！

怒りがこみ上げたが、感情的になったら負けだと思い、ぐっとその気持ちを抑え込んだ。

「さて、行くとしますか」

八雲は、寝グセだらけの髪を搔きながら、コンビニでも行くような、軽い足取りで歩き出した。

――どうして、この人は、こうも緊張感がないのだろう？

などと疑問を感じつつ、八雲の後に続いて、建物の中に足を踏み入れた。古い建物特有の黴臭さに顔をしかめる。

だいぶ陽が落ちてしまったせいで、建物の中は真っ暗だった。

八雲が、ポケットの中からペンライトを取り出し、それを使って足許を照らした。

床は、砂埃に塗れていて、割れたガラスの破片なんかも散乱していた。

入り口から、真っ直ぐに廊下が延びていて、左右に〈101〉、〈102〉といった具合に、部屋番号が書かれたドアが並んでいる。

ホテルの客室を思わせる造りだ。

八雲はペンライトを右に左に向けながら、真っ直ぐに廊下を進んでいく。

晴香は、八雲に置いていかれないように、彼のワイシャツの裾をつまみながら、歩みを進める。

ときどき、ガラスの破片を踏んで、バリッと音がする度に、心臓が跳ねる。

やがて、突き当たりのドアに辿り着いた。

祐一が言っていたように、ここだけ片開きではなく、観音開きの扉になっていて、鉄格子のついた窓が嵌められていた。

「ここが開かずの間——」

「多分な。だが妙だな」

「何が？」

「君の友だちは、扉の取っ手は、鎖で結ばれていて、南京錠が取り付けられていたと言っていたな」

「うん……」

「これ」

八雲が、屈み込むようにして、何かを手に取った。

じゃらじゃらっと小銭を擦り合わせたような音がする。八雲が手に持っていたのは、地面まで垂れ下がった鎖と、ダイヤル式の南京錠だった。

「壊れちゃったってこと？」

「それはない。この鎖は、比較的新しいものだ。それに、切断された痕がない。南京錠も破壊したのではなく、数字を合わせて解除されている」

「それって……」

「誰かが、ここを開けたんだ」

八雲は鎖と南京錠を足許に落とすと、扉の取っ手に手をかけて開けようとする。

「ちょ、ちょっと待って！」

晴香は、慌てて八雲の腕を掴んだ。

「何だ？」

「美樹たちは、この扉の向こうにいる幽霊を見たって言ってました」

「そうだな」

「じゃなくて、この向こうに幽霊がいるかもしれないんですよ。そんな不用意に入ったら、私たちが呪(のろ)われるかもしれません」

「それはない」

「どうして？」

「その幽霊は、君の友だちに憑依しているんだ。ここにいるはずがない――」

理屈はそうかもしれない。

いや、そもそも、その理屈が幽霊に当て嵌まるのかは定かではない。分裂したりするかもしれない。

不安に駆られる晴香を無視して、八雲は扉を押し開けた。

錆びた金属の擦れる音がして、ドアが開いた――。

晴香は、恐怖のあまり身構えたが、結局、何も出てこなかった。

ただ、室内は目を閉じているのではないかと疑いたくなるほど、深く暗い闇に満ちていた。

八雲は、ペンライトで照らしつつ開かずの間に入って行く。

本当に入って大丈夫なのか？　迷いはあったが、結局、晴香は部屋の中に足を踏み入れた。

部屋の真ん中に、ベッドが一台だけ置かれている他は、何もない殺風景な部屋だった。

廊下と比べて、異様に暗いだけでなく、空気が重く感じられる。黴のような匂いの他に、饐えた匂いも混じっているような気がする。

「何かこの部屋だけ、雰囲気違いますね」

「窓がないせいだ」

八雲が、ペンライトの明かりをぐるりと一周させた。

そういうことか。この部屋には、窓が一つも付いていない。だから、暗いし、空気が淀んでいるのだ。

八雲は、犬のように鼻をひくつかせたあと、何かを探すように部屋の中を歩き回り、時折、壁を叩いたりしている。

「何をしているんですか？」

「ここには、何かがあるはずだ」

「何かって？」

「それを探しているんだよ」

と、八雲が急に動きを止めて、その場に屈み込む。

何かを見つけたのかもしれない。

晴香も、同じように屈もうとしたとき、〈逃げて——〉耳の裏で、女性の声がした。

とても、幼い声。聞き覚えのある声。

八雲も聞こえたらしく、動きを止めた。晴香が、声のした方に目を向けると、そこには黒い影が立っていた。

人の形のように見えるが、暗いせいで判然としない。

——もしかして、あれは幽霊？

その黒い影は、棒状の物を持っていた。形状からしてスコップだ。

影は、そのスコップを大きく振り上げた。

晴香の頭に、それを振り下ろそうとしているのが分かった。あんな物で殴られたらひとたまりもない。

——逃げなきゃ！

そう思うのだが、恐怖のせいか身体が動かなかった。

スコップが振り下ろされる中、晴香はただ固く目を閉じることしか出来なかった。

何かがぶつかり合うような、鈍い音がした——。

だが、晴香は痛みをまるで感じなかった。

晴香の足許で、「うぅ」と呻くような声が聞こえた。

——何？

目を開けると、すぐそこに、八雲がうつ伏せに倒れていた。持っていたペンライトが転がっている。

八雲は、両足を踏ん張って起き上がろうとしている。思うように身体が動かない様子で、四つんばいの姿勢になるのがやっとだった。

ポタポタと八雲の額から血が流れ出している。

——私を庇ったの？

混乱していたが、八雲が身を挺して晴香を守ってくれたことだけは分かった。

「だ、大丈夫ですか？」

「いいから、に……逃げろ……」

晴香は、八雲を助け起こそうとしたのだが、彼はそれを拒絶した。

逃げろと言われても、八雲をここに残して行くことなんて出来ない。それに、出入り口を塞ぐように、さっきの黒い影が立っている。

「でも……」

「いいから逃げろ！」

八雲は咆哮するように言うと、晴香の身体を強く押した。

それで、晴香の覚悟が決まった。

――怖くない。怖くない。

晴香は、頭の中で何度も念じながら立ち上がり、黒い影と正対した。

黒い影は、再びスコップを大きく振り上げる。

晴香は、大きく深呼吸をすると、黒い影がスコップを振り下ろそうとするタイミングを見計らって、その顔にペンライトの光を当てた。

立ち上がるとき、八雲が落としたものを拾ったのだ。

目眩ましを喰らう格好になった黒い影は、堪らずといった感じで顔を背けた。

――今だ。

晴香は、黒い影に向かって体当たりを試みた。

だが、簡単に弾き飛ばされ、尻もちをついてしまった。

そんな晴香に、黒い影がスコップを振り上げながら、再び近付いてくる。

弾き飛ばされたときに、ペンライトを落としてしまった。腕力で敵わないことは実証済み。万策尽きてしまった。

――もうダメだ。

そう思った瞬間、黒い影の背後から、八雲が猛然と駆け寄ってきて、そのままタックルをした。

晴香のときと違い、黒い影はその場に倒れ込んだ。

先に立ち上がったのは、八雲のほうだった。

「逃げるぞ！」

八雲が叫びながら、駆け寄ってきて、晴香の手を摑んだ。

晴香は、力を振り絞って立ち上がろうとしたが、再び〈伏せて〉という少女の声が聞こえた。

──何？

混乱する晴香と違って、八雲はその声にすぐに反応すると、晴香の上に覆い被さるようにして、その場に伏せる。

それとほぼ同時に、風を切る音とともに、スコップが頭上を掠め、ガツッと壁にぶつかり火花を散らした。

八雲は、伏せた状態から、黒い影の膝の部分を蹴る。

黒い影は、堪らずその場に膝を落とした。

「行くぞ！」

その隙を逃さず、八雲は晴香の手を引いて駆け出した。

晴香は、八雲の手を離さないように強く握り、無我夢中で足を動かした──。

10

晴香は、八雲に手を引かれながら〈映画研究同行会〉の部屋に飛び込んだ——。

何処をどう走ったのか、よく思い出せない。

こんなに全力疾走したのは、生まれて初めてかもしれない。

心臓が激しく暴れていて、なかなか治まらない。逃げ切った——という安堵感から、膝の力が抜けて床の上に座り込んでしまった。

何とか落ち着こうとしたけれど、声を出すことすらままならなかった。

「痛っ……」

壁に寄りかかるように座った八雲が、額を押さえながら声を上げた。

スコップで殴られたのだ。平気なはずがない。しかも、晴香を守ったせいで、傷を負ったのだ。

「大丈夫ですか？」

晴香は、声を上擦らせながらも、八雲に声をかけた。

「大丈夫だ」

口ではそう言っているが、歯を食い縛り、痛みに堪えているように見える。

「傷を見せて下さい」

晴香は立ち上がり、八雲の前に回り込むと、押さえていた手をどけた。

血はもう止まっているが、左の眉の少し上に、三センチほどの幅の傷があった。皮膚の一部が捲れ上がっている。

晴香はハンカチを取り出し、八雲の傷口に充てがおうとしたが、「自分でやる」と拒絶されてしまった。

八雲は、部屋の奥にある冷蔵庫まで行くと、扉を開けて中から消毒液とガーゼを取り出し、自分で応急措置を始める。

準備も手際もいい。こういうことに、慣れているのだろうか？　それに——。

「何で、冷蔵庫の中に、そんなものが入ってるんですか？」

晴香が訊ねると、八雲は面倒臭そうに、後頭部を掻いた。

「他に収納しておく場所がない」

几帳面なように見えて、意外といい加減なところがあるのだな——と思うと、何だかおかしくて、ふっと吹き出すように笑ってしまった。

じわっと目頭が熱くなる。緊張が緩んだことで、今さらになって、恐怖が襲ってきたようだ。

指先が小刻みに震え始める。

それを抑えようとして、胸の前で両手の掌を強く握ってみたがダメだった。気付いたときには、ぼろっと目から大粒の涙が零れ落ちた。

「大丈夫だ。追ってきてはいない」

八雲が戻ってきて、晴香の隣に座ると、そっと頭に手を置いた。

とても温かかった——。

「うん」

頷くのと同時に、抑制していた感情が一気に溢れ出した。

気付いたときには、八雲の腕にしがみつくようにして、声を上げて泣いていた。

また、避けられるかと思ったが、八雲は何も言わず、ただじっとそこにいてくれた。

不思議なことに、彼の体温を感じているだけで、生きているという実感が湧き上がり、また泣いた——。

晴香は、綾香が死んでから、人前では泣かないと決めていた。そうやって、自分の感情をずっと閉じ込めていたように思う。

それなのに——出会ったばかりの八雲の前で、もう二回も泣いてしまっている。

無愛想で、無表情で、口を開けば皮肉ばかりなのに、こんなにも気が緩んでしまうのは、どうしてだろう？

「ごめんなさい……」

晴香はひとしきり泣きじゃくったあと、八雲の腕を離して、手で涙を拭った。鼻水も出ている。ティッシュを探したけど見つからなかった。

こんなぐちゃぐちゃの顔を見せるのは、恥ずかしくて、顔を逸らしたけれど、八雲の怪我のことを思い出して気が変わった。

「もう一回、傷を見せて下さい」

「血は止まっているし、平気だ」

「平気じゃありません。頭なんだし、ちゃんと病院で診てもらったほうがいいです」

「君は、小姑なのか？」

八雲がため息交じりに言う。

こういうひと言で、全部台なしにする。本当にこの人は——。

「小姑で結構です。とにかく、病院に……」

言いかけた晴香だったが、八雲の左眼を見て言葉を失った。

蛍光灯の光に照らし出された八雲の左眼の瞳は、燃え盛る炎のように真っ赤だった。

晴香が今まで見たどんな赤より鮮やかで、深みのある色だった。

「生まれつきなんだ……」

八雲は、晴香が左眼を見ていることに気付いたらしく、面倒臭そうに後頭部を掻く。

「綺麗……」

晴香の口から自然と言葉が漏れた。

「は？」

「綺麗な瞳」

八雲はしばらく鳩が豆鉄砲でも食らったような顔をしていたが、やがて声を押し殺して笑い始めた。

次第にその笑いは大きくなり、しまいには腹を抱えて笑う始末。

「ねえ、何で笑うの？」

晴香が八雲の肩を叩く。

何が、そんなに可笑しいのか、晴香にはさっぱり分からない。

「だって……傑作だろ。綺麗だなんて、君の感性はどうかしているよ」

「何？　それ？」

「悲鳴を上げると思った。もしくは、気持ち悪いものでも見るような目を向けるか。そうでなければ、可哀想にと憐れむか――だな」

「何で悲鳴を上げたりするの？　綺麗なものを見て悲鳴を上げる人はいないでしょ」

「だから、君の感性がおかしいと言っているんだ。今まで、ぼくのこの赤い左眼を見て、『綺麗』だなんてすっとぼけたことを言ったのは、君が初めてだ」

すっとぼけたって――酷い言われようだ。

言い返してやろうかと思ったが、今がそういう空気でないことくらいは分かる。

晴香が、黙って八雲の次の言葉を待っていると、彼は一呼吸置いてから話を再開した。

「スコップで殴られたときに、コンタクトを落としたんだな」

「コンタクト？」

「普段は、黒い色のカラーコンタクトで隠している」

「さっき生まれつきだって言っていたけど……」

「そうだ。生まれた瞬間から、ぼくの左眼は赤かった。多分、遺伝だろうね。この左眼を見るときの母は、いつも怯えた顔をしていた。自分の親でさえ、気味悪がるなんて、笑えるだろ？」

——全然笑えない！

自分を生んだ母親から、怯えの対象として扱われるなんて、あまりに残酷過ぎる。幼い八雲の心に与えた傷を想像するだけで、呼吸もままならないほどに胸が苦しくなる。

「ぼくに、幽霊が見えるのは、おそらくこの赤い左眼のせいだ」

「どういうこと？」

「可視光線といって、光には波長があって、人間の目で見える光の波長というのは限定されている」

「紫外線や赤外線は、肉眼で見ることが出来ないだろ？」

「うん」

「幽霊というのは、紫外線や赤外線のように、人間の可視光線の外にいる。だから普通の人には見ることが出来ない。湿度や気温などの条件が揃えば、見えることもあるが、常に視認できるわけじゃない」

「つまり、八雲君は赤い左眼がフィルターの役割を果たして、可視光線の外にいる幽霊が見えているってこと？」

「そう。だから、ぼくは生まれたときから、ずっと幽霊が見えている。自分にだけ見えるものだ——と理解するまでに、ずいぶん時間がかかったよ。それに気付くまでは、変人扱い。本当に見えると主張しても、誰も信じやしない」

八雲を変人扱いした人たちを、批難することは出来ない。現に、晴香も信じていなかったのだから——。

八雲が無愛想な態度を取り続ける意味が、少しだけ分かった気がする。

彼には、他人とは違う世界が見えてしまう。だけど、それを信じる人は誰もいなかったのだろう。

それを繰り返すうちに、八雲は本心を覆い隠すようになったに違いない。心を守るために、感情を抑制して、自分の殻に閉じ籠もった。

カラーコンタクトで、左眼の色を隠しているのは、その象徴のような気がした。

そう思うと、これまでの八雲の不遜な言動が、全て違った側面を見せる。八雲は、ずっと助けを求めていたのではないか？　そんな風に感じた。

「ちゃんと言っていなかったね。さっきは、助けてくれてありがとう——」

晴香は、八雲に向き直り頭を下げた。

せっかくお礼を言っているのに、八雲はなぜか苦い顔をした。

「礼なら、君のお姉さんに言ってくれ」

「お姉ちゃん？」

八雲の言っている言葉の意味が分からず首を傾げた。

「あのとき、君のお姉さんが危険を報せてくれたんだ。もし、それがなければ、今頃は二人とも死んでいたかもしれない」

「それ、本当？」

確かに、あのとき、晴香も危険を報せるように叫ぶ、少女の声を聞いた。それは、綾香の声に似ていた気がする。

「ああ。本当だ。今も、そこにいる——」

八雲が、晴香の背後を指差した。

振り返ってみたが、晴香の目は、綾香の姿を捉えることが出来なかった。

「お姉ちゃん……」

昨日までであれば、八雲の言葉など信じなかったかもしれない。

だけど今は違う。

——お姉ちゃんは、今までどんな思いで私を見てきたのだろう？　何を思い、何を考えているのだろう？

「私にも見えたらいいのに。斉藤さんが羨ましい……」

晴香の目に、再び涙が浮かんだ。

11

翌日、昼過ぎに晴香は〈映画研究同好会〉の部屋に向かった——。

ドアノブを回すと、すんなりドアが開いた。鍵をかけていないらしい。昨晩、あんなことがあったというのに、不用心にも程がある。

部屋の中は、しんと静まり返っていた。

不在にしているのかと思ったが、そうではなかった。部屋の隅で、ゴソッと何かが動く。

身構えた晴香だったが、すぐに脱力した。そこには、寝袋にくるまった八雲の姿があった。

まるで芋虫のように、モゾモゾと動いている。

晴香は歩み寄り、とんとんっと寝袋を叩いた。

「もう昼だよ」

声をかけると、八雲はようやく目を開け、迷惑そうな顔をすると、再び目を閉じて、晴香から逃げるように寝返りを打った。

そんな態度を取られても困る。何も、晴香は勝手に来たわけではない。昨晩、昼にここに集合と約束したはずだ。

「ちょっと。起きてよ。調査をするんでしょ」

晴香が寝袋を揺さぶると、ようやく八雲はむくりと身体を起こした。

寝グセだらけの髪をガリガリと搔きながら、大きなあくびをする。いつになく瞼が重そうだ。

「よく、こんな所で生活出来るね」

晴香はこの前と同じパイプ椅子に座りながら訊ねる。

「ときどきは帰ってる」

八雲は、寝袋から抜け出しながら答えた。

「え？　家、あるの？」

八雲は答えずに、冷蔵庫の中から歯ブラシを取り出し、歯を磨き始めた。

――この人は、何でもかんでも冷蔵庫で冷やしているのか？

「家があるなら帰ればいいのに。ご両親も心配していると思うよ」

余計なお節介だと思いつつ、つい口にする。

「ひんはい？　ほへははひへ」

八雲が歯ブラシをくわえながら、もごもごと答える。多分、『心配？　それはないね』と言ったのだろう。

まるで反抗期の中学生みたいな物言いだ。

「そんなことないよ。きっと心配しているはずだよ」

晴香の言葉に、八雲は答えることなく、冷蔵庫の中から取り出したペットボトルの水を使って口を濯いでいる。

「ねえ、人の話、聞いてるの？」

「聞きたくないのに、耳に入ってくる」

八雲は、タオルで顔を拭きながら向かいの椅子に腰を下ろした。

寝グセは相変わらずだが、最初より少しはマシになった。額には、ガーゼが貼られている。一応、病院には行ったらしい。

寝起きということもあり、左眼のカラーコンタクトは外れていて、赤い瞳が見える。

やっぱり綺麗だ。

「聞こえてるなら、答えてくれてもいいじゃない」

「前も言ったが、君は自分の価値観で決めつけ過ぎる」

「何それ？」

「もし、心配してたら、殺そうとしたりしないだろ？」

「え？」

「親の話だ――」

「どういうこと？」

「ぼくの赤い左眼が、怖かったのか？　それとも憎かったのか？　それは分からないけど。ある日、母親はぼくを解体作業中のビルに連れて行ったんだ。雨の降る夜だった」

「………………」

八雲は、淡々とした口調だったが、その分、嫌な予感がした。

「母親は『ごめんね』と言いながら、ぼくの首に手を回したんだ。それから『あなたは、そのうち人を殺す――』って予言めいたことも言っていたな。母親は、ぼくの首に回した手に、どんどん力を込めていった。何をされているのか、イマイチ分かっていなかったと思う。だけど、あのときの母親の目を、未だに夢に見る――」

「…………」

「殺されかけていたところを、たまたま通りかかった警察官に助けられた。母親は、その場から逃亡して、それきり姿を見ていない」

「…………」

「父親に関しては、ぼくの記憶する限り、存在していない」

「…………」

慰めの言葉をかけようかと思ったが、結局、何も言うことが出来なかった。

八雲の抱えている傷は、計り知れないものがある。彼が言うように、それを自分の価値観だけでとやかく言うのは違うと思ったからだ。

「別に珍しいことじゃない。世の中には子を愛さない親もいるし、親を愛さない子もいるってことだ」

八雲は、喋り過ぎたことを悔いるように、後頭部をガリガリと掻いた。

「でも、家に帰ってるって言ってなかった？」

晴香が訊ねると、八雲は苦笑いを浮かべる。

「今は、叔父さんの家で世話になってる」

「そうなの？」

「叔父さんは遠慮しないようにとは言ってくれてるけど、あんまり迷惑はかけられないし、いろいろと事情もあるんだ」

八雲の左眼には、すでにコンタクトが塡められていて、黒い瞳に変わっていた。

平静を装っているが、晴香には八雲の目が、酷く寂しそうに見えた。

「何も知らないのに色々言っちゃってごめん」

晴香は睫毛を伏せ、唇を嚙んだ。

「何で謝る？」

「だって……」

「君はぼくの左眼を見て、逃げなかった。それだけでいい――」

八雲は自分で言っておきながら、その言葉が意外だったらしく、急に苦虫を嚙み潰したみたいな顔をした。

いつも無表情の八雲が、こんな風にコロコロ表情を変えるのがおかしくて、晴香はついつい笑ってしまった。

八雲に睨まれたので、慌てて笑いを引っ込めた。

「まずは、状況を整理しよう」

八雲が空気を変えるように切り出した。

そのために足を運んだのだから、その提案に賛成だ。晴香は頷く。

「まずは、昨晩、ぼくらを襲った人物についてだけど……」

「やっぱり幽霊？」

「違う。間違いなく、あれは生きた人間だ」

「根拠は？」

「ぼくが、幽霊を見ることが出来るのは、左眼だけなんだ」

八雲はそう言いながら、自分の左眼を掌で覆った。

なるほど。相手が幽霊であれば、左眼を覆ったときに、見えなくなる——というわけだ。

「あの人は、左眼を覆っても見えていたのね」

「そうだ」

「もしかして、ときどき、左眼を手で隠していたのは、それを確かめるため？」

晴香が初めて来たときも、美樹の病室でも、八雲は何度か左眼を隠す仕草をしていた。

「何だ。今さら気付いたのか？」

「鈍感ですみません」

敵意を剝き出しに言ったのだが、八雲は「分かればよろしい」と、鷹揚に答える。

「あの人物が、生きた人間である根拠は、他にもある」

「何？」

「前にも言ったけれど、幽霊は人の想いの塊のようなものだ。だから、物理的な影響力を及ぼすことはない」

「でも、あの人は、私たちを物理的に攻撃した——ってことね」

「正解。足を蹴ったときに、感触もあったし、まず間違いないだろう」

「誰かは見当がついたの？」

「いや。ただ、その人物が、祐一という人物の死にも、関与している可能性が極めて高い」

八雲がテーブルの上に肘を乗せ、両手を合わせると、そこに顎を乗せた。

「関与しているって……」

「多分、彼は殺されたんだ」

「で、でも、祐一君に殺される理由なんてないはずよ」

「そう思うのは、ぼくらに情報が不足しているからだ。犯人からすれば、彼を殺さなければならない理由があったはずだ」

「いったい誰が？」

「分からない」

「もしかして和彦君？」

晴香の頭に、真っ先に浮かんだのは和彦の顔だった。

駅で姿を見かけ、声をかけたけれど、逃げて行ってしまった。その後、何度か連絡しているけれど、まったく音沙汰がない。

それに、あのときの和彦の只ならぬ雰囲気も気になる。

「今、容疑者を断定するのは危険だ」

八雲がぴしゃりと言う。

「どうして？」

「容疑者という見方をすれば、そこにバイアス——偏りが生まれ、真相を見誤る可能性が高いからだ」

「そういうもの？」

「そういうものだ。あくまで、フラットな状態で、情報を集めなければならない。犯人は、ぼくたちが、顔を合わせていない誰かかもしれない」

「そうだね」

確かに八雲の言う通りだ。

自分たちが集められた情報はまだ少ない。顔を合わせた関係者も、ほんの一部だ。現段階で、絞り込んでしまったのでは、真相から大きな隔たりを生むことになりかねない。

「何れにしても、関係者にもう一度、話を聞く必要があるし、改めてあの廃屋の確認もしなければならない。警察への問い合わせも必要だ。全部やるには、あまりに時間が足りない」

「時間？」

「言い忘れていたが、君の友だちは、かなり危険だ。このままの状態が続けば、最悪、衰弱死ということもある」

「嘘でしょ！」

晴香は、椅子を鳴らして立ち上がった。

そういうことは、もっと早く言って欲しい。晴香の一番の目的は、美樹を助けることなのだ。

でも、現実問題として、手が足りないのも事実だ。だったら——。

「手分けして調べよう！」

晴香の提案に、八雲が目を丸くした。

12

八雲は、最初、手分けして調査を行うことを嫌がった。

昨晩、晴香たちを襲った人物が、誰なのか分かっていない中で、単独で動くのは危険だからだ。

八雲のような、ぶっきらぼうな人物でも、一応は、晴香のことを心配してくれているのかと思ったのだが、『死んだ後に、幽霊になって付き纏われては迷惑だ』とのことだった。

もう少し、言い方を考えて欲しいと思う。

何れにしても、二人で同時に動いていたのでは、どうしても効率が悪くなる。話を聞くときは、必ず人目に付くところにいること。それから、すぐに連絡を取り合える状態にするということで、八雲には納得してもらった。

晴香はキャンパス内を散々捜し回った結果、食堂で相澤を見つけることが出来た。

缶コーヒーを飲みながらスマホゲームに興じていた。学食なら人目もあるし、大丈夫だろう。

「相澤さん」

晴香が声をかけて向かいの席に座ると、相澤は顔を上げ、「よっ」と手を挙げながら、人懐(ひとなつ)っこい笑みを浮かべた。

だが、これに騙されてはいけない。八雲は、容疑者を特定することを嫌ったが、彼が怪しいことは間違いない。

「どうしたの。晴香ちゃんのほうから、声をかけてくるなんて珍しいね」

これは、その通りなので苦笑いを返すしかない。

「実は、少し聞きたいことがあったんです」

「おれに？」

「はい。この前話した、心霊事件の件で……」

「あったね。そんなこと。で、斉藤八雲は、依頼を受けてくれた？　断ったりしたら、おれがガツンッと言ってやるからさ」

——本当にお調子者だ。

昨日、会ったのがその八雲だというのに、気付いてもいないのだから、本当は面識すらないのだろう。

だが、今それを指摘したところで、何も始まらない。気持ちを切り替えて、話を続けることにした。

「斉藤さんは、依頼を受けてくれたんですけど、そのことで、いろいろと訊きたいことがあったんです」

「おれに？」

「はい」

とは言ったものの、どう切り出せばいいものか？　八雲からは、相手を刺激しないために、直接的な訊き方を避けるように言われていたが、晴香が嘘が下手なところは、自分はもちろん、関係者全員が認めるところだ。

「相澤さん、篠原由利って人を知っていますか？」

結局、取り繕っても襤褸が出るだけだと割り切り、単刀直入に訊ねた。

「篠原由利ね……。何で、そんなこと訊くの？　心霊現象を調べてるんじゃないの？」

相澤はその名前を聞いた瞬間、頰をひくつかせ、露骨に嫌な顔をした。

この反応、何かある。

「実は、心霊現象に篠原由利さんが関係しているかもしれないんです」

「は？　何それ？」

「それで、相澤さんが、由利さんと付き合っていたって話を聞いたので、もしかしたら、何か知ってるかもしれないって思って」

「付き合ってねえよ」

「え？　でも……」

相澤は舌打ちをする。

「告ったけど、フラれたの」

「本当にそれだけですか？」

晴香は、さらに疑問をぶつけた。

女性にフラれても、後を引かないのが彼のいいところだ。それなのに、こんな風に感情を波立てているのは腑に落ちない。

「それだけだよ。それなのに、篠原はさ、おれがストーカー行為をした——みたいなこと言い出して、先生から注意を受けるし、女性陣からは、白い目で見られるしで、ホント最悪だったよ」

「本当に付き纏ったりしてないんですか？」

「しねーし。そりゃ、断られた後も話しかけたりはしたよ。でも、それでストーカー扱いって、自意識過剰じゃね？」

相澤の言う通りなら、確かに自意識過剰だとは思う。

少し前なら、相澤の言葉を鵜呑みにしていたかもしれない。だけど、今は、双方の意見を聞かないと判断出来ないと思う。

きっと、八雲の影響だな。

「ってかさ、その話、誰に訊いたんだ？」

「それは……言えません」

晴香は、テーブルに視線を落とした。

ここで高岡の名前を出せば角が立つ。余計な軋轢は避けたい。

「どうせあれだろ。和彦とかだろ？」

——違います。

言いかけた言葉を呑み込んだ。

否定すれば、消去法で誰から情報を得たのかバレてしまう。

「言えません」

「まあいいや。でもさ、篠原由利といろいろあったのは、おれだけじゃねぇからな」

「そうなんですか？」

「ああ。おれが告ったとき、彼氏がいたらしくてさ。相手は教えてもらえなかったけど、一時期、和彦が狙ってたことがあったから、おれはあいつだと思ってんだよね」

「そ、そうなんですか?!」

まさか、ここで和彦の名前が出るとは思わなかった。

和彦は美樹の彼氏だし、そんなことないと否定しようかと思ったけれど、すぐに考えを改めた。

それに、和彦は以前から女癖が悪いという噂があった。由利と何かあったとしても、さほど違和感はない。

「とにかく、おれは、これ以上は何も知らないから」

相澤は、早く会話を終わりにしたいらしく立ち上がった。

「待って下さい。由利さんは、今、失踪してるらしいんですけど、何か心当たりはありますか？」

「死んだからじゃねぇの？」

相澤は、不機嫌に言うと、そのまま立ち去って行った。

──あれ？

今の言いよう、まるで由利がもう死んだことを知っているみたいだ。

いや、憶測で決めつけるのは止めよう。八雲が言うように、情報が揃っていない中で、闇雲に推論を立てると、バイアスをかけることになる。

晴香は気を取り直して、和彦に電話をかけることにした。

これまで、何度も電話をしているが、一度も出なかったので、今回も同じだろうと思っていたのだが、意外にもすぐに電話が繋がった。

「もしもし──。和彦君？」

外にいるらしく、スピーカーから人の話し声や雑踏が聞こえる。電波も悪いらしく、ノイズも混じっている。

〈ふざけるな……〉

乾いた木を擦り合わせたような、ガサガサの声がした。

「え？」

〈おれは何も悪くない……〉

それだけ言うと、電話は切れてしまった。

今のは、いったいどういう意味？　和彦は、電話の向こうで泣いているようだった。晴香は、すぐに和彦に電話をかけ直したのだが、すでに電源が切られているらしく、繋がらなかった。

──何なの？

困惑しているところで、急に肩を叩かれ、ビクッと跳ねる。

振り返ると、そこには高岡の姿があった。

「高岡先生」

普段は、きっちりしている高岡だが、今は髪が乱れ、酷く疲弊しているように見える。

「小沢さん。ここにいたのか。ちょうど良かった。実は、ちょっと大変なことになっているんだ」

「大変なこと？」

「私も、昨日、君たちから聞いたことが気になってね。それで、いろいろ調べていて、和彦君に話を聞いてみようと呼び出したんだ」

「そうだったんですか」

「それで、篠原由利さんの行方を知らないか問い質したところ、急に逃げ出してしまって……。後を追いかけたんだけど、A棟の屋上に閉じ籠もってしまったんだ」

高岡は、そう言うと食堂の向かいにある、A棟の建物を指差した。

さっき和彦のスマホから聞こえてきた雑音は、大学のキャンパス内のものだったようだ。

「和彦君は、今も？」

「ああ。それで、教務課に鍵を取りに行って、人も呼んでこようと思っているのだが、かなり追い詰められているみたいで、屋上から飛び降りようとしているらしい。ドア越しでもいいので、彼に声をかけて欲しいんだ」

「分かりました。すぐ行きます」

晴香は、椅子を鳴らして立ち上がった。

「頼む。私も、屋上の鍵を取って、人を呼んだらすぐに向かう」

「お願いします」

晴香は、そう言うなり駆け出した。

一応、走りながらも八雲に簡単にメッセージを打つ。

やはり、和彦は、由利の死について何かを知っている。そう思うと、さっきの不可解な電話の内容の意味も理解出来る。

とにかく、早く和彦を止めなければ――。

13

雑木林を抜け、八雲は廃屋の前に立った。

晴香の提案を受け、別々に行動することになったが、その選択が正しかったのか否か、未だに迷いがある。

元々は、彼女からの提案だ。仮に何かあったとしても、それは八雲の責任ではないし、数日前に会ったばかりの、友人ですらない人間が、どうなろうと——。

「知ったこっちゃない」

八雲は、陰り始めた空を見上げながら呟いた。

そうやって、もやもやとした感情を追い払おうとしたのに、何かが引っかかる。その感情の正体が何なのか、自分でもよく分からなかった。

——綺麗。

晴香が、昨晩、八雲の左眼を見て言った言葉が蘇る。

怖れでも、同情でもない。何かを取り繕ったわけでもない。感じたままに零れた言葉だった。

だからこそ、八雲の心に深く突き刺さった。

――いや、今は余計なことを考えるのは止そう。

八雲は、ガリガリと寝グセだらけの髪を掻いてから、廃屋の中に歩みを進めた。

廊下を真っ直ぐ進み、突き当たりにある観音開きの扉を目指す。

そこで、異変に気付いた。

観音開きの取っ手には、昨晩とは異なり、鎖が巻き付けられていて、ダイヤル式の南京錠で施錠してある。

八雲が南京錠のダイヤルを113に合わせると、すんなり解錠された。

左右に並ぶ部屋は、各六部屋ずつ。101から112までの部屋番号が割り振られていた。

観音開きの扉があるこの部屋が、十三番目と仮定して、合わせてみたが、ビンゴだったようだ。

八雲は鎖を外して扉を開けた。

やはり、この部屋だけは異様に暗い。八雲は、ペンライトを取り出し、部屋の中を照らす。

再び、襲撃されるような事態は避けたい。

八雲は、廊下も含めて人がいないことを確認してから、慎重に部屋の中に入った。

ベッドが一つ置いてあるだけの殺風景な部屋だが、襲撃されたことからも分かる通り、この部屋に探られたくない何かがあるのは間違いない。今日、扉を封印していたことからも、それは明らかだ。

そうなると、自ずと答えが見えてくる。

八雲はベッドの脚を確認する。やはり、引き摺った痕がある。ペンライトを口にくわえると、ベッドを押して移動させる。

予想した通り、ベッドの真下から、一メートル四方の金属製の板——いや、正確には扉が現れた。

取っ手を引き上げるようにして、扉を開けた。

中から、噎せ返るような臭気が立ち上ってくる。

覗き込んで見ると、床下に空間が広がっているのが分かる。部屋というより、貯蔵庫のようだ。

この下に、何かあるはずだ。八雲は、真っ直ぐ下に伸びている梯子(はしご)を使って、貯蔵庫に降りて行く。

降りるほどに、匂いがきつくなっていく。

貯蔵庫の床に足を着いた八雲は、腕で口と鼻を押さえながら、ペンライトで部屋の中をぐるりと見回す。

何もない空間だった。四方を囲むコンクリートの壁には、無数の落書きがされているようだ。

いや——。

「違う」

壁にあるのは落書きなどではない。

八雲はゆっくりと近付き、壁を観察する。

「何てことだ……」

八雲は、思わず呟いた。

壁に刻まれていたのは、無数の傷だった。赤黒く染まっている。

八雲は、自分の手と、壁の赤黒い傷の形状を比較してみる。

多分、これは人間が爪で引っ掻いて出来たものだ。爪が剝がれ、皮膚が破れ、血が流れているにもかかわらず、必死に壁を引っ掻き続けた。

それが証拠に、剝がれた爪が、壁に刺さっているのを見つけた。

「ここが、本当の開かずの間だ——」

貯蔵庫のこの状況から導き出される結論は一つだ。誰かが、この部屋に生きたまま閉じ込められていた。

それは、おそらく篠原由利だろう。

ふと、八雲の首筋に冷たいものが落ちる。

ペンライトで照らしながら見上げると、天井を二本のパイプが走っていた。水道管か何かだろう。その繋ぎ目から水が滴り落ちていた。

幸か不幸か、この水は、篠原由利に希望を与えてしまった。だが、それは、苦痛を長引かせただけだった。

今なら、憑依した篠原由利の言葉の意味が分かる。

彼女はこの場所から、必死に逃げようとしていたのだ。問題は、誰が何のために、彼女をここに閉じ込めたのか――だ。

思考を巡らせる八雲のスマホに、晴香からのメッセージが着信した。

〈和彦君が、屋上から飛び降りようとしている。高岡先生と止めに行く〉

八雲は、そのメッセージを見て、違和感を覚えた。

それは次第に膨(ふく)らんでいき、やがて一つの推論を導き出した。

「そうか。犯人は……」

だが、もし八雲の推論が正しいのだとすると、晴香は、おそらく殺されることになるだろう。

八雲は、急いで晴香に電話をしたが、コール音が鳴るばかりで繋がらなかった。助けに行こうにも、屋上というヒントだけでは、彼女が何処に行ったのか分からない。キャンパス内に屋上は複数ある。

八雲が下唇を噛んだところで、誰かに見られているような視線を感じ、顔を上げた。

そこには、一人の少女が立っていた。

「君は……」

14

晴香は、息を切らしながら、A棟の階段を駆け上がった。

屋上へと続くドアの前に辿り着いたときには、太ももがパンパンに張ってしまい、呼吸をするのもままならないほどだった。

だけど、悠長にしている場合ではない。モタモタしていると、和彦が飛び降りてしまうかもしれない。

「和彦君」

晴香は、ドアに向かって声をかけた。

返答はなかった。

「ねぇ。和彦君」

もう一度、呼びかけてみるが、やはり返事はない。

無理だと思いつつも、ドアノブを回してみる。

——あれ？

ドアは施錠されておらず、簡単に開いた。

屋上に、和彦の姿があった。

でも——。

その姿は、晴香が想像していたものとは、大きく異なっていた。

和彦は、手首と足首をガムテープでぐるぐる巻きにされ、床の上に転がされていた。

口にも、ガムテープが貼り付けられていて、うー、うーと唸るだけで、まともに喋れない状態のようだ。

「和彦君。これってどういうこと？」

まるで意味が分からなかった。

和彦は、ついさっき、晴香と電話で話したばかりだというのに——。

考えるのは後だ。晴香は、和彦に駆け寄り、彼を拘束しているガムテープを剝がそうとしたのだが、その腕を誰かに摑まれた。

視線を向けた先にいたのは高岡だった。

「せっかく捕まえたんだから、勝手なことはしないで欲しいね」

冷淡に言う高岡の目は、血走っていた。

「何の話ですか？」

「分かるだろ。彼を捕まえたのは、私なんだ」

「私を騙したんですか？」

「まあ、そうだね」

高岡は、あっさりと認めた。

和彦は屋上に閉じ籠もったのではない。高岡に捕らえられていたのだ。さっきの和彦からの電話は、事前に録音した音声を流していたのだろう。ノイズが多かったのは、そのためだ。

でも――。

「どうしてこんなことを？」

「君たちが、余計なことを嗅ぎ回るからだよ」

「余計なこと？」

「何れにしても、これ以上は知る必要はない。君は、和彦君に殺されるんだ。その後、和彦君は、屋上から飛び降り自殺をする」

見ると、高岡はバールを持っていた。

あんな物で殴られたら、ひとたまりもない。晴香は、高岡の腕を振り払うと、出入り口に向かって駆け出そうとした。

だが、すぐにその場に引き摺り倒されてしまった。

「あまり暴れないで欲しいね。足が痛いんだから」

改めて目を向けて、高岡の立ち姿が不自然なことに気付いた。右足に体重をかけないようにしている。

「昨晩、私たちを襲ったのは、高岡先生だったんですね」

八雲に蹴られた足が、まだ痛むのだろう。

そうか。だから、こんな回りくどい方法を使って、晴香を屋上に誘き寄せたのだ。強引な方法を使うと、逃げられてしまう怖れがある。

おそらく、和彦も同じような方法でここまで誘き寄せた上で、拘束したのだろう。

今さらそんなことが分かっても、もう手遅れだ。

高岡がバールを振り上げる。

両手を挙げて頭を守ってみたが、あまり意味はないだろう。晴香は固く目を閉じる。

——お姉ちゃん。ごめんね。

死を意識したとき、真っ先に浮かんだのは、そのことだった。

姉の綾香が死んでから、晴香は姉が生きられなかった分まで、ちゃんと生きなければならないと思った。

自分がやりたいことより、生きていた頃、綾香が好きだったことを選んでやるようにした。

教師を目指したのも、フルートを始めたのも、全部、綾香がやりたいと言っていたこと。

自分は、綾香の代わりなのだ。

私は——。

〈大丈夫だよ〉

耳の裏で声がした。

綾香の声だった。

目を開けてみたけれど、そこに綾香はいなかった。高岡がバールを振り上げていたが、それを振り下ろすことなく、苦々しい顔をしていた。

「残念ですけど、そこまでです」

——え？

振り返ると、そこには八雲の姿があった。ここまで必死に走ってきたのか、額にびっしょりと汗を浮かべ、肩で大きく呼吸を繰り返している。

「斉藤さん……」

「人目のないところに行くなと言ったはずだ」

八雲は、苛立たしげにガリガリと寝グセだらけの髪を掻いた。

「ご、ごめん」

「立てるか?」

八雲が、手を差し出してくる。

晴香は何とか立ち上がろうとしたけれど、足首が痛んで、再び尻もちをついてしまった。

「邪魔が入ったけどまあいい。筋書きを変えればいいだけだからな」

高岡が、バールを持って八雲の方ににじり寄る。

「あなたは、本当に下らない人ですね」

「何?」

「不倫をするのは勝手です。でも、都合が悪くなったからといって、相手を殺害してしまうなんて、人間であることを疑います」

八雲の説明だと、高岡が由利と不倫をしていて、その関係を清算するために、殺害したみたいに聞こえる。

「今のって……」

晴香が視線を向けると、八雲は「ああ」と小さく頷いた。

「由利さんの交際相手は高岡先生だ」

「でも、だって、相澤さんと……」

「そのことを君に教えたのは、高岡先生だろ」

――そうだった。

高岡の話を元に相澤に話をしたのだけれど、否定された。相澤は、嘘を吐いていなかった――ということか。

「まあ、そんなところだ」

「自分が不倫していたことを隠すために、咄嗟に相澤先輩の名前を出したのね」

「何を根拠に言っている。私が、篠原君と不倫していた証拠でもあるのか？」

高岡が、小バカにしたような笑いを浮かべながら言った。

「ええ。ありますよ。廃屋の地下貯蔵庫にたくさん」

「………」

高岡の表情が険しくなった。

「地下貯蔵庫って何？」

晴香が訊ねると、八雲はため息を吐きつつも説明をしてくれた。

「開かずの間の地下には、貯蔵庫があったんだ。その壁には、誰かが爪で引っ掻いた傷が、無数についていた」

「それって……」

「ああ。あの場所に、誰かが閉じ込められていたということだ。おそらくは、それが由利さんだ」

「彼女は、地下に閉じ込められて、死んだってこと？」

「多分ね。彼女は、あの場所から出ようと必死に足掻いたけれど、それは叶わなかった。爪でコンクリートの壁を破壊することは出来ない。やがて、彼女は出られないと悟ったのか、壁に自分をここに閉じ込めた犯人の名前を書き記した。あなたの名前です。高岡先生——」

八雲が、真っ直ぐに高岡を指した。

しばらく呆けたように突っ立っていた高岡だったが、やがてふっと口許を緩めた。

「鬼の首を取ったみたいな言いようだけど、自分たちの置かれている状況が、分かっていないようだね」

「……………」

「ここにいる全員を殺してしまえば、それで終わりだ」

高岡は、バールを持つ手に力を込めると、それを大きく振り上げた。

「止めたほうがいいですよ」

八雲が、そう言いながら、スマホを取り出し、見せびらかすように左右に振ってみせた。

　高岡の動きが、ピタッと止まる。

「それは、もしかして……」

「そうです。祐一さんが落としたスマホです。この中には、肝試しの夜に撮影した写真が残っています。きっと、背後には、あなたの姿が写っているでしょうね。肝試しのあった日に、あなたは、地下から死体を動かす作業をしていたようですから」

「そ、それって……」

「ああ。あの夜、高岡先生は、由利さんの死体を、廃屋の地下貯蔵庫から、別の場所に移そうとしていた。そうしなければならない理由があった」

「廃屋が、取り壊されるから？」

「そうだ。だが、そこで運悪く、君の友人たちと出会すことになった。物陰に隠れたものの、フラッシュを焚いた記念撮影をした」

「そこに高岡先生が写ってしまった……」

「そうだ。高岡先生は、君の友人たちが撮影した写真が、自分の犯行の証拠になると考え、それを処分する方法を探していたんだ。君の友人は心霊現象に怯えていたが、その正体は高岡先生だったというわけだ」

「もしかして、祐一君を殺したのって……」

「正解。方法は至って簡単だ。彼は、心霊現象に酷く怯えていた。予めホラー映画なんかの音声を録音しておいて、こっそり近付き、タイミングを見計らって、彼の耳許で流してやればいい」

「祐一君は、驚いて逃げ出して線路に転落した……」

「そんなところだ」

「で、でも、和彦君は何で？」

晴香は、拘束されている和彦に目を向けた。

「高岡先生は、誰が写真のデータを持っているか知らなかったんだよ」

──そういうことか。

「自分の犯罪の証拠を隠蔽するためだけに、肝試しに行った全員を殺すつもりだったってこと？」

「そんなところだ」

「酷い……」

「ごちゃごちゃうるさい！　大人しく、それを寄越せ！」

高岡が吠える。

「そんなに欲しいなら、プレゼントしますよ」

八雲は、スマホを屋上から外に向かって投げ捨てた。

高岡は屋上の手摺りに駆け寄り、下を覗き込む。

しばらくして、ガシャンッとスマホが地面に衝突して、砕ける音がした。

「自分で、証拠を捨てるなんて、頭が悪いのか？」

高岡の目は、八雲を憐れんでいるようだった。

晴香も、八雲の行動は理解不能だ。あんな風に証拠を手放したのでは、殺してくれ――と言わんばかりだ。

「そうかもしれませんね。最後に、教えて下さい。ぼくの推理は、当たっていますか？」

「ああ。だいたいはね」

八雲の問いに、高岡が笑みを浮かべてみせる。

「つまり、あなたは、由利さんを殺害したことを認めるんですね」

「それがどうした。あれは、あの女が悪いんだ。お互い同意の上の不倫だったはずなのに、妻に言うとか言い出すから……。でも、殺してはいない。突き飛ばしただけだ。そしたら、テーブルの角に頭を打って、動かなくなった。まさか生きていたなんて……」

高岡は、そう言って自らの掌に目を向けた。そのときの記憶が、蘇っているのかもしれない。

動かなくなった由利を見て、高岡は死んだと勘違いして、廃屋の地下貯蔵庫に遺棄したということのようだ。

「祐一さんが、駅のホームから落ちるように仕向けたのも、あなたですね」

「ああ。君の言った通りだ」

「そうですか。それは良かった。あ、あと、一つ言い忘れていましたが、あなたが、必死になって回収しようとした写真データは、何の証拠にもなりません」

八雲が冷淡に言った。

「何？」

「だってそうでしょ。肝試しに行った学生が撮影した写真の背後に、あなたが映っていただけなんです。祐一さんの件だって、単なる推測で証拠は何一つなかったんです」

「何が言いたい？」

「ですから、あなたは愚かにも犯行を自供したんです」

「だからどうした？　これからお前らは死ぬんだ」

「残念。手遅れですよ。充分に時間稼ぎはしましたから」

八雲が言うなり、屋上に熊のような大柄な男性が入ってきた。

駅前で、八雲と話をしていた人だ。

「世田町署の後藤(ごとう)だ。誘拐と傷害未遂の現行犯だが、余罪はいろいろとありそうだな」

後藤と名乗った男は、警察手帳を高岡に提示した。

高岡は「わあぁ！」と叫び声を上げながら、逃亡を図ったが、すぐに後藤に取り押さえられてしまった。

15

数日後、晴香は改めて八雲の隠れ家である〈映画研究同好会〉の部屋を訪れた。

ノックしてからドアを開けると、八雲があくびをしながら「君か――」と迷惑そうに呟いた。

「いつ来ても寝起きみたいだね」

「君が寝起きにしか来ないだけだ」

ああ言えば、こう言う。初対面のときは、面食らったが、今は少しだけ慣れた。もちろん、いい気分はしないけれど。

「で、今日は、わざわざ何の用だ？」

八雲が、眠そうに目を擦る。

「お礼を言いに来たの」

「お礼？」

「うん。お陰さまで美樹は……」

「回復したんだろ？」

「よく知ってるね」

屋上での一件の翌日、美樹は目を覚ました。倒れてからのことは、あまり覚えていないらしい。

ただ、ときどき暗い部屋の中に閉じ込められている夢を見ていたらしい。

「事件のあと、彼女のところに行ったんだ」

「そうなの？」

「ああ」

「それで、憑依していた由利さんに、事情を説明して、彼女の身体から離れてもらった」

「そうだったんだ……」

「由利さんは、解放されたがっていた。もう、閉じ込められていないことを知れば、誰かに憑依する理由はない」

「そっか……」

前に八雲が言っていた、幽霊が彷徨っている原因を見つけ出し、それを取り除くのだ——と。

比喩的な言い方だと思っていたが、そのままの意味だったようだ。

「それと、もう一つ」

「何だ？」

「事件は結局、どうなったの？」

屋上での一件のあと、晴香は警察から事情聴取を受け、知っていることは全部話した。だが、その後、どうなったのか詳しく解説してくれるほど警察は優しくない。

八雲は、面倒臭そうに、髪をガリガリと掻きながらも、説明を始めた。

「由利さんの死体は、すぐに発見された。廃屋から百メートル程離れた雑木林の中で見つかったそうだ。お粗末にも程がある。何れにしても、近いうちに、高岡先生は殺人と死体遺棄の容疑で送検されるだろうね」

「祐一君のことは？」

「あれについては、立件は難しいだろうね。防犯カメラの映像を見せてもらったが、彼が突然、走り出したように見える。仮に、高岡先生が幽霊を演じていたことを証明出来たとしても、たいした罪にはならない」

「そっか……」

祐一が報われないことを悔しく思うが、晴香がどうこう出来る問題ではない。

「君たちへの誘拐と殺人未遂は、警察の証言もあるし、立件出来るはずだ」

八雲の言葉で、後藤という刑事の顔が浮かんだ。

「刑事さんと知り合いだったんだね」

「知り合いというより、腐れ縁だ」

「腐れ縁？」

「母親に殺される寸前のぼくを助けたお節介な警察官があの人だ。それ以来いろいろとね」

「面倒を見てくれてるってこと？」

「そんなんじゃない。ぼくにとって世の中の人間は二種類だ。ぼくの赤い左眼を奇異や同情の眼差しで見る奴と、それを利用しようとする奴。後藤さんは後者だよ」

晴香は八雲の言葉が納得出来ないでいた。

自分に関わる人間をたった二種類に分類出来るものだろうか？　人と人とのかかわりは、もっと複雑で意味深いもののはずだ。

でも、それをどう説明していいのか分からず、口を閉ざしてしまった――。

「そう言えば、一人だけ変わり者の例外がいたな」

八雲はポツリと言った。

「ねえ、変わり者って、まさか私のことじゃないでしょうね」

「何だ。自覚があるじゃないか」

変わり者呼ばわりされたことに、腹が立ちはしたが、下手に反論したら十倍になって返ってくるだけだ。

「どうせ、私は変わり者です。——あのね」

「何だ？」

「美樹を救ってくれてありがとう。それから、あのときも、私を助けに来てくれた。本当にありがとうございます」

晴香は改まった口調で頭を下げると、テーブルの上に封筒を置いた。

「これは？」

「約束の後払いのお金——」

「いらない」

八雲は封筒を押し返してきた。

「どうして？」

「君のお姉さんにはずいぶん借りがある。それでチャラだ」

「借り？」

意味が分からずに、首を傾げた。

「廃屋での一件もあるし、A棟の屋上に君たちがいることを教えてくれたのも、君のお姉さんだ」

「お姉ちゃんが……」

——私を助けようとしてくれた？

それを思うだけで、胸の奥がじわっと熱くなった。

「ごめんなさい」

「なぜ謝る？」

「私、初めて会ったとき、斉藤さんのことインチキだって……」

「気にするな」

「でも……」

「それと、その斉藤さんっていうのは止めてくれ」

八雲が晴香を指差しながら言った。

「何て呼べばいいの？」

「普通に名前で呼んでくれてかまわない」

ただ、呼び方が変わっただけなのに、彼の心の中に、一歩足を踏み入れたような気がした。

「私、八雲君の不思議な能力——ごめん。体質だったね。とにかく、それを信じる」

「そりゃありがたいね」

八雲は、どうでもいいという風に大きくあくびをする。

動きがまるで猫である。

「私、八雲君が羨ましい」

「羨ましい？」

「だって、お姉ちゃんに会えるんでしょ。私は会いたくても会えない。ずっと謝りたかったのに、いろいろ言いたいこともあったのに、私には見えない……」

晴香の声は、情けないくらいに震えていた。

——私のせいでお姉ちゃんが死んだ。

その十字架は、下ろしたくても下ろせない。この先の人生、ずっと背負い続けていくことを思うと、今さらながら我が身の罪深さを呪わずにはいられなかった。

「そんなに自分を責めるな。前も言ったが、君のお姉さんは君のことを恨んではいない」

「恨んでないなんて嘘。お姉ちゃんは私のせいで死んだの……」

「だったら自分で聞いてみればいい」

八雲は、左眼のコンタクトを外し、その赤い瞳を晴香に向ける。

何度見ても、綺麗な赤い色だった。

まるで自らが光を発しているかのように——。

「目を閉じてみろ」

晴香は、八雲に言われるままに、瞼を閉じた。

目の前が、真っ暗になる——。

おでこに何かが触れる感触があった。

「お姉ちゃん」

ふと気がつくと、晴香の目の前に、綾香が立っていた。

あの頃の姿のままだった——。

「お姉ちゃん。ごめんね。私があのとき……ボールを投げたりしたから……」

晴香は、絞り出すように言う。

綾香は何も言わなかった。ただ、微笑んでいるだけだった。

それだけで充分だった。

晴香の目からは、自分でもどうしようもないくらいに涙が溢れた。

とても温かくて穏やかな綾香の微笑みは、自分の今までの苦悩を洗い流してくれているようだった。

晴香は、止まらなくなった涙を、何度も、何度も拭い再び目を開いた。

目の前から綾香の姿が消えていて、代わりに今にも眠ってしまいそうな、八雲の顔があった。

「ありがとう……」

晴香の言葉に八雲は何も聞こえていないという風に、天井を見上げていた。

「私、八雲君の前で二回も泣いちゃったね」

「三回だ」

八雲は指を立てて訂正する。

「そんなのいちいち数えないでよ。好きで泣いているんじゃないんだから」

晴香は、ハンカチを使って涙を拭ってから席を立った。

「本当にいろいろありがとう。これでお別れね」

八雲は晴香の言葉に応えなかった。

ただ、大きな口を開けて、あくびをしただけだった。

凄く大変だったけど、これで終わってしまうと思うと、晴香は少し寂しかった。でも、八雲にとっては、どうでもいいことのようだ。

思えば、彼は最初から乗り気ではなかった。ようやく終わったという安堵のほうが強いのだろう。

晴香は、ドアノブに手をかけたところで、ふと動きを止めた。

——本当にこれでいいの？

そんな心の声がした。

「もし、もしもう一度お姉ちゃんに会いたくなったらどうすればいい？」

晴香は、八雲に背を向けたまま訊いてみた。

八雲からの答えはなかった。

──私はいったい何を期待していたのだろう？

自分の口から出た意外な言葉を、笑いで誤魔化しながらドアを開けた。

「そのドアを開けて、ここにくればいい」

晴香は慌てて振り返る。

八雲は相変わらず、眠そうな目をしている。

「え？」

「好きなときにくればいいって言ったんだ。ただし、次はしっかり料金は貰う」

「次は、金額交渉させてもらうから」

晴香はそう言い残すと、微笑みとともに部屋を出た。

ふと視線を上げると、空の青さが、これまでよりも眩しく見えた──。

FILE Ⅱ　トンネルの闇（やみ）

旧T街道にあるそのトンネルには、以前から幽霊が出るという噂があった――。
昭和の時代に凄惨な殺人事件が起きたとも、自殺した女性の幽霊が彷徨っているとも言われている場所だ。
ある人は――血塗れの老婆を見たと言う。
ある人は――気付いたら知らない人が車に乗っていたと言う。
ある人は――白い手に足を摑まれたと言う。
真相は定かではないが、このトンネルで事故が多発していることは事実だ。

1

イタリアンバルの店を出た小沢晴香は、真っ直ぐ駅に向かった。日曜日の夜の時間帯ということもあり、いつも賑わっている駅のロータリーも閑散としていた。

駅へと続く階段を上ろうとしたところで、誰かに名前を呼ばれた気がした。振り返ると、美樹が顔を上気させながら駆け寄ってくるのが見えた。

「あれ？　飲み会は？」

晴香は、追いついてきた美樹に訊ねた。

「もう。急に帰っちゃうからさ」

美樹が怒ったように、頬を膨らませながら言う。

心霊事件に巻き込まれ、入院していた美樹の快気祝いということで、食事会が開かれることになったのだが、蓋を開けてみれば、いわゆる合コンだった。美樹は、心霊事件がきっかけで彼氏と別れたので、次の出会いを求めているらしい。

だが、晴香は、出会いも求めていないし、初対面の人たちと大人数で一緒にいるのが苦手なので、体調が芳しくないと言い訳をして、抜けてきたのだ。

美樹にも、そのことは伝えたのだが、多分、酔いが回っていて聞いていなかったのだろう。

晴香は「ごめん」と取り敢えず謝っておく。

「あ、それでね、達也君が、送って行ってくれるって」

美樹が早口に言う。

「達也って誰？」

晴香が首を傾げると、美樹は「もう」と呆れたようにため息を吐いた。

「ずっと晴香の隣にいたでしょ」

言われて思い出した。確かに、ずっと隣に座って喋り続けていた男性がいた気がする。晴香は、帰ることばかり考えていたので、完全に話を聞き流していた。

「ああ。あの人」

「そう。車を取ってくるから、ロータリーで待ってて欲しいって」

「車って……飲酒運転じゃないの？」

「達也君は下戸だから、飲んでないよ」

「でも、悪いし。電車で帰るからいいよ。美樹も、戻ったほうがいいでしょ」

「もう。そんなだから彼氏が出来ないんだよ」

――いや。彼氏が欲しいと言った覚えはない。

美樹は、一日でも彼氏がいないと寂しくて死んでしまうようなタイプかもしれないが、晴香は一人でも平気な性分だ。上京したての頃も、ホームシックとは無縁だった。

それに――姉の綾香のことを考えると、恋をしようという気にはならない。

綾香は、晴香のせいで死んだのだ。それなのに、自分が誰かを好きになって、充実した日常を過ごすということが、考えられなかった。

――君のお姉さんは、君のことを恨んでいない。

ふと、八雲の声が耳に蘇った。

幽霊が見える八雲は、綾香の想いを晴香に伝えてくれた。いつも、ぶっきらぼうで、棘だらけの言葉を並べる癖に、あのときの八雲の声は、とても温かくて、柔らかかった――。

八雲に限って、晴香を慰めるなんてことはあり得ないから、綾香の本当の想いだったのだろう。でも、だからといって、簡単に気持ちを切り替えることは出来ない。

「私は別に彼氏とか……」

晴香の言葉を遮るように、クーペタイプの白い車が、エンジン音を轟かせながらロータリーに滑り込んできた。

「お待たせ!」

運転席のドアが開き、一人の青年が降りてきた。顔をはっきり認識していないが、多分、この人が達也なのだろう。

「ちょーかっこいい車だね。めっちゃ高そう」

美樹が嬉しそうに声を上げる。

晴香は、車に詳しくないので車種までは分からないが、それでも、大学生には手が出ない高級車であることは分かった。

「整備工やってる先輩から、格安で譲ってもらったんだよね」

「凄い!」

車の話で盛り上がっている美樹と達也を余所に、晴香は帰ろうとしたのだが、美樹に腕を掴まれた。

「ちょっと、せっかく来てくれたんだから」

「でも……」

「いいから。いいから」

美樹は、助手席のドアを開けると、晴香を強引に押し込め、自分は後部座席に乗り込んでしまった。てっきり、美樹が助手席なのかと思っていた。

達也も、すぐに運転席に乗り込み、エンジンを始動させると、アクセルを踏み込んだ。

晴香は慌ててシートベルトを締める。

「それで、晴香ちゃんの家って、どの辺なの？」

達也が明るい口調で訊ねてきた。

「百合ヶ丘(ゆりがおか)の駅の近くなので、駅前までで大丈夫です」

不本意ながら送ってもらう流れになってしまったが、家を知られたくはなかった。

「百合ヶ丘方面ね。ＯＫ」

達也が、軽快にハンドルを捌(さば)く。

「ねぇ。達也君。せっかく、かっこいい車なんだし、ちょっとドライブしようよ」

美樹が、後部座席から余計な提案をしてくる。

「いいね！　夜景が綺麗(きれい)なとっておきの場所があるんだけど、どう？　あ、でも、晴香ちゃんは大丈夫？　確か体調が悪かったんだよね？」

達也が、晴香に訊ねてきた。

見た目にちゃらさはあるが、相手のことを気遣うことが出来るタイプのようだ。

「はい。早めに帰って休みたいです」

「たまにはいいじゃない。ね！　ちょっとだけだから！　お願い！」

美樹が晴香の言葉を断ち切り、話を進めてしまった。

前から強引なところがあるとは思っていたが、想像以上だった。悪意でないことは分かっているが、こういう感じなら、今後の付き合い方を考えないといけないかもしれない。

「そう言えばさ、この先のトンネルに、幽霊が出るって噂があるの知ってる？」

そう切り出したのは達也だった。

「え？　本当に？　それってヤバくない？」

美樹も、さすがに表情を曇らせた。

「単なる噂だよ。幽霊なんて、いるわけないよ。意外と怖がりなんだね。晴香ちゃんは幽霊とか信じる？」

達也が明るく訊ねてきた。

「はい。信じます」

晴香は即答した。

二週間前までなら、「よく分からない」と答えていたのだろうけど、今は幽霊は存在すると自信を持って言える。

「へぇ。信じるんだ。だったら賭けをしない？　もし、トンネルで幽霊が出たら、おれの負け。幽霊が出なかったらおれの勝ち。おれが勝ったら、今度デートしてよ」

「嫌です」

晴香はため息交じりに答える。

「えぇ？　何で？」

「私は幽霊の存在については肯定しましたけど、そのトンネルに幽霊がいるとは言っていません。それに、私が勝った場合のメリットがありません」

棘のある言い方をしてしまった。

一緒にいた時間は、ほんの僅かなのに、八雲の口調に引っ張られている気がする。

「確かに。あ、ほら、あのトンネルだよ」

達也が、フロントガラスの向こうを指差した。

彼が言った通り、道路の先には、トンネルがあった。照明灯の類いが設置されていないらしく、漆黒に染まった半円の坑がぽっかりと口を開けていた。

出口が見えない。このトンネルの先に繋がっているのは、あの世ではないかと錯覚してしまうほど、不気味な佇まいだった。

入り口の脇に「事故多発。速度注意！」という看板が設置されていた。

車がトンネルの中に入った瞬間に、急に空気が重くなったような気がした。エンジンの音が、トンネルの外壁に反響し、さながら人の呻き声のように聞こえる。

「車を停めて！」

急に美樹が金切り声を上げた。

振り返ると、美樹は零れそうなほど両目を見開き、真っ青な顔をしていた。

血色を失った唇がわなわなと震えている。

「どうしたの？」

晴香が訊ねると、美樹の目からぼろっと涙が零れる。

「だ、誰か隣に座ってる……」

――え？

慌てて確認してみたが、美樹の隣には誰もいない。

「誰もいないよ」

「いたの！　私の手を触ったの！　早く車を停めて！」

美樹は、運転席のシートを掴んで激しく揺さぶる。完全に、パニックになってしまっている。

「美樹。落ち着いて」

晴香は、宥めようとしたが、そうすればするほど逆に美樹の混乱は激しくなる。

「美樹……」

晴香の声を遮るように、ふふふっという、幼い笑い声がした。

——今の声は？

「ヤバい！」

達也が急に叫び声を上げ、急ブレーキを踏んだ。

晴香はつんのめりながらも前に視線を向ける。あっ！　車のすぐ目の前に、立っている女性の姿が見えた。

——間に合わない！

車が衝突する瞬間、女性と目が合った。

衝突を覚悟したのだが、何かがぶつかったような衝撃はなく、車はタイヤを鳴らしながら停まった。

晴香は、シートベルトを外し、ドアを開けて車を降りる。

衝撃はなかったが、あのタイミングで避けられたとは思えない。女性を撥ねてしまったのだとしたら、すぐに救急車を呼ばなければならない。そう思って、辺りを見回したのだが、何処をどう見ても、さっきの女性の姿は見当たらなかった。

車のバンパーも見てみたが、傷一つ付いていない。

「あれ？　さっき女の人がいたよね？」

同じように、車を降りて確認していた達也が怪訝な表情を浮かべる。

「はい。確かに道路に立っていたはずなんですけど……」

あれは、見間違いだったのだろうか？　でも、そんなはずはない。あの一瞬、晴香は、確かに女性と目が合ったのだ。

タッ、タッ、タッ。

思考を遮るように、誰かが走り去る足音が聞こえた。

タッ、タッ、タッ。

――まただ。

達也も聞こえたらしく、しきりに辺りを見回している。

タッ、タッ、タッ。

音に反応して目を向けると、車の脇を走り抜けていく子どものものと思われる足が見えた。

後を追いかけようと、車を回り込んだ晴香は、思わず足を止めた。

トンネルの出入り口のところに、背中を向けて立っている女性の姿が見えたからだ。

さっきの女性に違いない。

「大丈夫ですか？」

晴香が声をかけると、その女性はゆっくりと身体をこちらに向けた。

驚きで、心臓が止まるかと思った。

その女性の眉間には、大きな傷があり、そこからトクトクと脈打つように、大量に血が流れ出していた。

白いシャツの胸元が真っ赤に染まっている。

そればかりか、右腕が折れているのか不自然な方向に捻じれていた。

立っていられるのが、不思議なくらいだ。やはり、さっき女性を撥ねてしまったのだ。

「今すぐ救急車を呼びます！　とにかく、座って下さい！」

晴香がスマホを取り出し、女性に駆け寄ろうとすると、急に彼女の身体が激しく痙攣し始めた。次いで、ゴホゴホッと苦しそうに咳をしたかと思うと、口からも大量の血を吐き出した。

それと同時に、まるで闇に溶けてしまったかのように、女性の姿が消えてしまった。

彼女が消える刹那、晴香の耳に「見つけて――」と囁く声がした。

「い、今、消えたよな……」

達也が呆然とした表情で呟いた――。

2

翌日、晴香はB棟の裏手にあるプレハブの建物に足を運んだ――。

一階の一番奥にある〈映画研究同好会〉のドアをノックすると、「留守です」と無愛想な返答があった。

――相変わらずだ。

晴香は、ため息を吐きつつも、ドアを開けて中に入る。

この部屋の主――八雲は、世界の終焉を見ているかのような、陰鬱とした表情で晴香を睨め付け「留守だと言ったはずだ」と責める。

「留守にしているようには見えないけど」

晴香が反論すると、八雲は面倒臭そうに、ガリガリと寝グセだらけの髪を掻き、大きなあくびをした。

「居留守を使っているんだから、空気を読んでくれ」

「それは、失礼しました」

「とにかく、間に合っているので、帰ってくれ」

「間に合ってるって何が？」

に合っている」

「君が、ここに足を運んだということは、心霊絡みのトラブルの押し売りだ。だから間

残念ながら八雲の言う通りだ。

ただ、ここで引き下がるわけにもいかない。

「そこを何とか、お願いします」

晴香は、両手を合わせて懇願する。

返答はなかった。汚物でも見るような目を向け、沈黙していた八雲だったが、やがて

根負けしたのか嘆息した。

「前にも言ったが、今度はきっちり報酬を貰うぞ——」

素直さは微塵もないが、この人は、意外といい人なのかもしれない。

「ありがとう。優しいんだね」

「君に言われると虫唾が走る」

——前言撤回！

やっぱり、八雲は嫌な奴だ。わざと晴香を怒らせようとしているとしか思えない。

ありったけの罵詈雑言をぶつけてやりたいところだが、頼んでいるのはこちらなの

で、あまり強く出ることが出来ない。

「で——」

八雲が、さっさと話せと促してきたので、晴香は向かいの椅子に座った。

今、気付いたのだが、なぜかテーブルの上にはチェス盤が置かれていた。さっきまで、誰かとチェスの勝負でもしていたのかもしれない。

何れにしても、このまま黙っていても仕方ない。晴香は、トンネルで目にした現象について、細大漏らさず説明をした。

しかし八雲は、晴香が説明している間も、興味がないと言わんばかりに、一人でチェスの駒を動かしている。弄んでいるのではなく、一人で双方の駒を動かし、まるで目に見えない誰かと勝負をしているようだ。

「ちゃんと人の話、聞いてるの？」

晴香は、不安になり訊いてみる。

「聞いている」

「チェスで遊んでいるように見えるけど……」

「遊んでいるんじゃない。これは、ちゃんとした勝負だ」

「勝負って、誰もいないじゃない」

「君に見えていないだけだ」

八雲が眉間に皺を寄せ、目を細めた。

そういうことか。幽霊が見える八雲は、晴香に見えない誰かと、チェスの勝負をしているらしい。つまり、この部屋の中に幽霊がいるということだ。

慌てて辺りを見回してみたが、晴香の網膜では何も見えなかった。

「一応、話は聞いていたから安心しろ。君の彼氏と友人が幽霊を見たって話だろ？」

八雲があくびを嚙み殺しながら言う。

「達也君は、彼氏じゃないから」

「そうだな。彼氏候補だったな」

「だから……」

言いかけた言葉を吞み込んだ。

何を、そんなに意地になって否定しているのだろう。別に、八雲に勘違いされたところで、困るようなことではない。

「それで——話の続きは？」

八雲が、大きく伸びをしながら言った。

「え？」

「何をすっとぼけているんだ。ただ、トンネルの中で幽霊らしきものを見ただけなら、わざわざ相談することでもないだろ。つまり、話には続きがある——ということだろ？」

前から思っていたが、無気力なように見えて、洞察力は本当に凄い。マルチタスクが得意なのかもしれない。何れにしても、八雲のほうから振ってくれたのであれば話は早い。

「その日は見間違いかもしれないって、帰ることになったの。だけど、今朝になって、達也君が車を見たら、奇妙なものが残っていたの」

「具体的に」

「車のガラスに、手形がついていたんだって。それも、一つじゃなくて、幾つも——」

「洗車すればいいだろ」

「違うよ。車に乗ったとき、そんなものなかったんだから。それに、外側だけじゃなくて、内側にもついていたんだって」

「カー用品店で、手頃なクリーニングキットが売ってるはずだ」

「だ、か、ら——話は最後まで聞いてよ。それだけじゃなくて、達也君が車に乗っていると、勝手にナビが動き始めて、あのトンネルが目的地に設定されるらしいの」

幽霊が、達也をあのトンネルに誘おうとしているようにも感じる。

「ナビのメーカーにクレームを入れればいい」

八雲が身も蓋もない横槍を入れたが、いちいちまともに受け答えしていたら、こっちが疲弊するだけだ。晴香は、無視して話を続ける。

「異変は、達也君だけじゃないの。美樹が寝ているときに、耳許で変な声が聞こえたんだって。それで、目を開けたら、血塗れの女の人が、馬乗りになって美樹を見下ろしていたらしいの」

美樹から聞いた話を説明しているだけなのに、晴香は思わず身震いをした。それとは対照的に、八雲は頬杖を突き、今にも眠ってしまいそうな目をしている。

「君は、何かあったのか？」

しばしの沈黙のあと、八雲が訊ねてきた。

「私は何も……」

——もしかして、心配してくれたの？

「君は、アホなのか？」

「どうしてそうなるの？」

真剣に話しているというのに、アホ呼ばわりされる筋合いはない。

「君は、自分のためでもないのに、わざわざ相談を持ち込んだのか？」

「そうだけど……」

「なぜ、他人のために、そんなに必死になる？」

「なぜって……」

そんなことを訊ねられても困る。友だちを心配して、何とかしてあげたいと思うのは、当たり前のことだ。

「わざわざ、トラブルを拾ってくるなんて、ぼくには理解出来ない。そんなものは、ゴミ箱にでも捨ててこい」

「そうはいかないよ。困ってるんだから」

晴香の考えが理解出来ないらしく、八雲は盛大にため息を吐いた。

「まったく……まあいい。ぼくは、報酬さえ貰えればそれで満足だ。君の行動原理はどうでもいい」

八雲は、ぼやくように言いながら立ち上がった。

「何処に行くの？」

「何をすっとぼけたことを言っているんだ。又聞きしただけの情報で、判断出来るわけがないだろ。当事者たちに会う。もし、証言が本当なら、幽霊が憑依(ひょうい)している可能性もあるんだ」

八雲は、ガリガリと寝グセだらけの髪を掻きながら言った。

前回のときも、口では何だかんだ言いながら最後は助けてくれた。他人のために何かをする晴香をアホ呼ばわりしたけれど、案外、同類だったりして――。

3

学食の窓際の席に八雲と並んで座った——。

日差しを浴びながら、テーブルに突っ伏している八雲が、まるで猫みたいに見える。

実際、この人は猫っぽい。何ものにも縛られず、何の悩みもなく、好き勝手に生きている。

——本当にそう？

詳しくは話してくれなかったが、八雲は母親に殺されかけ、父親が誰かも分からないという。しかも、幽霊が見える赤い左眼のせいで、奇異の視線に晒(さら)されてきたとも言っていた。

それを覆い隠すために、他人と距離を置いている——考え過ぎかな。

八雲が抱えているのは、圧倒的な孤独なのかもしれない。

「晴香ちゃん」

名前を呼ばれて我に返る。

達也だった。飲み会で見たときと違って、ずいぶんとベビーフェイスに見える。八雲が、心霊現象を体験した当事者から話を聞きたいというので、美樹経由で連絡を取り、足を運んでもらったのだ。

「達也君。わざわざごめんね」

「何で君が謝る？」

突っ込みを入れてきたのは八雲だった。

いつの間にか顔を上げ、不機嫌そうに寝グセだらけの髪をガリガリと掻いている。

確かに、心霊現象を体験しているのは達也で、晴香はそれを解決するために動いている。ここで謝るのは変な話なのだが、もう癖のようなものだ。

「あれ？　もしかして晴香ちゃんの彼氏？」

達也が、八雲に視線を向ける。

「あ、いえ。違います。あの、斉藤八雲さん。心霊現象の解決をお願いしているんです」

晴香は、早口に説明する。

「そうなんだ。良かった。おれにも、まだチャンスあるってことだね」

「はあ……」

晴香は、苦笑いを浮かべた。

何とも嘘っぽい。どうせ、誰にでも言っているのだろう。

「この前は、幽霊とかで変なことになっちゃったから、今度リベンジさせてよ」

「いや……」

「ナンパなら、後にしてもらえますか？」

八雲が、頬杖を突きながら冷めた視線を投げかけてきた。

「ああ。そうだったね。心霊現象の話だったね」

話はようやく本題に戻り、達也が向かいの椅子に腰を下ろした。

「それで、詳しく話を聞かせて下さい」

八雲が先を促す。

「トンネルから帰った翌日に、車を見たら、窓とかに手形がついていたんだ。それも幾つも……」

「汚れていただけでは？」

「それはないよ。あの車が納車されたのって、トンネルに行く前日なんだよね。整備工の先輩が、手伝いをする代わりに格安で譲ってくれたんだよ。物損事故で凹み(へこ)とかあったんだけど、綺麗に修繕してくれたし、コーティングもしてくれてたから、手形なんて全然ついてなかった」

「その手形は、今はどうなっていますか？」

八雲は、訊ねながら左眼を掌(てのひら)で隠す。

「今は拭き取ってある。だって気味が悪いでしょ」

「一つ訊いていいですか？」

「はい」

「駐車場の近くに、学校や保育園などはありますか？」

「あったかな？　よく覚えてないな」

「異変は、手形の他にもあるんですよね？」

「そう。ナビが、勝手に例のトンネルを目的地に設定されちゃうんです。また、あのトンネルに行かせようとしているみたいで怖くて……」

達也の表情は険しかった。

口調が軽いので勘違いしてしまうが、彼も相当に怖い思いをしているのだろう。

「もう一つ訊いてもいいですか？」

「何？」

「最近、あなたに近しい人が亡くなっていませんか？」

「え？」

「男の子です。親類かもしれないし、あなた自身の子どもかもしれない」

「いや、おれの子ってのはないでしょ。でも、一年くらい前に、甥っ子が病気で亡くなって……何で分かるの？」

「あなたに憑いています」

八雲は、達也の背後を指差した。

達也は慌てて振り返ったが、何も見えなかったらしく、改めて八雲に向き合う。

「どうして、とも君がおれに？」

達也が、不思議そうに首を傾げる。

「遊びたいんじゃないですか」

「ああ……。確かに、全然、遊んであげていなかったからな……。でも、とも君とトンネルって関係ないよね？」

「ええ。一切、関係ありません」

八雲があっさりと言う。

「どういうこと？」

「あなたの近辺で起きている心霊現象は、おそらく一年前に亡くなったという甥っ子の幽霊が引き起こしていることです」

「でも、これまで、そんなことは……」

「本当にそうですか？」

「へ？」

「これまで、ただ自覚していなかっただけでは？　それが、トンネルで心霊現象を体験したことで、関連付けられ、異変に気付くようになった——」

「そう言われてみれば……」

「そもそも、あなたたちがトンネルで見たのは、女性の幽霊なんですよね？」

「そうだけど……」

「少なくとも、あなたには、女性の幽霊は憑いていません」

——なるほど。

確かに晴香たちがトンネルで見たのは、血を流した女性の幽霊だった。達也に憑いているのが、男の子の幽霊だとしたら、それは無関係ということになる。でも——。

「幽霊が憑いていて、本当に大丈夫なの？」

晴香は口を挟んだ。

前回の美樹の一件がある。もしかしたら、達也もあのときの美樹と同じ状態になってしまうかもしれない。

「憑くといっても、いろいろとある。前のときみたいに憑依しているわけじゃない。今のところ、ただ見ているだけなので、差し迫った問題があるわけではない。放置しても大丈夫だ」

「本当に？」

「ああ。君たちには見えていないだけで、幽霊なんてそこら中にいるんだ。実害がないなら放っておけばいい。だいたい、君にも憑いているんだ」

八雲は明言を避けたが、それが綾香のことだということは、すぐに分かった。

「そっか。そうだね……」

「何だ。ビビって損したよ。まあ、何もないなら、それでいいや。おれ、もう行っていい？　この後、バイトがあるんだよね」

達也は、軽い調子で言うと席を立った。八雲が「どうぞ」と促すと、達也は一度は席を離れたのだが、すぐに舞い戻ってきた。

「大事なことを言い忘れるところだった。晴香ちゃん。連絡先を教えてよ。もしかしたら、また心霊現象起きるかもしれないし、そういうとき、美樹ちゃん経由だと面倒でしょ」

達也は、そう言いながらスマホを取り出した。

晴香が「えっと……」と判断を迷っていると、達也が覗き込むように、八雲の顔を見た。

「斉藤さんだっけ？　本当に晴香ちゃんの彼氏じゃないんだよね？　おれと連絡先を交換しても、問題ないでしょ？」

「ご自由に。あなたたちが、どうなろうと、ぼくの知ったこっちゃない」

「だって」

達也は、ニコッと笑ってみせた。

晴香と連絡先の交換をした後、達也は「またね――」と手を振りながら去って行った。

それを見送るのと同時に、八雲が深いため息を吐いた。

「何か怒ってる?」

「別に——。ただ、君にはいいかもしれないが、ぼくは、あの手のタイプが苦手だ」

「あの手って?」

「人間関係の全てを恋愛に関連付けて邪推する。恋愛脳と会話をするのは疲れる」

確かに、八雲の言わんとしていることは分かる。

さっきだって、心霊現象について相談するために来てもらったのに、真っ先に八雲が彼氏かどうかを確認していた。

「でも、悪気があるわけじゃないと思う」

晴香の言葉に反応して、八雲が左の眉をぐいっと吊り上げた。

「悪気がないから、面倒臭いんだよ」

八雲が、ポツリと言った。

もしかしたら、八雲は過去に恋愛で痛い思いをしたことがあるのかもしれない。そもそも、この人は、恋愛をするのだろうか?

八雲が誰かに甘えている姿とか、まったくイメージが湧かなかった。

4

達也が食堂を出て行った後も、晴香は八雲と食堂に残り続けた。

この後、美樹と合流することになっている。本当は、同じ時間帯に一緒に話を訊きたかったのだが、タイミングが合わず、バラバラになってしまった。

八雲は、テーブルに頬杖を突き、ぼんやりと窓の外を眺(なが)めている。

「一つ訊いていい？」

晴香が訊ねると、八雲は窓に目を向けたまま「つまらないことでなければ——」と答えた。

話すときは、相手の顔くらい見て欲しいが、そんなことを八雲に求めても仕方ない。

「達也君の車に残っていた、手形のことなんだけど……」

「ああ。あれか」

「前に、幽霊には物理的な影響力はないって言ってたよね。だとしたら、幽霊が手形を残すことなんて出来ないはずだよね？」

「よく覚えていたな」

八雲が身体を起こして、椅子の背もたれに身体を預ける。

「覚えてるよ。全部忘れると思ってたの？」

「そもそも、記憶していないと思っていた」

——本当にむかつく！

「私を何だと思ってるの？」

「トラブルメーカー」

——否定出来ない。

「もう。そんなことより、質問に答えてよ」

「車についていた手形が自然に消えていたのだとしたら、幽霊の仕業ということも考えられる。だが、彼は拭き取ったと言っていたのだから、間違いなく物理現象だ」

「そうだよね」

「ということは、車の手形は幽霊の仕業じゃない。おそらく、子どもの悪戯だ」

「そういうことか！」

晴香も合点がいった。

だから、八雲は達也に「駐車場の近くに、学校や保育園などはありますか？」と訊いたのだ。

達也の車は、目立つ高級車だ。これまで停まっていなかった場所に、真新しい車が置かれていたことで、子どもたちが悪戯をしたというわけだ。

たまたま、そのタイミングがトンネルの心霊現象の後だった――。

分かってしまえば、どうということはない。元来、不可解な現象というのは、そういうことなのかもしれない。などと考えていると、美樹が食堂に入ってくるのが見えた。

「あ、美樹！」

晴香が立ち上がり手を挙げると、美樹は小走りに駆け寄ってきた。

「あ、こちらは、斉藤八雲さん。この前、美樹が憑依されたときに、助けてくれたのが、この人なの」

晴香は、美樹に八雲を紹介する。

前回の事件のとき、病院で一度会っているが、そのとき美樹は、憑依されて意識が混濁した状態だったので、八雲のことを認識していない。

「お噂は兼々。その節は、本当にありがとうございました――」

美樹が丁寧に頭を下げる。

「お礼なんて必要ありません。それより、少しは懲りて欲しいものですね」

八雲の視線は、蔑みに満ちていた。

「えっと……」

「不用意な肝試しで大変な目に遭ったので少しは反省しているかと思っていたのですが、性懲りもなくまた幽霊が出るという噂のあるトンネルに行くなんて、正気を疑います」

口調は淡々としているが、あまりに辛辣な言葉だった。

「ちょっと。言い過ぎだよ」

晴香は、思わず口を挟んだ。

確かに不用意だったかもしれないけれど、別に興味本位で肝試しに行ったわけではない。あのトンネルに幽霊が出るというのは、途中で聞かされたのだ。

「何が言い過ぎなものか。これくらい言わないと、また同じことを繰り返す。その度に、引っ張り出されたのでは、堪ったもんじゃない」

「でも、今回はわざとじゃない。美樹だって知らなかったんだよ」

「そうかもしれないが、あまりに無警戒だった。幽霊の話を聞いた段階で、引き返すことも出来たはずだ」

「だけど……」

「それに、彼女には幽霊が憑依している。多分、憑かれ易い体質なんだ。人一倍、警戒しておくべきだ」

八雲は真っ直ぐに美樹を指差した。

美樹は、ビクッと肩を震わせたあと、硬直して動かなくなってしまった。達也のように、振り返る勇気すらなかったのだろう。

「本当に、美樹に幽霊が憑いているの？」

晴香が訊ねると、八雲はゆっくりと首を縦に振った。

「ああ。頭から血を流していて、手足が不自然に折れている。グレイのスーツを着た、セミロングの髪の女性だ」

「私たちが見たのは、その女の人だよ」

晴香は、思わず声を上げた。

「なるほど。トンネルにいた幽霊は、彼女に憑依して、ついてきてしまったというわけだ」

八雲が、苛立（いらだ）たしげに髪を掻き回す。

「あ、あの……それって本当ですか？」

美樹が震えた声で訊ねる。

「嘘を吐く必要がありません」

「で、でも……変なお札とか、売りつけるつもりで、そういうことを言っているのかもしれません」

美樹は胸の前で両手を合わせる。

本気で、八雲をインチキ霊媒師と疑っているのではなく、幽霊が憑依しているという事実を、受け容れられないが故の言葉だろう。

「別に、疑うなら、それで構いません。本人の望まないことをする気はありませんから、ぼくはこれで帰らせてもらいます」

八雲が席を立ったところで、美樹が態度を豹変させた。

「ごめんなさい。疑ったことは謝りますから、何とかして下さい」

美樹が涙声で訴える。

しばらく、憮然としていた八雲だったが、やがて椅子に座り直した。

美樹も小さく頷いて向かいの椅子に座った。

「あの――私は、どうすればいいんですか？」

美樹は、身を乗り出すようにして言う。

「それを考えるので、まずは幾つか質問させて下さい」

「はい」

「今のところは、幽霊の姿を見ただけですか？」

「声も……」

「何と言っていたのか、分かる範囲でいいので、正確に教えて下さい」

「多分ですけど、見つけて――そう言っていたような気がします」

「見つけて……」

八雲は、呟くように言った後、俯いて左手の人差し指を眉間に当てた。そのまま、ピクリとも動かない。深い思考に入っているように見える。

「あの――」

沈黙に耐えかねて、口を開いた美樹を八雲が制した。

「もう一つ」

「な、何ですか？」

「あなた自身の体調に、変化はありますか？　突然、意識を喪失したり、記憶がなくなったり」

「いえ。それはないです」

「分かりました。取り敢えずは、今は家で大人しくしていて下さい」

八雲は、それだけ告げると改めて席を立ち、食堂を出て行ってしまった。

晴香は八雲を追いかけようとしたが、思い直して「大丈夫？」と美樹に声をかける。

「うん。平気」

「なら良かった」

「晴香。前のときも、私のために、あんな嫌な奴と一緒に行動してくれたの？」

美樹が険しい表情で言う。

あのやり取りの後だ。美樹が八雲に嫌悪感を抱くのも当然だ。まあ、晴香も最初は似たようなものだった。だけど――。

「口は悪いけど、案外いい人だよ」

「そうは見えないけど……」

「ちょっと素直じゃないけど、悪気はないんだよ」

「晴香には、もっと合う人がいると思う」

どうやら美樹も恋愛脳らしい。晴香は「かもね」と曖昧に答えてから八雲の後を追いかけた——。

「ねぇ。ちょっと待ってよ」

中庭に出たところで、八雲に追いつき声をかける。

少しは待ってくれるかと思ったが、八雲は立ち止まることも、歩調を緩めることもなく、ずんずんと歩いて行く。

何とか横に並んだところで、晴香は疑問をぶつける。

「ねぇ。これからどうするの？」

「状況はだいたい分かった。後は——」

「現地に行ってみるのね？」

「そういうことだ。ただ、少し問題がある」

「問題？」

「そのトンネルは、歩いて行ける距離じゃないんだろ」

「あ、うん。道はだいたい分かるけど、歩いて行くのは結構キツいかも。山道だし……」

徒歩だと一時間以上はかかりそうだ。運動と縁のない晴香には、なかなかの苦行だ。

「君は、車は持っているのか？」

「持ってると思う？」

「思わない」

「一応、免許はあるけど、取得してから一度も乗ったことはない」

「威張るな」

「別に威張ってません」

「車のあてはあるか？」

「さっきの達也君に頼んでみる？　あ、でも、バイトだって言ってたね」

「あの男に頼むくらいなら、歩いたほうがマシだ。気は進まないが、他に手はないな……」

――この口ぶり。

「あてがあるの？」

「ないことはない。ただ、一緒に行くつもりなら、一つだけ約束して欲しいことがある」

八雲は足を止めて、晴香の鼻先を指差した。

「何？」

「余計なことは、何も喋るな。質問も受け付けない」

「どういうこと？」

「そのお喋りなお口を閉じておけ——と言っているんだ」

「お喋りって……私、そんなに喋ってないと思うけど」

「早速、喋ってるじゃないか」

——むっ！

反論しようと思ったが、その前に八雲はさっさと歩いて行ってしまった。

5

晴香は、八雲の背中を追いかけるようにして、黙々と歩いていた——。

銀杏（いちょう）が立ち並ぶ、ゆるやかな上り坂は、秋の香りがした。

風情があり、ふと足を止めて写真を撮りたくなる。でも、行動に移したら、八雲にめちゃくちゃ怒られそうだ。

大学の近くに、こんな場所があるなんて、全然知らなかった。

それにしても――いったい何処に向かっているのだろう？　疑問は覚えたが、喋るなと言われているので、黙ってついて行くしかない。

やがて、坂を登り切ったところにあるお寺の前で、八雲は足を止めた。

敷地はそれほど広くなく、建物もかなり古いが、手入れが行き届いていて、風格のあるお寺だった。〈彩雲寺〉という寺号が確認出来る。

――何でお寺なんかに来たのだろう？

「ねえ……」

「忘れたのか？　質問はなしだ」

問い質そうとしたのだが、八雲は口の前に人差し指を立てる。

理由くらい訊いてもいいと思うのだが、八雲はそれすら許してくれないらしい。

「ここで待っていろ。その門の前から動くなよ」

八雲が念押しする。

「私は行かなくていいの？」

「質問はなしだ」

八雲が無表情に言う。

問答無用といったところだ。これなら、まだ墓石のほうがかわいげがある。何にしても、本当に何も喋るつもりはないらしい。

晴香は、諦めて四脚門の柱に寄りかかった。それを見て、八雲は満足したのか、スタスタと境内に入って行く。

その後ろ姿を目で追っていると、砂利の敷き詰められた庭を抜け、本堂と渡り廊下で繋がれた、庫裡と思われる離れの建物の戸を開けて中に入って行った。

インターホンも押さなければ、挨拶もなかった。

不法侵入というのは、さすがにないだろう。このお寺は、八雲と何かしらの係わりがあるのかもしれない。何も話したくないのも、そうした事情からと考えると納得がいく。

――それにしても寒い。

歩いているときはそれほど感じなかったが、一人でじっと立っていると、吹き付ける風がこたえる。

どうしてこんなところで、一人で待たされなければならないんだ。そもそも事情を説明する気がないなら、大学とかで待ち合わせして、車で迎えに来てくれれば良かったのに――。

考えるほどに、何だか馬鹿らしく思えて、「早くしてよ」とぼやきながら、足許にあった小石を蹴った。

「痛っ」

突然聴こえた声に、ビクッとする。

門の脇から、作務衣（さむえ）に草履を履いた僧侶（そうりょ）らしき男性が現れた。もしかして、蹴った小石を当ててしまったのかもしれない。

「す、す、すみません」

晴香は慌てて頭を下げる。

「冗談ですよ。石は当たっていませんよ。さあ、頭を上げて下さい」

低く柔らかい響きのある声に促され、晴香はおずおずと顔を上げて、改めて僧侶の顔に目を向ける。

年齢は、四十代くらいだろうか。声と同じで、卵型の顔に、糸みたいな細い目をした柔和な感じの人だった。弥勒菩薩（みろくぼさつ）を思わせる空気感を持っている。

「あっ」

晴香は、僧侶の左眼が、八雲と同じように赤く染まっているのに気付き、思わず声を上げた。

「どうかしたのかね？」

「あ、いえ、何でもありません」

晴香は、首を左右に振って僧侶から視線を逸らす。

本当はいろいろと訊きたいけれど、八雲の「質問はするな――」という声が蘇り、辛（かろ）

うじて踏み留まった。

八雲の赤い左眼は、生まれつきだと言っていた。だとすると、この僧侶は、八雲の血縁者なのかもしれない。あれほどまでに詮索されるのを嫌がったのは、その辺の事情が絡んでいるのかもしれない。

「それで——お嬢さんは、こんな所で何をしているのかね？」

「あ、あの、八雲君が、いえ、友だちと待ち合わせをしていて……」

別にやましいことがあるわけでも、嘘を吐いているわけでもないのに、何となくもごもごとした口調になってしまう。

「そうか、そうか、八雲のガールフレンドだったか？　そりゃ珍品だ」

僧侶は余程可笑しかったのか、声のトーンが一気に上がった。

「ち、珍品？」

「いや、失礼。八雲がガールフレンドを連れてくるなんて、初めてのことだったから、つい興奮してしまってね」

「あ、あの、もしかして八雲君のご親族の方ですか？」

八雲から質問をするな——と言われていたが、それは八雲に対してであって、別の人なら問題ないはずだ。晴香は、強引に解釈を変えて僧侶に訊ねた。

「私はね、八雲の父親なんですよ」

「え？　で、でも……お父さんはいないって……」

八雲は、父親がいないという趣旨の話をしていたはずだ。

「ふむ。その顔は、八雲からだいたいの事情は聞いているみたいだね。混乱させてしまったね。申し訳ない。正確には、私は八雲の母親の弟——つまり叔父にあたるんだ。いろいろとあって、私が親代わりを務めているんだ」

八雲の叔父は苦笑いを浮かべながら、剃り上がった頭を掻いた。

雰囲気は全然違うのだが、こういう仕草は何処となく八雲に似ている気がする。

「まあ、こんな所で立ち話もなんだから、さ、さ、中に入りなさい。寒いでしょう」

「え、でも……」

「どうせ、八雲から何か言われたのだろう？　気にすることはない。八雲は、何をしたって、ぶつぶつ文句を言うのだから、聞き流せばいいんだ」

戸惑いながらも、晴香は僧侶に促されるままに門を潜った。

並んで歩きながら、僧侶は「一心」と名乗った。一つの心と書いて一心。

晴香も、遅ればせながら自己紹介をすると、一心は「それは本当に素敵な名前だね」と目を細めた。

「そうでしょうか？」

「そうだとも。雲は、何れ晴れるのだから——」

一心は感慨深げに言ったが、晴香にはその意味はイマイチ分からなかった。

そのまま庫裡にある居間に通され、炬燵に入ることになった。

一心は、一度居間を出て行ったが、しばらくしてお茶をお盆に載せて戻ってきて、晴香の向かいに座った。

改めて見てみると、一心は八雲に似ていなくもない。

「申し訳ないね。招いておいて、たいしたもてなしも出来ずに。こんなことなら羊羹でも買っておけば良かったな」

などと言いながら、晴香の前に湯飲み茶碗に入ったお茶を出してくれた。

「いえ、そんな」

晴香は、恐縮しつつも出されたお茶を頂く。

身体が冷えていたこともあって、思わずふーっと息が漏れる。

「寒かっただろう。あんな所に一人で」

「ええ。とても」

本当なら、そんなことありません。と言うところなのだが、つい本音が出てしまった。

「正直だね」

一心は、嬉しそうに目を細めて笑った。

「正直過ぎるってよく言われます。自分でも直さなきゃって思っているのですけど……」

「いやいや、正直が一番。晴香ちゃんのその言葉に救われた人もいるだろうに」

「そうでしょうか？　いつも失敗して、傷つけてばかりです……」

――不思議だな。

初対面の人が相手だと、壁を作ってしまいがちなのだが、一心は、そんなもの最初から存在しなかったかのように、するっと心の中に入ってくる。

「少なくとも私は、晴香ちゃんの言葉に救われた人間を知っているよ」

「え？」

「晴香ちゃんでしょ。八雲の赤い瞳を綺麗――と言ってくれたのは」

確かに言った。あれは、晴香にとっても忘れられない出来事だった。だけど――。

「八雲君には、そんなすっとぼけたことを言う奴は、初めてだと笑われました」

晴香が言うと、一心は何がそんなに可笑しいのか、声を上げてからからと笑った。

「晴香ちゃん。それはね……」

「叔父さん。それ以上余計なことは言わなくていい」

突然、八雲が会話に割って入ってきた。

いつの間にか、八雲は居間の入り口に立っていた。

「君も君だ。待っていろと言ったはずだが？」

八雲から批難の視線が飛んできたが、晴香はお茶を啜りながら、聞こえないふりを決め込んだ。その態度がお気に召さなかったのか、八雲が舌打ちをする。

「もういい。とにかく行くぞ」

八雲の命令口調に腹が立った。

——私は犬じゃない。たとえ犬だとしても、横暴な飼い主の言うことなんて聞いてやるもんか。

「何だ。八雲。邪魔せんでくれ。私は、もう少しお前のガールフレンドと話をしたい」

一心が子どものように、口を尖らせる。

「こいつはトラブルメーカーだ。友だちになるつもりはない」

「ほほう。もうそんな深い仲になっているのか。お前もなかなかやるな」

「叔父さん。人の話はちゃんと聞いてくれ」

「そんなつれないことばかり言っていると、晴香ちゃんを他の人に取られてしまうぞ」

「取りたい奴がいるなら好きにしてくれ。そもそもぼくが所有しているわけじゃない」

「八雲、お前もう少しだけ、素直になれんのか？」

一心が、これまでとは異なり、諭すような調子で言った。

だが、その程度で絆される八雲ではなかった。

「金額次第では考えてもいい」

一心が、やれやれという風に首を振ったところで、ようやく不毛な言い合いは終わりを告げた。

「叔父さん。悪いけど車を借りる」

「彼女とドライブかね」

「しつこい」

八雲は一喝してさっさと部屋を出て行ってしまった。

晴香はどうしたものかしばし思案したが、八雲の言う通り元々は自分が持ち込んだトラブルだ。

八雲一人に任せるわけにはいかない。一心に丁寧に礼を言って席を立った。

「ああいう子なんだ」

晴香が部屋を出ようとしたところで、一心が独り言のように呟いた。

その寂しげな響きに足を止め、「どういうことですか？」と聞き返した。

「八雲は、人よりたくさんのものが見えてしまうばかりに、心を閉ざしてしまっている」

「幽霊のことですか？」

一心は、「それもある」と頷いてから話を続ける。

「あの子は、幽霊だけでなく、いろいろと抱えてしまったせいで、人と深くかかわることを怖れ、逃げている。ああ見えても、本当は優しい子なんだ。……うーん……あまり説得力ないか……」

一心は、困ったような表情を浮かべて首を捻った。

「分かっています」

晴香は笑顔で応え、部屋を出た。

一心の前で気を遣ったのではない。そのときはなぜか素直にそう思えた。

6

晴香は、白い軽自動車の助手席に座っていた。

一心から借りた車だ。運転しているのは八雲だった。免許を持っているのも、運転している姿も、何だか意外だ。

「何を見ている？」

注視していることがバレたらしく、睨まれてしまった。

「別に――あ、それより、一心さんの左眼って」

八雲は、聞こえていないのか、表情一つ変えずにハンドルを握っている。いや、多分、聞こえているけど、答えたくないのだろう。

晴香は、諦めてぼんやりと窓の外を眺めた。

達也の車みたいに高級じゃないし、エアコンの利きも悪い。会話も音楽もなく、エンジンと風切り音が響くだけの車内なのに、なぜか居心地の良さを感じた。

「叔父さんの左眼は、生まれつき赤いわけじゃない」

車が峠道に差し掛かったところで、急に八雲が唐突に口を開いた。

「え？」

「それが訊きたかったんじゃないのか？」

そう言いながら、八雲がこちらを向いた。

一瞬だけ目が合った。それだけなのに、さっきまでの居心地の良さが嘘のように、心臓が暴れ出した。晴香は八雲から視線を外しつつ「うん」と頷く。

「叔父さんの眼はオッドアイじゃない。赤い色のカラーコンタクトを入れて、左眼を赤くしているんだ」

「どうして、わざわざそんなことをしているの？」

「少しでもぼくが味わった苦しみを、知ろうとしている。そういうけったいな人なんだ」

八雲は無感情に言っているが、一心のやっていることは簡単に出来ることではない。

深い愛情があってこその行動だ。

「そこまで気にかけてくれる人がいるのに、何で八雲君は大学なんかに住んでいるの？　少しは一心さんの気持ちを考えてあげたほうがいいと思う」

いつになく強い口調になってしまう。

「君の悪いところは、ろくに考えもしないでベラベラ喋ることと、何でも自分の価値観だけで決めつけてしまうことだ」

「八雲君の悪いところは、無愛想なところと、人の気持ちも考えずに無神経な言葉を発するところだね」

晴香は八雲に負けじと嚙みつく。

八雲は、聞きわけのない子どもを相手にして、呆れたと言わんばかりに力なく首を左右に振った。

「君は、あそこが何処だか分かっているのか？」

「お寺」

「そう。お寺だ」

「それがどうしたの。それとこれとは話が別でしょ」

「忘れたのか？　ぼくの左眼は、死者の魂が見えてしまう。自分の意思に関係なく――だ」

「あっ……」

八雲の言わんとしていることが分かった。

そうだ。死者の魂が見える八雲が、お寺などにいたら、毎日何十、いや何百という死者の魂と顔を付き合わせることになる。

死者の魂が抱く憎しみ、怒り、悲しみ、それら負の感情の渦の中で生活することになるのだ。とても普通の神経でいられはしない。

自分たちにとっては、ただのお寺かもしれないが、八雲にとってはそうではない。

「叔父さんも、それは承知している。あそこは、ぼくにとってはうるさ過ぎるんだよ」

晴香は初めて八雲の心情を覗き見た気がした。

八雲の言う通り、私は自分の価値観だけで、物事を決めつけてしまっているのかもしれない。

「ごめん」

晴香の謝罪に、八雲は何も答えなかった。そもそも、答えを期待していたわけではないので、別に気にはならない。

ただ、自分のことが少し嫌いになった――。

7

問題のトンネルに近付いたところで、八雲は路肩に車を停車させた。

トンネルの入り口辺りに、菊の花が供えてあった。元は鮮やかな色をしていたのだろうが、今は茶色く萎れてしまっている。

風が吹き、路面に落ちている枯れ葉が舞い上がる。

トンネルは、昼間でも暗く、カーブしているせいもあって、向こう側がまったく見えない。暗い坑を見ていると、この前の恐怖が、じわじわと蘇ってきて、手に汗が滲んだ。

「ここで間違いないな」

確認を求める八雲に晴香は黙って頷く。

「何か見えた？」

八雲の横顔に訊ねてみた。

「何かいるのは確かだ。でも、ここからじゃはっきりとは分からない」

「行ってみるしかないってこと？」

「そういうことだ」

八雲はそう言いながら、アクセルを踏み込む。トンネルの中に吸い込まれるように車が動き出した。

トンネルに入るのと同時に、あまりの暗さに一瞬、視界がブラックアウトする。空気は纏わり付くように重くなり、甲高い耳鳴りがする。

エンジン音と風切り音がトンネルの壁で反響し、おぉぉ——という人の呻き声のように聞こえた。

トンネルを半分ほど進んだところで、エンジンの音が明らかに変わった。急勾配の坂道なんかで、馬力が足りずエンジンが悲鳴を上げることがあるが、そんな音だった。

「まずいな……」

八雲がポツリと言って下唇を噛む。

その目は、いつもの寝惚け眼とは違い、泳いでいるように見えた。額に汗も浮かんでいる。八雲にしては、珍しく何かに慄いている。

「何かあったの？」

「不用意過ぎた」

「え？」

「ぼくがいいというまで顔を伏せていろ。絶対に窓の外を見るな」

「どうして？」

「いいから伏せていろ」

八雲の強い口調に、晴香は目を閉じて反射的に顔を伏せた。

多分、八雲にはこのトンネルにいる何か――が見えているのだ。それは、晴香が想像しているのより、ずっと悍(おぞ)ましいものなのだろう。

八雲がアクセルを思いっきり踏み込む。エンジン音が一際大きくなる。しかし、その割に一向に速度は上がっていない気がする。

晴香は身体を伏せて目を閉じてはいたが、車の外に何かの気配を感じた。

ペタッ。

何かが頬を触る。

冷たい。とても冷たい。

足にも、同じように冷たい感触があった。

まるで誰かに摑まれているようだ。

――おいで。

耳許で誰かが囁く。

男性なのか、女性なのかも分からない。いや、おそらく、その両方が混ざり合ったような、不気味な声。

――こっちにおいで。

こっちってどっち？　分からないけれど、その声に反応してはいけないことだけは、本能が知っていた。

晴香は、身体にぐっと力を入れて、ただ耐えるしかなかった。

——早く終わって。

「ぼくは……」

八雲の虚ろな声が聞こえた。

屈んだ姿勢のまま、チラッと八雲に目を向けると、八雲がハンドルに突っ伏してしまっていた。

——え?!

前を見ると、車はトンネルの出口に差し掛かっていて、そのすぐ先にあるカーブが迫っていた。

「八雲君！　前！」

晴香が、慌てて八雲を揺さぶると、彼は、はっと顔を上げた。

「摑まれ！」

八雲が叫ぶ。

——摑まれって何処に？

混乱しているうちに急ブレーキが踏まれた。

甲高いブレーキ音とともに、身体が前につんのめり、ダッシュボードに頭を打ち付けた。

痛みを堪えながら身体を起こした。

最初は、目がチカチカして、状況が摑めなかったが、次第にはっきりとしてきた。

車は、ガードレールのすぐ手前で停車していた。あと、ほんの数センチで接触していただろう。八雲のブレーキが、あと数瞬遅れていただけで、ガードレールを突き破り、崖下に転落していたかと思うと、背筋がぞっとした。

運転席を見ると、八雲はシートに凭れ、目を閉じてゆっくりと深呼吸している。

「急ブレーキを踏むなら先に言ってよ」

晴香はぶつけた額をさすりながら抗議する。

「先に聞いてくれ」

「どうして素直に謝れないの？　瘤が出来ちゃったよ」

「君こそ瘤程度ですんだことに感謝して欲しいね」

本当にこの人は、ああ言えば、こう言う。屁理屈ばかりだ。段々とそれに慣れてきている自分も、どうかと思う。

八雲は身体を起こすと、一度バックしてガードレールから離れ、改めて路肩に停車させると、車を降りた。晴香もその後に続く。

振り返ると、ぽっかりと暗い口を開けたトンネルが異様な存在感を放っていた。

「何があったの?」

さっきの八雲は、明らかに様子がおかしかった。晴香の想像出来ない何かがあったのは間違いない。

「最初は一人だった。三十代くらいの男の幽霊が車のボンネットに乗った。その後、何処から湧き出したのか、次から次へと幽霊が車に張り付いてきた。まるで、トンネルの中に引き戻そうとしているみたいだった」

「嘘……」

晴香は、昔見たゾンビ映画のワンシーンを思い出した。主人公たちの乗る車を囲む、途方もない数の死者の群れ——。

あれと同じようなことが、ついさっき起きていたというわけだ。

「このトンネルでは、もの凄い数の人間が死んでいる。無念を抱えた数え切れないほどの情念に、意識を半分持っていかれた……」

八雲は、掌で左眼を押さえた。

見えてしまう八雲にとって、亡者の群れに囲まれるというのは、拷問に等しかっただろう。

「どうして、そんなにたくさんの幽霊が?」

「多分最初は単純な事故だったんだと思う。そこで死んだ浮かばれない魂が彷徨い、次の事故を誘発する。そうやって、また浮かばれない魂が一つ増える。それが繰り返されたんだ。死が死を呼び、未練を抱えた死者の魂が際限なく増殖していく。まさに死のループだ」

訊いているだけで、背筋がぞっとした。

「どうすれば、それを止められるの？」

晴香の問いかけに、八雲はゆっくりとトンネルの入り口まで歩みを進めた。

「どうするも何も、ぼくにはどうにも出来ない。ぼくは、ただ見えるだけなんだ……」

八雲の声は、まるで空洞みたいだった。

「除霊してもらうとか？」

「それが解決になるとは思えない」

「前もそんなこと言ってたけど、どういうこと？」

晴香の問いに、八雲は苦笑いを浮かべ、ガリガリと寝グセだらけの髪を掻いた。

「ぼくには、呪文や経文、お札なんかを使ったお祓いが実際に可能かどうかは分からない。だけど、その方法は、あまりに乱暴だとは思う」

「乱暴なの？」

「ああ。酷く乱暴な方法だ」

「どうして？」

「幽霊は、元々は何だと思う？」

「人間――」

「ご名答。別に卵から生まれてくるのでも、宇宙からやってくるのでもない。元はちゃんと感情があって、ぼくたちと同じように生活していた人間なんだ。これはあくまでぼくの持論だが、幽霊というのは、死んだ人間の意思というか、想いというか、そういったものの塊じゃないかと思っている」

「前にも言ってたね」

「人間の記憶や感情は突き詰めると、電気信号だと言われている。インターネットを流れる情報の渦は、人間の脳の仕組みに酷似しているなんて言う人もいるくらいだ」

「そうなの？」

何だか、分かったような、分からないような――。

「そう考えると、器をなくしてしまった瞬間に、人間の感情が全て無に帰すわけでもないだろ。電気は器がなくたって流れるし、ネットの情報は元々の器が失われても、他の器に移り住むだけだ。死んだ人間の想いや、情念がその辺を漂っていても、何の不思議もない」

「確かに」

「ぼくの経験から、勝手に構成した持論だから、科学的に説明しろと言われても無理だけどね」

「私は、八雲君の持論を支持する」

「そりゃどうも。とにかく、幽霊をその感情だけの存在だとして、さっきの除霊の話に戻るが、霊媒師が特別な霊力を持っていて、霊を消し去ったり、黄泉の国――そんなのが、実際にあるか分からないが、そういうところに送ったり出来るとしよう。でも、それは、言うことを聞かない奴を、暴力で服従させているのと同じじゃないか？」

「でも、中には幽霊と対話して、除霊している霊媒師もいるよね？」

前に動画配信サイトで、そういう手法で除霊している霊媒師の動画を見たことがある。

「それは、除霊という演出を加えているだけで、やっていることは、ぼくと同じだ。幽霊が彷徨っている原因を見つけ出し、対話で説得する」

「あっ、そうか」

八雲が、さっき「乱暴だ」と表現した理由が分かった気がする。

そう言えば、美樹のときにもそうだった。美樹に憑依している幽霊が、なぜ彷徨っているのか？　その原因を探り、事件を解決に導いた。そのことに納得した幽霊は、美樹の身体を離れたのだ。

多分、八雲は幽霊を怖れの対象ではなく、人として捉えているのだろう。

それは、八雲の優しさのような気がした。

「何れにしても、ぼくの方法だと、一人一人を説得するのに、酷く時間がかかる。トンネルの中を彷徨う、数多(あまた)の幽霊が相手では手に負えない」

八雲は、改めてトンネルに目を向けると、力なく首を左右に振った。

風が吹き、アスファルトの枯れ葉を舞い上げる。それに誘われるように、八雲はトンネルに背を向けて歩き出した。

「何処に行くの？」

訊ねてみたが、八雲は何も答えない。まあ、いつものことだ。

晴香は、黙って彼の背中を追いかける。

トンネルから、五十メートルほど進んだ道路脇に、広場のような場所があった。道路に背を向けるかたちでベンチが設置されている。おそらく、眺望を愉(たの)しむための展望所なのだろう。

達也が、あの夜、連れてこようとした場所は、ここなのかもしれない。

展望所に辿(たど)り着(つ)いた八雲は、その縁まで歩み寄って行く。

街が一望出来て、その向こうに山が連なっている。薄(うっす)らとではあるが、富士山(ふじさん)も見えた。昼間でも、解放感がある美しい眺望だ。夜景は、一層綺麗に見えることだろう。

「綺麗だね」

晴香が言うと、八雲はチラッとこちらに目を向けたが、すぐに視線を前に戻す。そして、手摺りから身を乗り出すようにして、下を覗き込む。

「危ないよ」

晴香は、慌てて八雲の肩を摑んだ。

手摺りの向こうは、かなりの高さの崖になっている。転落したらひとたまりもない。

「この下だ」

八雲がポツリと言う。

「何が？」

訊ねながら、晴香も崖下を覗き込んでみる。

崖下は、雑草やら杉の木が無造作に生え、林のようになっていた。よく見ると、冷蔵庫やらテレビ、自転車などといった粗大ゴミが散乱していた。不法投棄されたものに違いない。

せっかく綺麗な眺望なのに、足許がこの状態では、風情も何もあったものではない。

「ここからでは、無理だな」

八雲は、呟くように言うと、踵を返して歩いて行ってしまう。

何処に行くのか、訊ねたところで、どうせ答えてくれないだろう。晴香は、黙って八雲の後を追いかけることにした。

崖下の状況を確認しながら歩いていた八雲は、しばらく行ったところで、「ここなら行けそうだ」と小声で言うと、ガードレールを跨いで、道路の外に出た。

「落ちるよ」

「少し急だが、ここは斜面になっているから大丈夫だ」

八雲は、言うなり斜面を降りて行ってしまった。

——嘘でしょ。

このまま、ここで待とうかとも思ったが、トンネルの抜ける風が立てる唸りに、背筋を震わせる。

一人で取り残されるより、八雲の後を追いかけたほうがマシだ。晴香も、ガードレールを跨ぎ、斜面を降りることにした。

だが、考えが甘かった。

斜面は想像していたよりずっと急な上に、土が滑る。

木の枝を摑みながら、何とか進んでいたものの、もう少しで平らな場所に出るというタイミングで、足を滑らせてしまった。

何とかして止まろうとしたが、ダメだった。

晴香は、勢いよく斜面を滑り落ちることになった。木の枝に腕や足を何度も弾かれ、最後は前のめりに転倒してしまった。

身体のあちこちが痛い。

惨めな気持ちになり、泣きそうになった。

涙をこらえて顔を上げると、目の前に手を差し出している八雲の姿があった。

その手を握り返して、引っ張ってもらいながら立ち上がった。

「待ってろと言っただろ」

「いいえ。言ってません」

痛みのせいでつい口調が荒くなる。

晴香は近くにある石に腰を下ろす。穿いていたジーンズの膝の部分が破れていて、血が滲んでいた。

「痛い……」

思わず声が漏れた。

八雲が晴香の正面に回り込んできて、立膝をつくと晴香の膝にハンカチを押し当てた。

「血が止まるまで押さえていろ」

ありがとう——素直にそう言えば良かったのに、なぜか口から出たのは、別の言葉だった。

「どうして、急にこんなところに来たの？　ちゃんと説明してよ」

八雲は、やれやれという風に首を振りながら立ち上がると、ゆっくりと歩き出した。

──どうして説明してくれないの？

晴香は腹を立てつつも、痛みを堪えて立ち上がり、後をついて歩き出した。

一応、気を遣っているらしく、八雲はこれまでと違い、途中で足を止め、晴香がついてきているか、確認しながら進んで行く。

やがて、展望所の真下辺りに辿り着いたところで、八雲が「やっぱりここか……」と呟いた。

「何が？」

晴香が訊ねると、八雲は数メートル先、横倒しになっている冷蔵庫の脇辺りを指差した。

視界に飛び込んできたものに、晴香は思わず息が止まった。

そこにはグレイのスーツを着て、セミロングの髪をした女性が、仰向けに倒れていた。

ひと目で、女性が死んでいることが分かった。

手足が不自然な方向に折れていて、頭には黒く凝固した血が、べったりと付着していた。空に向けて見開かれた目は、白濁していて、何も映してはいなかった。

晴香たちが見た幽霊は、彼女なのだろう。

「どうして、こんな……」

「状況から考えて、おそらくは自殺だろうな——」

八雲は、そう言いながら、頭上の展望所に目を向けた。

綺麗な夜景を見ながら、自ら死を選んだということなのだろうか？　或いは、この展望所は、彼女にとって思い出の場所だったのかもしれない。

「自殺した幽霊が、自分の遺体の在処を教えるために、あのトンネルに現れたってこと？」

晴香の問いに、八雲が頷いた。

「君たちの前に現れた幽霊は、見つけて——と言っていたんだろ。つまりは、そういうことだ」

八雲はそう言うと屈み込み、何か気になることがあるのか遺体を検分し始める。

「これは……」

八雲が呟く。

「どうしたの？」

「何でもない。何にしても、遺体が発見されたことで、もう幽霊が彷徨うことはないだろう」

「そっか……」

自殺した後、誰にも発見されることなく、こんな粗大ゴミだらけの場所で、朽ち果てて行くのが、彼女は嫌だったのだろう。だから、自分の死体を誰かに見つけて欲しかった。

もし、晴香が八雲みたいに見えたなら、もっと早く見つけてあげられたのに——。

「遅くなってごめんなさい」

晴香は女性の死体に手を合わせながら、呟くように言った。

8

晴香が、八雲の隠れ家を訪れたのは、死体を発見してから三日後のことだった——。

珍しく八雲のほうから、連絡があり、もし、事件のその後が気にかかるなら、話を聞きに来い——という趣旨のことを言われた。

もちろん、気になっている。女性の死体が発見されたことは、ニュースでやっていたが、身許不明とのことだったし、続報は流れていない。せめて、あの女性が誰で、何があったかだけは、知っておきたい。

好奇心というのもあるが、生前の彼女を知ることで、少しでも供養になればと思った。

〈映画研究同好会〉のドアをノックすると、中から「どうぞ」と、八雲の無気力極まりない声がした。

ドアを開けて中に入ると、八雲の他に、もう一人の男性の姿があった。

大きな身体に、角張っていていかつい顔つきをしている、悪役レスラーのような風貌のこの男性には、見覚えがあった。

前回の事件のとき、顔を合わせている。確か、後藤という名前の刑事だったはずだ。

「取り込み中なら出直すよ」

晴香は、ドアを閉めようとしたのだが、八雲は「構わない」と、後藤の隣の椅子を指差した。

躊躇いつつも晴香は「先日はどうも」と会釈しながら、後藤の隣に座った。刑事と並んで座っていると思っただけで、無駄に緊張してしまう。

「おお。あのときのお嬢ちゃんか」

後藤のほうも、晴香を覚えていたらしく、やたらとデカい声で言う。

「あ、えっと。小沢晴香といいます」

「晴香ちゃんか。八雲。お前も人並みに女の子に興味があったんだな。おれは、嬉しいよ」

「気色の悪いこと言わないで下さい。こいつは、ただのトラブルメーカーです」

八雲が、ため息交じりに言う。

「ちょっと。トラブルメーカーはともかく、気色が悪いってどういうこと？」

晴香は、抗議の声を上げながら睨んでみたが、八雲は意に介す様子は一切なかった。

「おい。そんなつれないこと言ってると、逃げられちまうぜ」

後藤が呆れた調子で口を挟む。

「後藤さんの奥さんみたいに——ですか？」

「は？　てめぇ、何言ってんだ。女房は逃げてねぇ。ただ、ちょっと家を出て行っただけだ」

「それを逃げられた——と言うんですよ」

「ごちゃごちゃうるせぇ！」

「デカい声を出さないで下さい。アホなんですか？」

「マジでぶち殺す」

「どうぞ、ご自由に——。たった今、現職の警官から殺害予告を受けたことを、通報します」

八雲はポケットからスマホを取り出し、電話をかけようとする。無表情であるが故に、本気なのか冗談なのかさっぱり分からない。

後藤は、「止めろ！　バカ！」と、慌てて八雲からスマホを取り上げた。

何だか奇妙な関係だ。八雲は、敬語こそ使っているものの、完全に後藤をバカにしている節があるし、後藤のほうもそれを受け容れている。まるで友だちのようだ。いや、年の離れた兄弟のほうがしっくりくるかも。

「下らない話はこれくらいにして、そろそろ本題に入りましょう」

八雲が改まった口調で言う。

「そうだったな。すっかり忘れるところだった」

「まったく。何しに来たんですか。刑事はそんなに暇なんですか」

後藤は「うるせぇ！」と一喝しつつ、ヨレヨレのスーツの内ポケットから手帳を取り出し、咳払いをしてから話し始めた。

「例の死体の女性だが、死因は全身打撲による外傷性ショック死だ。あの展望所から転落したとみて、ほぼ間違いない」

「え？」

晴香は思わず声を上げた。

今、後藤が話しているのは、まだ報道されていない捜査情報のはずだ。それを、民間人である大学生に、ペラペラと喋っていいものなのだろうか？

「何だ？」

八雲が、左の眉を吊り上げて睨んでくる。

「こんなところで、喋っちゃっていいの？」

「事件のその後を知りたいんじゃなかったのか？」

「いや、それはそうなんだけど……」

「言わんとしていることは分かる。だが、八雲は特別なんだよ」

答えてくれたのは後藤だった。

「特別？」

「ああ。別に、今回が初めてじゃない。八雲が情報提供してくれたお陰で、解決した事件は、一つや二つじゃねぇからな」

「いい加減なこと言わないで下さい」

「は？」

「ぼくが進んで情報提供した事件なんて、たかが知れています。ほとんどが、後藤さんが強引に持ち込んだ事件に、仕方なく協力しているだけでしょ」

「うるせぇ。細かいことを言うな。まあ、とにかく――事件を解決するために、おれは八雲に協力してもらっている。だから、必要に応じて、こちらも情報は流す。組織的な決定じゃなくて、おれの独断ではあるがな」

「独断って、それ拙くないですか？」

晴香は疑問を投げかける。

「ああ。拙いな。良くて停職。最悪、懲戒免職だろうな」

「だったら……」

「分かってる。だが、八雲の協力のお陰で、事件が解決出来るなら、おれの首なんさ安いもんだ」

後藤は、自分の首に手刀を当ててみせた。

「正規のルートで、警察から八雲君に協力要請を出すとか、出来ないんですか？」

探偵もののマンガや小説で、何度か見たことのある設定だ。

「無理だね。何せ、警察は幽霊の存在を認めていないからな――」

後藤は、蠅を追い払うみたいに手を振った。

見た目はだらしないが、後藤は強い信念を持って行動している。自分が警察を免職になるリスクを冒してでも、事件を解決しようとしている。本当に正義感が強いのだろう。

そこまで考えているなら、晴香が口を出すことは一つもない。

「御託はいいので、話を本題に戻してもらえますか？」

八雲が言うと、後藤が頷き、話を再開した。

「さっきも言ったが、死因は全身打撲による外傷性ショック死。最初は、自殺も疑われたが、他殺である可能性が高まった」

「やっぱりそうか……」

八雲が、苦い顔をしながら呟く。

この反応は、元々他殺の可能性を疑っていたということか？

「お前も気付いていたか」

「ええ。彼女の手には、布の切れ端が握られていました。おそらく、何者かと争った際に、千切れた衣類の一部を握ったまま、転落したと思われます」

そう言えば、あのとき、八雲は遺体をしきりに確認していた。彼女が、握っていたものを確認していたというわけか――。

「畠のじいも、同じことを言っていた。他にも、彼女の爪の間には、別人の皮膚の一部が付着していたそうだ。彼女は、転落死させられた可能性が高い」

「そんな……」

晴香は、絞り出すように言った。

誰かにあんな高い場所から落とされた上に、何日も放置されていたというのか。それでは、あまりに可哀想だ。

「まったく。酷い話だ」

後藤は、ぼやくように言いながら、ポケットの中から煙草とライターを取り出す。

「言っておきますが、ここは禁煙です」

八雲が鋭く言う。

「分かってる。火は点けねぇよ」

後藤はライターを仕舞いつつ、煙草を一本取り出しくわえる。そんなことしたら、余計に吸いたくなる気がするが、敢えて何も言わなかった。

「それで、被害者の身許は分かったんですか？」

八雲が話を進める。

「ああ。二週間前から、捜索願が出されている女性がいた。照会したところ一致した」

「そうですか。問題は犯人ですね」

八雲の言葉に、後藤がニヤリと笑ってみせた。

「それについても、実はもう目星が付いている」

「警察にしては、珍しく仕事が早いですね」

「ひと言余計だ。被害者の女性が、握っていた布は、作業服などに使われている、特殊な繊維で出来た布だということが分かった。それから、被害者に交際相手がいたことが分かった。しかも、そいつの職業は、作業服を着る自動車整備工だ」

——その恋人が、最重要参考人ということだろう。

「何を得意げになっているんですか。調べたのは、どうせ後藤さんじゃないんでしよ？」

「うるせぇ！　こうやって、報告に来ただけありがたく思え！」

「まずは、遺体を発見し、通報した善良な市民に感謝状の一つでも、寄越して下さいよ」

「生意気な！」

後藤が、怒りの声を上げながら立ち上がったところで携帯電話が鳴った――。

舌打ちをした後、後藤は「誰だ?!」と不躾にも程がある態度で電話に出ると、そのまま部屋を出て行ってしまった。

「ようやく、うるさいのがいなくなった」

八雲が、両手を持ち上げながら天井を見上げて伸びをした。

確かに嵐のような人だった――。

「ねぇ。一つ訊いていい？」

晴香が訊ねると、八雲は「一つだけだぞ」と念押しする。いちいち細かい。

「美樹と達也君の心霊現象は……」

「放置して大丈夫だろ。遺体を発見し、事件も解決すれば、彼女の魂が彷徨う理由はない。達也とかいうチャラ男のほうは、元々、甥っ子の幽霊が憑いていただけだから、今回のトンネルとは関係ない」

「そっか……」

「だが、二度とあのトンネルには近付くなよ。もし、近付けば、別の誰かの幽霊を連れてくることになる。ぼくは、そう何度も協力するつもりはない」

「分かってる。あ、代金支払わないと……」

晴香は、鞄（かばん）の中から財布を取り出し、中身を確認したが、残念ながら持ち合わせがなかった。

こちらの動きで、全てを察したらしく、八雲は「次でいい」とため息を吐いた。

てっきり、借用書とか書かされるかと思っていただけに、八雲のその反応は意外だった——。

9

「晴香」

講義を終えて、帰宅しようとしているときに、美樹から声をかけられた——。

「美樹。その後は、大丈夫？」

昨日のうちに、美樹と達也には、それぞれ心霊現象は問題ない旨のメッセージを送っておいた。

詳しい事情については、敢えて触れないようにした。後藤が話していた事件の詳細は、八雲との信頼関係があってのものだ。晴香が、不用意に漏らしていい類いの情報ではない。

とはいえ、本当にあれで全てが解決したのか？　晴香の中に不安は残っていた。

「うん。全然大丈夫。あれ以来、幽霊の姿も見てないし」

美樹の明るい声を聞いて、ほっとする。

「良かった」

「ってか、あの無愛想なカレ、本物だったんだね」

「ああ。八雲君のこと？」

「うん。態度悪いなって思ってたけど、意外といい奴なのかもね。それに、顔もイケメンだったし、何かそのギャップがじわるんだよね」

「いい奴なのかな？　守銭奴なだけな気がする」

八雲は、報酬を払うから、その対価として動いているだけだ。何の得にもならない行動は、決してしないと思う。

「ええ。絶対にいい人だよ。晴香って、彼と付き合ってないんだよね？」

「もちろん」

あんなに無愛想で、屁理屈ばかり並べるような男と一緒にいたら、ストレスで胃に穴が空きそうだ。まあ、少しは優しいところはあるが、それだって気まぐれで、それこそ猫みたいな人だ。

間違っても、八雲のようなタイプを恋愛の対象として選ぶことはない。そもそも、今のところ恋愛をする気がないのだが……。

「だったらさ、今度、紹介してくれない？」

「え？」

——何てことだ。

美樹は、前から恋愛依存なところがあったが、まさかその矛先が八雲に向くとは、思ってもみなかった。

「ね。お願い」

「そんなこと言われても……」

八雲は、美樹のようなベタベタするタイプは、苦手としているような気がする。

じゃあどんな女性がタイプなのだろう。その前に、八雲に恋人はいるのだろうか？

女っ気はなさそうに見えるけど、晴香が見た八雲はほんの一面に過ぎない。

実は、ああ見えて、付き合ったらベタベタするのかもしれない——いや、ないない。

「ね！　お願い！　紹介して！　私も、晴香に協力するからさ」

また、この前みたいな余計なことはしないで欲しい。晴香は、恋愛をする気がないのだ。

——協力って何？

などと考えていると、校門の前で達也に声をかけられた。

彼の傍らには、この前と同じ、クーペタイプの白い車が停まっている。

「晴香ちゃん。いろいろと動いてくれたみたいで、本当にありがとね」

達也が、ニコニコと笑いながら言う。

「お礼なら、八雲君に。私は何もしていないので——」

「八雲ってこの前の感じ悪い男だろ？」

露骨に達也が嫌な顔をする。まあ、確かに、あのときの八雲は感じが悪かったが、それはお互い様な気はする。

「そうだ。達也君。せっかくだから、私たちを送って行ってよ」

美樹がせがむように言うと、達也は「もちろん」と応じた。

「いえ。歩いて帰れるので、お構いなく」

「ええ。送ってもらおうよ」

などと押し問答していると、「邪魔——」という冷たい言葉が飛んできた。

見ると、いつの間にか八雲がそこに立っていた。校門から出ようとしている八雲の進路を、妨害するかっこうになっていたらしい。

「ご、ごめん」

晴香は、すぐに八雲の進路を開けた。歩き出そうとした八雲だったが、美樹が再びその進路を塞いだ。

「あの。斉藤さん。いろいろと助けて頂いて、ありがとうございました。それで、お礼がしたいので、連絡先を交換してもらえますか？」

美樹が、猫撫で声で言いながら、スマホを取り出し八雲にすり寄る。

「お礼をするのに、どうして連絡先を交換する必要が？」

八雲が冷たい目で言う。

だが、美樹はその程度で退いたりしなかった。

「食事とか一緒にどうかなって」

「あなたと食事をするメリットが感じられない。お礼なら、現金でお願いします。それと、さっきも言いましたが邪魔です」

八雲から容赦のない言葉を貰い、さすがの美樹もおずおずと引き下がるしかなかった。

これまで八雲は、晴香にだけ冷たいと思っていたが、今の美樹に対する態度を見る限り、むしろマシなほうかもしれない。

「つくづく、君は暇なんだな……」

再び歩き出した八雲が、すれ違い様にボソッと言った。

「別に暇してるわけじゃないよ」

「ぼくには、そう見える」

本当に口が悪い。この人は、どうしていつもこうなのだろう？

「そっちこそ、暇そうに見えるけど……」

「例の事件の事後処理で、後藤さんに呼び出されることになったんだ。君のせいで、忙しくなっているんだよ」

全て終わりだと思っていたが、それはトンネルの心霊現象のことであって、あの事件が殺人に関わるものだとしたら、この先もいろいろとあるのは確かだ。

晴香が持ち込んだ心霊現象のせいで、八雲は本来、関わるはずのなかった事件で振り回されているのだから、怒るのも当然だ。

「それは、ごめん……」

「女の子を、そんなに苛めるなよ」

会話に割って入ったのは、達也だった。

「苛めているわけじゃありませんよ。ぼくは、ただ事実を述べているまでです」

「おれには、苛めているように見えるけど」

「価値観の相違です。何れにしても、あなたとそれを議論するつもりはありません。では、失礼します」

　八雲は、そのまま立ち去ろうとしたが、達也がそれを呼び止めた。

「何なんですか？」

　八雲は、髪をガリガリと掻きながら、ため息交じりに言う。

「前に、晴香ちゃんと付き合ってないって言ってたけど、あれは本当だよね？」

「何度も、同じこと言わせないで下さい」

「だったら、おれが狙っても、構わないってことだよね？」

「ぼくに許可を取る必要はありません。ご自由にどうぞ――」

　それだけ言い残すと、今度こそ八雲は、その場から歩き去って行った。

「というわけで、許可も取ったし、おれたちも行くとしますか」

　達也が、どよんとした空気を払拭するように、明るい調子で言った。美樹も、「そうだね。行こう」と賛同の声を上げる。

　晴香は、「私は、一人で帰るので」と固辞したのだが、「失恋したんだから、今日は話を聞いてもらうからね――」と美樹が追いすがった。

　美樹を拒絶したのは八雲なのだが、なぜか晴香が罪悪感を感じてしまい、結局、押し切られる格好になった。

　今回は、助手席を美樹に譲り、晴香は後部座席を陣取らせてもらった。

車が走り出し、しばらく行ったところで、歩いている八雲の背中を見かけた。達也は、八雲の横で車を停めると、窓を開けて「君も送って行こうか?」などと声をかける。

「結構です」

八雲からは、予想通りの言葉が返ってきた。

「あ、そう。じゃあね」

達也は、ひらひらと手を振りながら、車をリスタートさせた。

10

八雲は走り去って行く車を、ただ黙って見送った——。

後部座席に座った晴香が、こちらを振り返りながら、困ったような顔をしていたが、なぜそんな顔をするのか八雲には分からない。彼女との繋がりは、心霊事件だけなのだから、それが解決した今、何処で何をしようと、八雲の関知するところではない。

それよりも——。

晴香の隣に座っている少年のほうが気にかかった。あの少年は、前にも見た。達也に憑いていた幽霊だ。

強い情念を持っているようには感じなかった。ニコニコと無邪気な笑みを浮かべている。おそらく、自分が死んだことを認知していないのだろう。可哀想だと思うが、八雲がどうこう出来る問題ではない。トンネルに関する事件は解決したのだから、もう自分の役目は終わりだ。

達也や美樹、そして晴香が、この先どうなろうと、知ったことではない。

八雲は、ゆっくりと歩き出した。

叔父の一心は、もっと人と関わりを持つべきだと言うが、八雲はそうは思わない。人は裏切るものだし、自分と異なる存在を拒絶する生き物だ。

いや、これは人間に限ったことではない。群れを形成する生き物全てがそうだ。同じ価値観を共有しなければ、統率が乱れて群れが崩壊してしまう。だから、異なるものを排除するように、遺伝子に組み込まれている。

八雲のような赤い左眼を持つ異分子は、排除されるのが理（ことわり）なのだ。

これまで、何度も期待し、その度に裏切られてきた。自らの母親にすら見捨てられた存在だ。だとしたら、最初から群れの一員になどなろうとせず、一人で生きていけばいい。

――綺麗。

ふと、あのとき晴香が言った言葉が脳裏に蘇った。

これまで、八雲の左眼を見た者たちは、気味悪がるか、同情するかのどちらかだった。正直、気味悪がられるより、同情されるほうがキツい。自分たちとは違う可哀想な人だと認定されるのと同じだからだ。存在してはならないと言われているようなものだ。

だけど——彼女は違った。

ただ、純粋に、思ったまま、この呪われた左眼を綺麗だと言った。そんな人間に、これまで一度も出会ったことがなかった。

「だからどうした?」

八雲は、声に出して自分の中をぐるぐると回る考えを打ち消した。

彼女と関わったところで意味はない。なぜなら、彼女もまた群れの中の存在だからだ。自分のような逸(はぐ)れ者(もの)と関われば、彼女のほうが群れから弾き出されることになる。

「おう。八雲」

聞き覚えのあるデカい声に反応して顔を上げると、公園の脇に停めた車の運転席から、後藤が顔を出し手を挙げていた。

警察が覆面車両として使っている、古い型の白いセダンだ。

刑事は二人一組で行動するものだが、後藤は常に一人だ。警察という群れからはぐれた憐(あわ)れな男。意外と似たもの同士なのかもしれない。

「何度も言わせないで下さい。声がデカいです」

八雲は不満を口にしながら車に歩み寄り、助手席のドアを開けて車に乗り込んだ。

「うるせぇよ。それより、どうしてこんな場所で待ち合わせなんだ？　用があるのは、こっちなんだ。お前の部屋まで行ったのに――」

「ぼくにも、いろいろと事情があるんです。厄介な准教授に捕まりそうだったので、大学を避けたんです」

数学の准教授である御子柴が、何処で嗅ぎ付けたのか、事件のことで話があると、八雲に電話をかけてきた。あの人が関わると、面倒なことになるので、後藤と大学内で会うのを避けた。

後藤は、釈然としていない様子だったが、それ以上、突っ込んでくることはなかった。

「それで――話というのは何です？」

八雲は後藤の隣に座りながら訊ねる。事件のことだということは分かっている。このところ、いろいろとあって疲れている。さっさと終わらせて帰りたい。

「おう。そうだった。この前、話をした容疑者の自動車整備工がいただろ？」

「例の女性を、殺したかもしれない人ですよね？」

「そうだ。長田哲也。年齢は二十七歳。今日、そいつの工場兼家宅捜索をしたんだが、とんでもないものが出てきた」

「後藤さんの奥さんですか？」

「んなわけねぇだろ！　バカにしてんのか？」

「今さら、気付いたんですか？」

「てめぇ！」

後藤が胸倉を摑んで、拳を振り上げた。

「殴りたいならどうぞ」

八雲は、真っ直ぐ後藤を見据える。本気で言ったのだが、後藤は興が冷めたのか、舌打ちをして振り上げた拳を下ろした。

「まったく。調子が狂う。話を戻すが、長田の工場の敷地の中から、少年の遺体が発見された」

「少年の？」

「ああ。本人は、知らぬ存ぜぬを押し通しているが、畠のじじいの話では、遺体は複数ヵ所骨折していたそうだ。おそらく、車に撥ねられたんじゃないかって話だ」

「長田という人は、子どもを車で撥ねて殺害。証拠隠滅のために、工場の敷地に遺体を埋めた――といったところですか」

「多分な。恋人を殺しただけじゃない。とんだ下衆野郎だよ」

――同感だった。

しかし、保身のために他人の命を顧みない人間は、掃いて捨てるほどいる。それにいちいち腹を立てていたら身が持たない。

「何れにしても、事件は解決しているじゃないですか。どうしてぼくに？」

「問題はそこだ。遺体は腐乱が進んでいて、顔の判別が出来なくて、今に至るも、被害者が誰なのか分かっていない。だから、お前に、それを突き止めて欲しいってわけだ」

「どうやって？」

「現在、行方不明になっている、同年代の子どもの写真を持ってきた。お前なら、判別出来るだろ」

後藤がそう言って、数枚の写真を八雲に差し出してきた。

「本気で言ってるんですか？」

「ああ」

「相変わらず、アホですね」

「何だと?!」

後藤が、再び八雲の胸倉を掴む。

「何度も言いますが、ぼくは幽霊が見えるだけです。遺体から身許を判別するなんて出来ませんよ。幽霊となって、ぼくの前に現れてくれれば別ですけど」

「そうか……そうだったな……」

後藤がため息とともに肩を落とす。

長年、一緒に行動しているのに、未だに八雲の体質を把握していないのかと思うと、げんなりする。何れにしても、用が済んだなら帰ろうと車を降りかけた八雲だが、後藤が持っている写真がふと目に入った。

その中に、見覚えのある顔があった。

「その写真を貸して下さい」

八雲は、後藤の返事を待たずに、一枚の写真を奪い取る。

間近に見て、確信を強めた。間違いない。

「この子だ……」

「知っているのか？」

八雲の反応に後藤が食い付いた。

「ええ……」

この写真の子は、幽霊となって達也という男に憑いていた。彼は、甥っ子だと言っていた。だが、もしそれが嘘だったとしたら？　急速に八雲の中で推論が組み上げられていく。

「マズいことになった……」

「マズいって何がだ？」

後藤が、怪訝な表情を浮かべる。

「ぼくは勘違いをしていたんです」

「勘違い？」

「くそっ。あの程度の嘘も、見抜けなかったとは……」

達也に幽霊が憑依していると指摘したとき、彼は、それを「甥っ子かもしれない」と言った。八雲は、愚かにも、それを鵜呑みにしてしまったのだ。今になってみれば、態度に不自然な点があるにもかかわらず。

――なぜ、見落とした？

理由は分かっている。達也に対して不快感を抱いていた。感情に流されて、情報を正しく整理することが出来なかった。

八雲は、苛立ちを振り払うように、寝グセだらけの髪を掻き回した。

後悔していても、何も始まらない。今は、どうやってこの状況を打破するか――だ。

八雲の推理が正しければ、今、達也とその車に同乗している晴香たちは、非常に危険な状態にある。

「おい。八雲。どうした？」

後藤が訊ねてきたが、八雲は無視してスマホを取り出し、晴香に電話を入れた。だが、しばらくのコール音のあと、留守番電話に切り替わってしまった。

気付かなかっただけ——ということも考えられるが、どうにも嫌な予感がする。とにかく、何か起きる前に、あのトンネルに向かったほうがいい。

「おい！ 待てって！」

車を降りようとした八雲の腕を、後藤が摑んできた。

「話はまだ途中だろ。何処に行くつもりだ？」

「悠長に説明している余裕はありません。急いで、あのトンネルに行かないと、人が死ぬかもしれない」

「死ぬ？」

「とにかく、そういうことなので——」

「だから待てって！」

振り払ったはずなのに、後藤が再び八雲の腕を摑んできた。

「貸し一だ」

「はい？」

「だから、おれが連れて行ってやるって言ってんだよ」

借りを作るのは癪(しゃく)だが、徒歩で移動したのでは、間に合わないかもしれない。後藤の車で移動するのが一番早い。

「ありがとうございます」

八雲が言うと、後藤は眉を顰めた。

「止せよ。女房に愛してるって言われるくらい、気色悪い」

「言われたことあるんですか？」

「ねぇよ」

後藤は吐き捨てるように言うと、車を急発進させた上に、タイヤを鳴らしながらUターンした。

八雲は、振り回されて、サイドガラスに頭をぶつけることになった。

「車を動かすなら、そう言って下さい」

「聞かれなかったからな」

後藤は、ニヤッと笑みを浮かべた。

意趣返しのつもりなのだろうが、本当に腹が立つ。もしかしたら、後藤に借りを作ったことは、間違いだったかもしれない。

11

後部座席に座った晴香は、ぼんやりと車窓を眺めていた。

何度か達也から話しかけられたが、特に話が広がることはなかった。達也も、諦めたのか、今は助手席の美樹と盛り上がっている。感じ悪くしたつもりはない。それなりに気は遣ったつもりだが、ノリが違い過ぎて話が嚙み合わず、話すほどに空気が重くなっている。

話が嚙み合わないと言ったら、八雲も同じなのだが、それとは全然違う。そもそも、八雲とは沈黙が続いても、こんな風に居心地の悪さを感じることはなかった。

――何が違うんだろう？

などと考えていた晴香の耳に、「達也君！」と美樹が叫ぶ声がした。

目を向けると、助手席の美樹が慌てた様子で、運転席の達也の肩を揺さぶっている。

「どうしたの？」

「分からない。何か、急に達也君の様子がおかしくなって……」

美樹の言う通り、達也の様子は普通ではなかった。

血の気が引いた青白い顔で、目に力がなく、まるで人形のように見える。それに、何事かを繰り返し呟いている。「違う。おれは手伝っただけだ」そう言っているように聞こえた。

「大丈夫ですか？　しっかりして下さい」

晴香は、達也に声をかける。

だが、彼はまるで聞こえていないかのように、こちらを見ようともしない。

「具合が悪いんですか？　一旦、車を停めましょう」

晴香は身を乗り出して促したが、達也は無反応だった。それどころか、交差点に差し掛かったところで、車を一気に加速させる。

「赤信号です！」

晴香は叫んだが、達也は車を停めることはなかった。

幸いにして、車や歩行者がいなかったが、こんな調子で車を走らせていたら、大事故に繋がる。強引にでも車を停めさせたほうがいい。

でも――どうやって？

後部座席からでは、ブレーキを踏むわけにもいかないし、ハンドルを切れば、余計に事故に繋がり兼ねない。やはり、達也に停車してもらうしかない。

「危険です。今すぐ、車を停めて下さい」

晴香は、再び達也に呼びかけたが、相変わらず反応はない。

――どうしてこんなことになってるの？

「晴香。これって……」

助手席の美樹が、震える声を上げながら、車のナビ画面を指差した。

目を向けた晴香は「嘘……」と思わず声を漏らす。ナビが目的地として示していたのは、例のトンネルだった。

——何で？

晴香の疑問に答えるように、ふふふっ——という子どもの笑い声がした。

ルームミラーに目をやると、晴香の隣に十歳くらいの少年が座っているのが見えた。

さっきまで、誰もいなかったはずなのに。

おそるおそる隣に目をやる。

誰もいなかった。

確かに、さっきルームミラーに映っていたはずなのに——。

〈ママに会いに行くんだ〉

ナビから声がした。

それは、機械の合成音とは違う。少年のものと思われる肉声だった。

もしかしたら達也の異変も、ナビがトンネルに導こうとしているのも、さっき晴香が見た少年が関係しているのかもしれない。

晴香は、身を乗り出して、ナビをキャンセルしようとするが、いくら操作しても、まるで無反応だった。

「うわぁ！」

急に達也が叫び声を上げると、車をさらに加速させた。

気付けば、車は住宅街を抜けて、あのトンネルへと続く峠道へと差し掛かっていた。

こんな状態で、あのトンネルに行ったら、いったいどうなってしまうのか？　想像しただけで背筋が寒くなった。

美樹は、パニックに陥ったらしく「死にたくない」と繰り返しながら、頭を抱えるようにして震えている。

——何とかしなければ。

そう思うのだが、いったいどうすればいいのか、晴香には何一つ考えが浮かばなかった。

12

後藤は、車を走らせていた——。

チラッと助手席に目を向けると、シートに座った八雲は、唇を噛み、睨むような視線をフロントガラスの向こうに向けている。

八雲は、過去の経験から、常に無愛想で、感情を表に出すことが稀（まれ）だ。幽霊が見えるというだけで過酷なのに、母親に殺されかけたのだ。自分の心を守るために、そうなるのは致し方ない。だが、己の命にさえ無頓着（むとんちゃく）なところがあり、破滅願望があるのではないかと心配していたところもある。

そんな八雲が、こんな顔をするのか――と後藤にとっては少々意外だった。

「で、何があったんだ？」

後藤は、ハンドルを捌きながら八雲に訊ねる。

目的地については聞かされているが、なぜ、そこに向かっているのかについては、未だに説明を受けていない。

「後藤さんは、そんなことも分からず運転していたんですか？」

八雲が呆れたようにため息を吐く。

少しはしおらしくなったと思ったら、すぐにコレだ。

「うるせぇ！　お前が急げって言ったんだろうが！」

「何でも他人のせいにする悪習は、すぐに正すべきだと思いますよ」

――ああ言えば、こう言う。本当にむかつく。

現職の警察官である後藤が、さして理由を訊ねることもなく、こうして協力しているのは、信頼しているが故なのだが、そんなことを言ったところで、「気持ち悪い」とか言いやがるに決まっている。

「いいから説明しろ！」

後藤が怒鳴りつけると、八雲は耳に指を突っ込んで、うるさいとアピールしつつも、話を始める。

「さっき、後藤さんが持っていた写真の一人に、見覚えがあります」

「何処で見た？」

「トンネルで心霊現象を体験したという大学生です。彼に憑いていました」

「何だって？」

「その彼に幽霊が憑いていることは伝えたのですが、甥っ子かもしれない——という回答でした。ぼくは、その言葉を信じて、トンネルの一件とは無関係だと判断しました」

「それが、違ったってことか？」

「ええ。これは、あくまでぼくの推測ですが、その彼——達也さんは、自動車整備工をやっている先輩から、安く高級車を譲ってもらったと言っていました」

「その自動車整備工が、長田だったってことか」

後藤が言うと、八雲が頷いた。

「これも推測ですけど、達也さんが譲ってもらった車こそが、長田が少年を撥ねた車なのだと思います」

「それで、次の所有者である達也って大学生に、轢き殺された少年の幽霊が憑いていたってわけか。そいつも、長田にとんだ車を掴まされたな」

「少し違います」

「どう違う？」

「それを説明する前に、確認させて下さい」

「何だ？」

「被害者と思われる少年の親族は、事故で亡くなっていませんか？」

さすがとしか言いようがない。どういう推理をしたのかは分からないが、八雲の指摘は正しい。

「お前の言う通りだ。あの少年の両親は、例のトンネルで事故を起こして亡くなっている。親戚の家に引き取られていたんだが、一週間ほど前に突如として失踪したってわけだ」

「やはりそうでしたか」

「なぜ分かった？」

「多分、その少年は、両親に会いたくて、何度もトンネルに足を運んでいたんだと思います。トンネルの脇に、空き缶に枯れた花が挿してありました。その少年が、両親を弔うためにやったんだと思います」

「そうか……」

その健気な姿を想像して、胸が締め付けられるようだった。少年の辿った結末を知っているからこそ、余計にそう感じるのだろう。

「長田は、痴話げんかの末、転落死させてしまった恋人の死体を、何とかして回収しようとしていたはずです。放置したのでは、見つかることが目に見えていますからね。だから、車でトンネルに足を運んだ」

八雲たちが見つけた女性の死体は、崖下にあった。降りるだけならいいが、死体を担いで登るとなると、相当な労力と時間が必要になる。作業に手間取れば、目撃されるリスクも高まる。そこまで考えを巡らせたところで、後藤は八雲が言わんとしていることを理解した。

「もしかして、頃合いを見て死体を回収に行ったところで、長田は少年を撥ねちまったってわけか……」

「ええ。長田は、処理しなければならない死体が増えてしまった。まずは、手近にあった少年の死体を、自分の工場の敷地に埋めた。それから車を修理して、証拠隠滅の意味も込めて、後輩である達也さんに安値で売却したんです」

「なるほど。筋が通るな。で、その少年の幽霊は、今何処にいるんだ？」

後藤が訊ねると、八雲の表情が痛みを堪えているように歪んだ。

「それが問題なんです」

「どう問題なんだ？」

「達也さんは、トンネルに足を運んでから、勝手にナビがトンネルを目的地に設定してしまうと言っていました。単なる誤作動かと思ったのですが、ここまでの状況に鑑みれば、そうではありません」

「少年の幽霊が、トンネルに戻ろうとして、ナビを設定している——ってことか？」

「おそらく」

納得しかけた後藤だったが、八雲の説明に引っかかりを覚えた。

「ちょっと待て。でも、幽霊ってのは、物理的な影響力はねぇんじゃねぇのか？　ナビの操作は出来ねぇだろ」

幽霊は、人の想いの塊のようなものであり、物理的な影響力を及ぼさない——八雲は、幽霊をそう定義していたはずだ。

「直接、物体に触れることは出来ない——という意味です。言ってしまえば、幽霊はエネルギーの塊のようなものでもあるので、電波や電気などには、影響を及ぼすことがあります」

「心霊現象で、電気が消えたり、テレビのスイッチが勝手に点いたりって話が多いのは、そういうことか」

「多分。何にしても、このままだと、達也さんは、トンネルに誘導されることになります。あの場所には、浮かばれない数多の幽霊がひしめいています。事故を誘発する可能性が極めて高いです」

「そいつは大変だ。急いだほうがいいな」

後藤は、アクセルペダルを踏み込み、車の速度を上げた。

「その達也ってのは、お前の友だちなのか？」

後藤は気になっていた疑問をぶつけてみた。八雲が、ここまで必死になるからには、それなりに関係の深い人物のはずだ。

「いいえ。どちらかと言えば、あまり関わりたくないタイプです」

「は？」

予想外の返事だった。

「ただ……今、達也さんの車には、あいつが乗っているんです」

「あいつって誰だ？」

「この前の事件にも首を突っ込んだ、トラブルメーカーですよ」

——晴香ちゃんか。

なるほど、道理で八雲が慌てているわけだ。これは、何としてでも、助けてやらなければならない。法定速度でちんたら走っている場合ではない。

乗っていることが、覆面車両であることが幸いだ。後藤は、パトランプを出し、サイレンのスイッチを入れた。けたたましくサイレンが鳴り響く。後藤は、アクセルをベタ踏みして車の速度を上げる。

「いいんですか？」

八雲が、理解出来ないという風に、首を傾げる。

言わんとしていることは分かる。幽霊によって事故が誘発されるかもしれない——なんて理由で、無闇にパトランプを鳴らして走ったら、処分は免れないだろう。だが——。

「今さら、何を言ってんだ。あの娘を助けたいんだろ？」

後藤が訊ねると、八雲は何も言わずに視線を逸らし、「らしくないですね」と呟いた。

——らしくないのは、お前の方だろ！

本当に素直じゃない。後藤は、苦笑いを浮かべつつ、車を走らせた。

13

——どうしたらいいの？

もう、トンネルの近くまで来ている。トンネルを抜けた先には、大きなカーブがあって、ガードレールの向こうは崖になっている。

こんな速度でカーブに突入したら、ガードレールを突き破り、崖下に真っ逆さまだ。

何とかしたいけれど、達也は我を失っているし、美樹もパニックになっている。後部座席から出来ることは限られている。

「八雲君。どうしたらいい？」

意識することなく、晴香は口にした。

この土壇場で八雲の名を口にしたことに、誰よりも晴香が驚いた。いつも無愛想で、晴香のことを小バカにしていて、顔を合わせれば言い合いになるのに、なぜだか八雲なら助けてくれる。そんな気がしてしまった。

——あっ。

晴香は、自分のバッグの中で、スマホが着信の鳴動をしていることに気付いた。モニターに表示されていたのは、八雲の名前だった。

晴香は、慌ててスマホに出る。

「もしもし——」

〈ようやく繋がった。今、君は何処にいる？〉

すぐに八雲の声が聞こえてきた。

たったそれだけなのに、晴香を取り巻いていた恐怖と緊張が、ふっと緩んだような気がした。

「た、助けて！　車が暴走していて、トンネルに向かってるの！」

〈やっぱりそうか〉

「え？」

今の口ぶり。まるで、こうなることを予見していたかのようだ。

〈今の状況を手短に教えてくれ〉

「分かった」

晴香は、達也が我を失ってしまっていること。ナビが、トンネルを目的地にしていて、おそらくそこに向かっていること。車の中で、少年らしき幽霊を見たことなど、出来るだけ簡潔に説明した。

〈だいたいの状況は分かった。まずは、運転手の達也を正気に戻すのが先決だな〉

「正気に戻すって、どうやって？　呼びかけても、全然、反応がないの」

〈声をかけてダメなら、実力行使だ〉

「は？」

〈殴って目を覚まさせろ〉

八雲は簡単に言うが、晴香は、これまで他人に暴力を振るったことがない。そこには、大きなハードルがある。とはいえ、躊躇っていても始まらない。

晴香は、「ごめん」と口にしつつ、身を乗り出し達也の頬を力一杯ビンタした。達也は、ビンタされた反動で、頭をハンドルにぶつけた。

ダブルでダメージを負った恰好だが、効果はあった。

達也は、うっと呻き声を上げながら首を左右に振る。その顔は、さっきまでの死人のような表情ではなく、赤みが差した生きた人間のものだった。

「達也君！」

晴香が、肩を揺さぶりながら声をかけると、達也がきょとんとした表情で辺りを見回す。

「晴香ちゃん……おれ……」

「いいから、とにかくブレーキ！」

晴香は、達也の言葉を遮るように叫んだ。

事情を説明している余裕はない。もう、トンネルはすぐそこだ。ブレーキを踏んで停車させることが先決だ。

だが、車が減速することはなかった。

「達也君！　早くブレーキ踏んで！」

晴香は、改めて言う。

「ふ、踏んでるよ。だけど、ブレーキが利かないんだ」

達也が、今にも泣き出しそうな声で言う。

確かに彼は、何度も足を踏み込んでブレーキをかけている。だが、車は減速するどころか、余計に加速しているように感じる。

「八雲君。どうしよう。ブレーキが利かないみたい」

晴香は、繋いだままになっているスマホに向かって声を上げる。

〈サイドブレーキは？〉

「達也君。サイドブレーキ」

晴香が指示をすると、達也は泣きそうな顔をこちらに向けてきた。

「さっきからやってるよ。エンジンも切ってるはずなのに、全然、反応しないんだ……」

──それはマズい。

「サイドブレーキも利かないし、エンジンも切れない。どうしよう？」

晴香は、スマホの向こうにいる八雲に伝える。

すぐには反応がなかった。八雲も、万策尽きてしまったのだろうか？　このままトンネルの先にあるカーブに突っ込んで、崖下に転落して──振り払ったはずなのに、悪い想像が広がる。

達也は、助からないと諦めたのか、ハンドルから手を離し、頭を抱えて「おれのせいじゃない！　おれは悪くない！」と繰り返し呟いている。

〈見えた〉

スマホから、八雲の声がした。

「え？」

〈後ろだ〉

振り返ると、すぐ後ろに赤色灯を回しながら、迫ってくる白いセダンが見えた。暗くて、乗っている人の顔までは見えないが、きっとあの車には、八雲が乗っているに違いない。

そう思っただけで、涙が溢れそうになった。

「八雲君」

〈お嬢ちゃん。聞いてるか？〉

スマホからは、八雲ではない別の男性の声がした。野太いこの声は、後藤だ。

「はい。聞こえています」

〈トンネルに入ったら、ハンドルを左に切れ〉

「で、でも、そんなことしたら、トンネルの壁にぶつかってしまいます」

〈それでいい。ぶつけるんだよ。崖下に突っ込むよりマシだろ〉

確かに後藤の言う通りだ。

このまま爆走すれば、ガードレールを突き破って崖下だ。そうなるくらいなら、トンネルの壁に車をぶつけてでも停車させたほうがいい。

「分かりました。やってみます」

〈いい返事だ。おれが合図をする。いいな〉

「はい」

晴香が返事をするのと同時に、車がトンネルの中に入った。空気が重くなる。姿は見えないけれど、何かが晴香の周りに纏わり付いてくるような感覚があった。それは、きっとこのトンネルで命を落とした数多の魂たち——。

そう思うと、怖さとは違う感情が湧き上がってきた。生きたかったのに、生きられなかった人たちが残した未練は、あまりに哀しい。

〈今だ!〉

スマホから後藤の声がした。

晴香は、それに合わせて身を乗り出しハンドルを摑むと、ぐっと左側に切った。すぐに車がトンネルの側面に衝突して、激しく車体が揺れた。

減速するまで、何とか踏ん張ろうとしたけれど、晴香は反動でハンドルから手を離してしまった。

車が、ふらふらと道路の中央に戻っていく。

トンネルの出口が見えてきた。

——マズい!

晴香が、再びハンドルを摑もうとしたところで、車の右側から衝撃があった。

わけが分からないまま、晴香の身体は大きく揺さぶられたところまでは覚えているが、その直後、ぶつりと視界がブラックアウトした――。

14

墨を塗ったような闇と、耳が痛くなるほどの静寂の中で、晴香は死んだはずの姉――綾香に会った。

彼女は、何も言わず、ただ晴香を見て笑っていた。

――どうしてお姉ちゃんが？

そう思った晴香だったが、すぐにその答えに行き着いた。自分は死んだのだ。だから、こうして死んだはずの綾香との再会を果たしている。

晴香は、綾香に抱きつこうと腕を伸ばす。

「しっかりしろ。生きているか？」

急に声がした。

低いけれど滑らかな、耳に心地よい声。これは、八雲の声だ。それを認識するとともに、晴香の目に光が差した。

最初は目が慣れなかったけれど、次第に像を結び八雲の顔が見えた。後部座席のドアを開け、外から晴香の顔を覗き込んでいる。珍しく、困ったように眉を下げている。八雲でも、こんな顔をするのか——と少し意外だった。

「八雲君……私……」

身体を起こしながら、辺りを見回してみる。

晴香は、後部座席に座ったまま、意識を失っていたらしい。窓ガラスは全部割れていて、車の部品があちこちに散らばっていた。ドアも変形していたが、目立った外傷もないし、生きているようだ。

「動けるか？」

「うん」

晴香は八雲の手を借りて車の外に出た。

外から見ることで、ようやく状況が摑めた。

晴香たちの乗った車は、トンネルの出口付近の壁と、白い覆面車両に挟まれるかたちで停車していた。

「後藤さんが、車をぶつけて強引に停めたんだ」

八雲の説明を聞き、何が起きたのかを理解した。車をぶつけて停めてくれたお陰で、崖下に転落する最悪の事態は避けられたようだ。

「あっ、美樹と達也君は？」

晴香が言うと、八雲はトンネルの出口脇を指差した。

そこには、美樹と達也の姿があった。見た感じ、二人とも大きな外傷もなさそうだし、自分の足で立っていた。

「二人とも大丈夫だ」

美樹と達也の前に立っていた後藤が、晴香に向かって手を挙げた。

「本当にありがとうございます」

晴香は、腰を折って後藤に頭を下げる。

自分たちの危険を顧みず、助けてくれたのだ。感謝してもしきれない。

「気にすんな。おれは、ただ八雲に頼まれただけだ」

後藤は、おどけた調子で言った。

そうだ。八雲にも、まだお礼を言っていなかった。

「助けに来てくれてありがとう」

晴香は、八雲に向き直って頭を下げる。

どうして、晴香たちが危険な目に遭っていると分かったのかは不明だけど、八雲が来てくれなかったら、崖下に転落していたかもしれない。

「感謝するくらいなら、最初からトラブルを持ち込むな」

八雲がため息混じりに言った。

「せっかくお礼を言っているのに、素直に受け止められないの？」

──本当にこの人は。

「だから、礼なんていいから、最初からトラブルを持ち込むな──と言っているんだ」

「どうもすみませんでした！」

「分かればいい」

──むかつく。

言い返してやろうとした晴香だったが、八雲の左の額に血が滲んでいるのを見てしまった。きっと、衝突した際に、何処かに頭をぶつけたのだ。左眼の黒いコンタクトレンズも外れていて、赤い瞳が露わになっていた。

「本当にごめんなさい。私のせいで。その傷、大丈夫？」

晴香は、ハンカチを取り出し、傷を拭おうとしたが、八雲は「掠り傷だ」とワイシャツの袖でゴシゴシと擦って顔を背けてしまった。

「ちょっと。そんなことをしたら、傷口が広がっちゃうでしょ。ちゃんと見せて」

そう声をかけたが、八雲は道路の真ん中に向かって歩いて行く。

最初は、へそを曲げたのかと思ったが、足取りからして、そうではないような気がする。何かを見つけ、そこに向かって歩いて行ったという感じだ。

八雲は、道路の真ん中で立ち止まると、ゆっくりと屈み込む。

晴香の目には、何も見えないけれど、八雲の赤い左眼には、そこに誰かが見えているのだろう。それが証拠に、八雲は何もない空間に向かって語りかける。

——何を言っているの？

聞こうとしたけれど、風の音で掻き消されて、八雲が喋っている内容までは分からなかった。

しばらくして、八雲はゆっくりと立ち上がる。

八雲を取り巻く空気が、これまでとは一変した気がする。言葉を発したわけでもない。離れた場所なので、表情を窺い知ることは出来ない。それでも、八雲が激しい怒りを抱いているのが伝わってきた。

「八雲君……」

呼びかけてみたが、八雲はそれに応じることなく、真っ直ぐ達也の許まで歩み寄っていく。

達也は、その迫力に押されたのか、よたよたと後退ったが、すぐにガードレールに阻まれて逃げ場を失った。

八雲は達也の胸倉を掴み上げる。

「な、何だよ……」

達也が、震える声で言う。

「あの子は、まだ生きていたんだな。それを、お前たちは殺した――」

八雲が、静かに、だが強い怒りを孕んだ声で言った。

――え？　何の話？

「し、知らない。何を言っているのか、おれには分からない」

「分からない？　本気で言っているのか？　あの子を撥ねた車に、お前も一緒に乗っていたんだな」

「………」

「八雲！　それは本当か？」

後藤が口を挟む。

八雲は、後藤を一瞥したあとに頷いた。

「ええ。こいつは、長田という男が少年を撥ねたとき、車に同乗していたんです。そして、証拠隠滅に加担した」

「な、何を証拠に、そんないい加減なことを言っているんだ！　おれは知らない！」

達也は、声を荒らげて否定するが、その慌てぶりが逆に怪しい。

「誤魔化せると思うなよ。お前は、車を格安で譲ってもらう代わりに、先輩の手伝いをしたと言っていたな。あれは、死体の処理だったんだな。車なんかのために、よくもそんなことを……」

「は？　だから知らねぇって。わけの分かんねぇこと言ってんじゃねぇよ」

「ぼくが、お前に幽霊が憑いていると言ったとき、甥っ子だと嘘を吐いた。あれは、自分たちのやったことを隠すためだったんだな」

「だから知らねぇって」

「知らないで済むと思うなよ。あの子は、死んだんだぞ」

「は？　こんなところを、ふらふらと一人で歩いているから悪いんだろうが。あれは、ただの事故だ」

　感情的になるあまり、達也は墓穴を掘った。

　今の発言は、八雲の言葉が正しいと証明しているのも同じだ。

「ただの事故だと？　そんな言い訳が通用すると思うなよ」

「…………」

「あの子は、お前らに撥ねられたとき、まだ生きていた、、、、、、んだ。すぐに救急車を呼べば助かったかもしれない。あの子は、事故で亡くなった両親に会いたかっただけなんだ。それを、お前らは証拠隠滅のために、まだ生きている彼を殺した。何度も、何度も、ハンマーで頭を殴って……」

「おいおい。それが本当だとすると、危険運転致死傷じゃなくて、殺人じゃねぇか」

　後藤もまた、怒りに満ちた声を上げながら達也に詰め寄る。

「な、何を根拠に、そんなバカなことを……」

達也は、額に汗を浮かべながら反論する。

「聞いたんだ。お前たちが殺した少年の幽霊に——」

八雲が言う。

「は？　死んだ人間に、話が聞けるわけねぇだろ」

「ぼくの左眼を見ろ」

八雲が、ずいっと達也に顔を近付ける。

「なっ！」

達也は、今になって八雲の左眼の瞳の色に気付いたらしく、驚きの声を上げた。

「ぼくのこの赤い左眼は、死者の魂——つまり幽霊が見えるんだ」

「バ、バカな……」

「信じられないなら、お前を殺して試してやるよ」

八雲は、そう言うなり達也を殴りつけようとした。だが、それを止めたのは、意外にも後藤だった。

「止めておけ」

八雲は、怒りが収まらないらしく、しばらく後藤と睨み合っていた。

「大丈夫だ。こいつは、おれが責任を持って罪を償わせる」

後藤がそう告げるのと同時に、八雲は脱力して振り上げていた拳を下ろし、達也に背を向け、彼から離れて行った。

「何が罪を償わせるだ。幽霊が見えるなんて話、誰が信じるんだよ」

あれほど怯えていた達也だったが、八雲が離れたことで安堵したのか息巻く。

「おれが信じる」

後藤が、八雲に代わって達也の前に立ち塞がる。

「は？　あんた刑事なんだろ。そんなバカな話を信じていいのかよ」

「いいんだよ。詳しい話は署で聞かせてもらう」

後藤は手錠を取り出し、達也を拘束しようとする。

達也は「クソ！」と喚きながら、逃亡を図ったが、何歩も進まないうちに、後藤にその場に組み伏せられてしまった。

美樹は、目の前で繰り広げられた光景が、信じられないといった感じで、半ば放心状態に陥っている。心霊現象の後ということもあって、ショックは余計に大きいだろう。

本当なら、美樹の許に駆け寄るべきなのかもしれないが、晴香の足は自然と八雲の後を追いかけていた。

八雲は、トンネルに立つと、無言でその向こうに続く闇を見つめていた。その背中は、酷く頼りなく、今にも闇に溶けてしまいそうだった。

晴香が声をかけると、八雲はふうっと小さくため息を吐いた。

「ときどき、歯痒く思う」

八雲が、独り言のように言った。

「歯痒い？」

「前に君に言っただろ。ぼくには除霊が出来ない――と。同時に、除霊というやり方を否定もした」

「うん」

「だけど、本当は何も出来ない自分が歯痒いだけなんだ」

「八雲君――」

「ぼくは、何も出来ずにただ見ていることしか出来ない」

晴香はゆっくり八雲に近付きその隣に立った。八雲が、何を見ているのか知りたかった。晴香に赤い左眼はない。だから、同じものは見えないのだけれど、それでも――。

「ただ見えるだけでみんなに化け物扱いされる。そのクセ、見えるだけで、何も出来ない」

――違う。

八雲のお陰で、救われた人もいる。少なくとも、晴香はそうだ。姉の綾香のトラウマ

「八雲君……」

は、まだ完全に消えてしまったわけではないけれど、それでも最初の一歩を踏み出すことが出来た。

それは、八雲が見えたからだ。

自分の想いを伝えようとしたけれど、上手(うま)く声が出なかった。

ただ、八雲の隣でトンネルの向こうに続く闇を見つめ続けた――。

15

晴香は、駅前の花屋で買った白い菊の花を持って、あのトンネルへと続く坂道を登っていた。

徒歩で足を運ぶには距離もあるし、坂道もきつく、額に汗が滲む。

晴香が、達也に憑いていた少年について聞かされたのは、トンネルでの一件の翌日のことだった。

両親を事故で失った少年は、時間を見つけては、弔いのために、この坂道を登っていたのだと思うと、それだけで胸が苦しくなる。

彼は、いったいどんな想いで、この坂を登っていたのだろう？　両親にひと目会いたかったのか？　それとも、同じところに連れて行って欲しかったのか？　何れにしても、その結果、少年が命を落としてしまったことを考えると、やりきれない。

せめて、両親と再会していると願いたい。

晴香に少年のことを教えてくれたのは、八雲ではなく、後藤という刑事だ。

達也と、その先輩の長田は、現在、警察で取り調べを受けている。本人たちは、知らぬ存ぜぬを押し通しているらしい。二人の人間の命を奪って尚(なお)、保身に走るなんて、その人間性を疑わざるを得ない。

ただ、後藤は何としても証拠を見つけ出し、二人を罪に問うのだと意気込んでいた。楽観的かもしれないけれど、後藤なら二人を追い詰めて、償いを受けさせてくれると思う。

今回のことがあって、美樹とは少し距離を置くようになった。別に、嫌いとか、そういうことではないのだが、価値観が合わないのに無理に合わせて一緒にいても、お互いにとってよくない。

姉が事故死してから、誰にでもいい顔をしようとしてしまうところがあるけれど、そんなことをしても、いいことはない。

それに、これ以上、八雲にトラブルを持ち込みたくない。

トンネルが近くなったところで、線香の香りが漂ってきた。目を向けると、トンネルの入り口のところに、法衣(ほうえ)を纏った僧侶が立っているのが見えた。

あれは——八雲の叔父の一心だ。

トンネルの入り口に線香が供えられているが、おそらく一心がやったのだろう。

「こんにちは」

晴香が、声をかけると、一心は穏やかで、温かみのある笑みを浮かべた。

「晴香ちゃん。こんにちは。ここまで歩いてきたのかい？」

「はい」

「それは難儀だったたね」

「いえ。散歩だと思えば全然」

「いろいろと大変な目にも遭ったようだね」

一心は、細い目を一層、細めながらトンネルを振り返った。

口ぶりからして、このトンネルにまつわる一件を、八雲から聞かされているらしい。

「いえ。私は、何もしていません。ただ、八雲君に迷惑をかけただけで……。だから、せめてお花を供えるくらいしたいと思って」

八雲は、このトンネルには、数多の幽霊が彷徨っていると言っていた。花を供えたところで、何かが変わるわけではないかもしれないが、それでも——。

「そうか。晴香ちゃんは、優しいんだね」

「優しくはありません。ただ、お節介なだけです。八雲君にも、そう言われました」

晴香が言うと、一心は声を上げて笑った。

それだけで、不思議と周囲の空気が、柔らかくなったような気がする。

「私はね、八雲に言われて、ここに来たんだよ」

一心はそう言いながら、トンネルに身体を向けた。

「八雲君に？」

「このトンネルであったことを話されてね。浮かばれない魂がたくさんいるから、何とかしろ――と凄い剣幕だったよ」

「そうだったんですか」

「何とかしろと言われても、私は、八雲みたいに死者の魂が見えるわけじゃないからね。もちろん、除霊も出来ない。線香を供えて、手を合わせて念仏を唱えるのが精一杯だよ。でも、それでは、何の解決にもならないんだろうね」

一心の声は、さっきまでの明るさとは打って変わって、暗く沈んでいた。まるで、トンネルに吸い込まれて行くような。

晴香には、それが哀しかった。

「一心さんの言葉は、きっとこのトンネルにいる魂に届いていると思います」

もちろん、何の根拠もない。だけど、単なる慰めではなく、晴香は本気でそう思った。

この場所を、心霊スポットとして怖れるのではなく、亡くなった人たちの魂を弔うために訪れることで、浮かばれない魂が救われるような気がした。

「そうだといいね」

「それに、八雲君は歯痒いと言っていました」

「歯痒い？」

「はい。見えるだけで何も出来ないことが、歯痒いって――」

八雲は、ああ見えて意外と情に厚いのだと思う。だから、幽霊を怖がるのではなく、その未練を断ち切り、救いたいと思っている。もちろん、口には出さないけれど、晴香にはそう思えてしまう。

「そうか。八雲がそんなことを言っていたか」

一心が、噛み締めるように言った。

「はい」

「少し前までの八雲はね、ただ見えることを嫌っていたんだ。何で自分だけ見えるんだってね。何も出来ないなら、見えないほうがいいって。中学生くらいの頃だったかな、自分の目をナイフで刺そうとしたこともあったんだよ」

「そんな――」

「見えなければ、誰も自分のことを気味が悪いとは言わないし、知りたくないことを、知らなくて済むんだってね」

「そんなことが……」

晴香は八雲と心霊事件にかかわることで、たくさん怖い思いをしたし、事件の背景にある様々なことを知り、心にダメージを負った。

八雲は、それを日常的に味わっていたのだ。誰にも理解されず、むしろ、嫌悪されながら、たった一人で事件に向き合い続けていたのかと思うと胸が痛む。

「そうやって、自らの赤い左眼を嫌悪していた八雲が、見えるだけで、何も出来ないのが歯痒いなんて——凄い進歩だよ」

「進歩ですか？」

「うん。実は、八雲の名前を付けたのは私なんだ」

「そうだったんですか」

「八雲立つ——といえば、出雲にかかる枕詞だけど、元々、八雲とは、幾重にも重なり合った雲のことなんだ。八雲が生まれて、あの赤い眼を見たとき、この子にはきっと数え切れない困難が待ち構えているのだろうと思ったんだ。太陽の光を遮る幾重にも重なった雲と同じだよ。そんな困難に、負けて欲しくないという願いを込めたんだ。やがては、雲が晴れて、晴れた空を見上げることが出来るように——」

「それで——八雲」

「うん。八雲が歯痒いと言ったのは、きっと、目を背けていた幽霊の存在に、自分の意思で向き合おうと感じたからこその言葉だったんじゃないかと私は思うんだ」

「そうかもしれませんね」

「きっと八雲は、一つ雲を抜けたのだと思う。八雲を、そうさせたのは、きっと晴香ちゃんだね」

「私は何も……」

謙遜ではなく、本当に晴香は何もしていない。ただ八雲にトラブルを持ち込んだだけだ。

「いつか、雲が晴れるといいね」

「そうですね――あっ」

すっかり話し込んでしまい、本来の目的を忘れるところだった。

晴香は、トンネルの脇に歩み寄り、持ってきた菊の花を供えると、手を合わせて黙禱した。

瞼の裏に、あのとき晴香が見た、少年の幽霊の顔が浮かんだ。失われた命は、二度と戻ってこない。だから、せめてあの子が、両親と再会出来ていることを願った。

気のせいかもしれないけれど、風に混じって、ふふふっという少年の笑い声がした。

慌てて目を開けたけれど、そこに少年の姿はなく、暗いトンネルが続いているだけだった。

――私にも見えたらいいのに。

晴香は、本気でそう思った。でも、こんなことを八雲に言ったら、もの凄く怒られそうだ。難しい顔で小理屈を並べる八雲の顔を想像して、少し笑った。

ふと、空を見上げると、雲一つない青い空が広がっていた。

――いつか、八雲君にもこんな日が来るのかな？

晴香は心の内に問いかけた。

FILE Ⅲ　伝言

1

真っ暗な部屋は、冷たい空気に満たされていた――。

ここ最近、夜はかなり冷え込むようになった。

今日は、講義の他にバイトもあったので、かなり疲れている。早くお風呂(ふろ)に入って眠ってしまおう。

晴香(はるか)は、玄関の脇にある電気のスイッチを押したのだが、なぜか電気が点(つ)かなかった。

「あれ?」

何度も、スイッチを入れたり切ったりしてみたが、やはり反応がない。

ブレーカーが落ちているのかもしれない。確か、キッチンの奥にある部屋のクローゼットの中に、ブレーカーがあったはずだ。

晴香は手で壁をなぞりながら、キッチンを進み、その先にある部屋の戸を開けた。

――え?

あまりのことに、晴香は身体(からだ)を硬直させた。

部屋の中に誰かいる。

暗くて判然としないけれど、ベッド脇に、こちらに背中を向けて、足を崩して座っている人影が見えた。

線が細くて髪が長い。おそらくは女性だ。

すぐに逃げ出そうとしたのだが、恐怖のせいか、身体を動かすことが出来なかった。

悲鳴を上げたいのだが、喉が張り付いて声も出ない。

何で、この人は部屋の中にいるの？　鍵を閉めてあったのに、どうやって入ったの？

この人は誰？

次々と疑問が浮かぶが、答えなど一つも出ない。

何れ(いず)にしても、このままここに立っているのはマズい。晴香は、意識的に呼吸を整え、女の影に気付かれないうちに、ここを離れようと足を引いた。

だが、そんな晴香の動きに気付いたらしく、座っていた女性の影が、音もなく立ち上がった。

そして――錆(さ)び付(つ)いたロボットのように、ぎこちない動きでこちらを振り返る。

嫌だ。見たくない。

心臓が激しく暴れる。どっと汗が噴(ふ)き出(だ)し、耳鳴りがした。

女性が振り返り、晴香と目が合った。

「……詩織(しおり)？」

恐怖で強張っていただけに、反動でその場に頽れそうになる。

部屋にいた女性の正体は、晴香の知っている人物。高校時代からの友人の詩織だった
――。

「もう。びっくりしたよ。どうしたの？　こんな時間に。来るなら連絡してくれれば良かったのに」

「……………」

詩織は、何も答えずに、ただ無表情にそこに立っていた。

「ブレーカー落ちてるみたいだから、今入れるね。あ、もしかして、私、鍵かけ忘れてた？」

晴香が、ブレーカーのあるクローゼットに向かおうとしたところで、詩織が掠れた声で何かを言った。

「え？　何？」

晴香は、振り返りながら聞き返す。

「ご……んね」

「ん？」

「晴香……めん……」

電波の悪いところで通話しているみたいに、詩織の声はぶつぶつと途切れる。

顔色も悪いし、明らかに様子がおかしい。

「詩織。大丈夫？　具合悪いの？」

「お願い……げて……」

「詩織？」

晴香が、詩織の肩に触れようとした瞬間、彼女の額から、どろっと黒い液体が流れ落ちた。

その液体は頬を伝い、顎先（あごさき）からひたひたと流れ落ち、詩織が着ているシャツの胸元を濡（ぬ）らした。

その段階になって、晴香はようやくそれが血だと分かった。

「大変！　怪我してるじゃない！」

さらに近付こうとしたのだが、詩織はそれを遮るように「逃げて！」と叫んだ。

逃げるって、いったい何から？　何処（どこ）に逃げるの？　困惑している晴香を、詩織は哀しげに見つめる。

「どういうこと？」

晴香の質問に答えることなく、詩織は蠟燭（ろうそく）の炎が消えるように、ふっと闇に消えた。

――え？

詩織が立っていた場所に近付こうとしたところで、突然、部屋の電気が点いた。

あまりの眩しさに、一瞬、目の前が真っ白になる。

なぜ、急に電気が点いたのだろう。ブレーカーではなく、この辺一帯が停電していたのだろうか。

何度か目を瞬かせると、次第に視界が戻ってきた。

「詩織？　ねぇ詩織？　何処にいるの？」

晴香は必死に、辺りを見回したが、詩織の姿を見つけることは出来なかった。

――今のは幻？

でも、それにしてはリアルだった。もしかしたら、詩織に何かあったのかもしれない。

晴香は、すぐにスマホを取り出し、詩織に電話をかけた。

だが、聞こえてきたのは、電話番号が現在使用されていないというアナウンスだった。

動揺して違う人の番号を呼び出してしまったのかもしれない。発信履歴を確認してみたが、間違いなく詩織のものだった。

もう一度、電話をしてみたが、結果は同じだった。

詩織から電話番号を変えたなんて話は聞いていない。何かがおかしい。詩織のアパートは、ここから歩いて十分程度のところだ。取り敢えず、彼女の部屋に行ってみよう。

晴香は、すぐに部屋を飛び出した。

「あっ！」

マンションを出たところで、晴香は思わず声を上げた。

慌てて出てきたせいで、鍵を部屋の中に置いてきてしまった。戻ろうにも、オートロックのエントランスを開けることが出来ない。

しかも、部屋に忘れたのは、鍵だけではなかった。スマホまで置きっ放しにしてしまった。

慌てていたとはいえ、あまりに粗忽だ。

「どうしよう……」

途方に暮れたものの、ここに突っ立っていても何も始まらない。

詩織の部屋に一時避難させてもらって、マンションの管理会社に電話しよう。

きっと詩織は、「晴香は天然だな」と笑いながら、いつものようにホットココアを出してくれるはずだ。

詩織の出すホットココアは、インスタントのはずなのに、凄く香りがいい。隠し味を使っているらしいのだが、いくら訊いても「秘密」とはぐらかされてしまう。今度こそ、詩織から聞きだそう。

晴香は、寒さに身体を震わせながらも、詩織の部屋を目指して歩き始めた。

詩織とは、高校一年のときに、同じクラスになったことがきっかけで仲良くなった。二人とも、インドア派だったので、何処かに遊びに行くということは、あまりしなかった。どちらかの部屋に行き、それぞれに本を読んだり、動画を観たり、各々に自由な時間を過ごすことが多かった。

だけど、気を遣わないその感じが、晴香には心地よかった。

心の何処かで、詩織と亡くなった姉の綾香を重ねていた部分があったように思う。

高校を卒業して、進学した大学は違ったけれど、お互いに住んでいる部屋が近かったこともあり、地元にいた頃と変わらずに親交は続いていた。

だが、昨年の暮れ、詩織の実家が火事になり、両親が亡くなってしまった。

葬儀のとき、詩織は喪主として気丈に振る舞っていたが、皆が帰ったあと、晴香に抱きついて号泣した。

晴香に出来ることは、ただ詩織を抱き締めて、その背中を摩ってやることだけだった。

葬儀の後、詩織は通っていた大学を辞めた。地元に帰ることも考えたようだが、両親も家も失ってしまった詩織は、東京で就職して一人で生きていくことを決めた。

詩織が就職してからは、これまでのように会うというわけにはいかなくなった。大学生と社会人とでは、生活のサイクルが違うので仕方ない。寂しくはあったけれど、晴香にとって詩織が親友と呼べる存在であることに、変わりはなかった。

そう言えば、前に会ったのは廃屋での事件のすぐ後だったので、溜まりに溜まった八雲の悪口をぶちまけた。

あのとき、なぜか詩織は「晴香にも春が来たか」などと意味不明なことを言っていた。

消防車のサイレンの音で、はっと我に返る。気付くと、詩織の住んでいるアパートの前まで来ていた。

二階の一番奥、二〇四号室が詩織の部屋だ。

窓から明かりは漏れていない。不在にしているか、あるいは眠っているのかもしれない。

晴香は、階段を上り外廊下を進み、二〇四号室の前に立った。夜の遅い時間だし、躊躇う気持ちはあったが、それでもインターホンを押した。

反応はなかった。

もう一度、押してみたが、結果は同じだった。

何もなければ、引き返すところだが、ここに来る前に頭から血を流している詩織の姿を見ている。ただの幻覚かもしれないけれど、それでも顔を見て確かめるまでは安心出来ない。

「ねぇ。詩織？　いるの？　いるなら返事して」

晴香は、ドアに向かって声をかける。

詩織が向こうからドアを開けてくれることを祈ったけれど、閉じたままだった。

「その部屋の人なら引っ越したよ」

急に聞こえた声に、晴香ははっと振り返った。

スーツを着た二十代後半と思われる女性が、二〇三号室のドアの前に立っていた。

隣の部屋の住人らしい。

「引っ越したって、本当ですか？」

「多分。一週間くらい前だと思うけど、引っ越しのトラックが停まってたし」

「で、でも、詩織はそんなことひと言も……」

「何か、夜逃げみたいな感じだったな」

「夜逃げ？」

「そう。私も、詳しいことは知らないけど、挨拶もなく、逃げるようにいなくなったって感じ」

夜逃げということは、詩織は借金を作っていたのだろうか？　でも、そんな話は聞いていない。

否定しようと思ったが、出来なかった。

詩織は両親を失っている。東京の一人暮らしで、生活に困窮して借金を作るということは、充分に考えられる。

もう、詩織に会えないのだろうか?

そんなの嫌だ。詩織に限って、晴香に何も言わずにいなくなったりしない。

晴香は、頭の中にある悪い考えを振り払った。

2

後藤(ごとう)は、昇り始めた太陽の光に目を細めて、煙草(たばこ)に火を点けた。

「煙草とか、止(や)めて下さい」

ホースの片付けをしていた消防隊員の一人が、睨(にら)み付けるようにして文句を言ってきた。

確かに、鎮火したばかりの火災現場で煙草を吸うのはマズかった。後藤は、携帯灰皿に煙草をねじ込み、改めて目の前の光景に目をやった。

陸屋根(ろくやね)二階建ての建物は、外壁がコンクリートだったことで、形状こそ保っているが、室内は完全に焼け落ちている。熱で窓が全部割れていて、壁は煤(すす)で真っ黒だ。

近隣に延焼しなかっただけ、マシというものだ。

目を向けると、ちょうど死体袋に包まれた遺体が、運び出されていくところだった。

「くそっ！」

後藤は、怒りとともに吐き出した。

今回の事件は、単なる火の不始末による火災ではない。後藤たちは、ある事件の容疑者を追っていた。加藤恵美子という女だ。

恵美子は、自分に嫌疑がかかっていることを悟り、逃げられないと判断したのか、警察に自らの罪の告白と、命をもって償う旨の電話をかけてきた。後藤を含めた警察官が、慌てて恵美子の許に駆けつけたのだが、そのときにはもう手遅れだった。

恵美子の家は炎に包まれていた。

煙で視界が悪かったが、家の中に倒れている恵美子の姿を見つけた。頭部に大型のテレビが倒れ込んでいて、意識を失っているようだった。救助に駆けつけようとしたが、火の勢いが強く、どうすることも出来なかった。

すぐに消防に連絡も入れたのだが、この辺りの路地が狭い上に、路上駐車の車に阻まれて到着が遅れた。

火を消し止めたときには、恵美子は黒焦げの遺体になっていたというわけだ。

――もしかしたら助けることが出来たかもしれない。

後藤の胸には、その思いが渦巻いている。相手が誰であろうと、目の前で誰かが死ぬというのは我慢ならない。

「ずいぶん、難しい顔をしておるな」

声をかけてきたのは、監察医の畠秀吉だった。

嘱託として監察医をやっている。

干し柿みたいに皺だらけで、目だけがぎょろっとしていて、何とも怪しげな空気を纏っている。

仕事を趣味だと言ってのける変態監察医だ。実は、数百年生きている妖怪なのではないかと、本気で疑っている。

「妖怪爺が」

後藤が吐き捨てるように言うと、畠は肩を震わせながら、ひっひっひっと引き攣った笑い声を上げた。

「わしが妖怪なら、お前さんは野生の熊じゃな」

「どうして、そうなるんだ？」

「自分で気付かないとは、憐れだのう」

「うるせぇ！」

「そうカッカしなさんな。これで、一件落着じゃないか」

「何が落着だよ。爺さん。こんなところでウロウロしてていいのか？　遺体の検死があるだろ」

「わしが解剖するまでもない。あんなに炭化してしまっていては、解剖したところで何も出てきはしない」

「やらねぇのか？」

「やらんね。血が出ないから面白くない。死体は生に限る」

とんでもなく不謹慎なことを、しれっと言ってのける神経が恐ろしい。

「面白い、面白くないの問題じゃねぇだろ。仕事なんだから、ちゃんとやれ」

「下の連中に任せるさ」

「職務怠慢だな」

「お前さんは分かっていないな」

「は？」

「年間、解剖が必要な死体が何体あるか知っているか？」

畠はずいっと後藤に歩み寄り、下から舐めるような視線を投げつけてくる。

「あん？　百とか二百くらいか？」

「十万体だよ」

「そ、そんなにあるのか？」

驚きのあまり、声が裏返ってしまった。

「そうだ。それを全部、丁寧に検死なんぞしていたら、どれくらいの人手と時間が必要になると思う？」

「………」

そう問われると、返す言葉もない。

「だから、わしは自分が興味のある遺体だけ解剖するんだよ。お前さんも、似たようなもんだろ」

「お前みたいな変態と一緒にするな。おれは、ちゃんと仕事をしているだろうが」

「よく言う。扱う事件を選んでいるだろ。ちゃんと仕事をしていたら、あんなに上司に目の敵にされんよ」

畠が、また奇妙な声で笑った。

そのまま顎が外れてしまいそうで、何だか怖い。

「上の連中のことなんざ知るか。おれは、出世のために仕事してるんじゃねぇ」

「警察は正義の味方だとでも言うつもりか？」

「ガキじゃあるまいし、そんなアホなこと言うかよ」

正義の味方とまでは言わないが、警察官というのは、本来、市民の味方であるべきだ。それを、面子(メンツ)だ出世だとガタガタ言う連中を、後藤は心底軽蔑(けいべつ)している。

向こうからしても、指示に従わない後藤のことは、厄介者と思っているはずだ。

「ところで、例の幽霊が見えるという青年。今度会わせてもらえないかね？」

畠が唐突に口にする。

なぜ、畠が八雲のことを知っているのかと戸惑いはしたが、すぐに前回の事件のとき、八雲のことを畠に話したことを思い出した。

「どうして、八雲と会いたいんだ？」

「医学的な興味だよ。もし、幽霊が実在するのだとしたら、肉体の死は、死とはいえなくなる。これまでの死生観がひっくり返る可能性がある。徹底的に研究したい」

「爺。何を言ってやがる？」

「何って、生と死の話じゃよ。お前さんだって興味があるだろ」

「ねぇよ。ってか、お前には絶対に会わせない」

後藤は一蹴した。

畠の言いようからして、単純な興味だけとは思えない。下手をしたら、生きたまま八雲を解剖し兼ねない。

「身体はデカい癖に、器はずいぶんと小さいな」

「うるせぇ。バカなこと言ってねぇで、さっさと仕事に戻れよ」

後藤が虫を追い払うように手を払うと、畠はぶつぶつと文句を言いながらも、首を縮めて、ひょこひょこと歩き去って行った。

「まったく……」

後藤がぼやいたところで、鑑識の一人が後藤に歩み寄ってきた。

名前は覚えていないが、丸顔で小太りで、やたらと髭(ひげ)の濃い鑑識の顔には見覚えがあった。

「あの――ちょっと見て欲しいものがあります」

鑑識が周囲を気にする素振りを見せながら、話しかけてきた。

「見て欲しいもの？」

「はい。他の人に言ったら、バカにされそうですけど、後藤さんなら、こういうのに詳しいと聞いたので」

――ああ。そういうことか。

後藤には、霊感の欠片(かけら)もないが、八雲と一緒にいるせいで、心霊絡みの事件を解決することが多い。そのせいで、後藤は心霊現象に精通しているという噂(うわさ)が署内で広まっている。一部では、心霊刑事などとよく分からない渾名(あだな)まで付けられる始末だ。

ちゃんと事情を説明するべきかもしれないが、そのためには、八雲のことを話さなければならなくなるし、何より面倒臭い。

「で、何を見て欲しいって？」

「これです」

鑑識は、首から提げていたデジカメのモニターに、一枚の画像を映し出した。

焼け落ちた家屋を映したものだったが、そこには写ってはいけないものが、写り込んでいた――。

3

ドン――。

何かがぶつかるような音と振動を頰に感じ、晴香ははっと身体を起こした。

ぼやけていた視界が、次第に像を結んでいく。

すぐ目の前に、不機嫌そうな顔で座っている、青年の姿が見えた。八雲だ。

相変わらずの寝グセだらけの髪に、寝起きみたいな眠そうな目をしている。今は、実際に、寝起きなのだろうけれど――。

「おはよう」

晴香が目を擦りながら言うと、八雲は聞こえよがしにため息を吐いた。

「おはよう――じゃない。君はここで何をしているんだ?」

腕組みをした八雲が、晴香を睨み付けてくる。

「ごめん。鍵が開いてたから」

「君は、鍵が開いていたら、勝手に他人の部屋に侵入するのか？」

八雲の言い分はもっともだ。

晴香は、あくびを呑み込んでから、八雲が根城にしている〈映画研究同好会〉の部屋に足を運んだ経緯について説明する。

自分の部屋で詩織の姿を見たが、すぐに消えてしまった。

心配になって詩織のアパートに向かったはいいが、引っ越しているらしく、不在だと知ったところで途方に暮れてしまった。

不動産会社に連絡して、鍵を開けてもらおうかと思ったが、時間外だったし、そもそもスマホは部屋に置きっ放しの状態だ。

他の友人に電話をして泊めてもらうことも考えたけれど、スマホがないのでこちらも断念した。

外で時間を潰すにしても、お金がないから店に入るわけにもいかない。そんなとき、思い出したのが、八雲が根城にしている〈映画研究同好会〉の部屋だった。

寒さを凌げるし、八雲にスマホを貸してもらえれば、不動産会社に連絡出来ると思って部屋を訪れた。

幸いにして鍵が開いていたので、すんなりと部屋に入ることが出来た。

だが、八雲は寝袋にくるまって熟睡していて、晴香がいくら声をかけても起きなかった。

取り敢えず、八雲が起きるまで待たせてもらおうと、椅子に座ったのだが、そこで疲れ果てて眠ってしまい、今に至るというわけだ。

「鍵をかけないなんて不用心だよ」

晴香が話の最後に言い添えると、八雲は気持ち悪いものでも見るような視線を向けてきた。

「鍵もスマホも持たずに、オートロックのマンションから出てしまうような間抜けから忠告をされても、何も響かない」

——仰る通り。

晴香には、八雲を責める資格はない。

「それは、そうなんだけど……」

「だいたい、鍵を部屋に忘れたからといって、そんなに慌てることでもないだろ」

「どうして？」

「だいたいの不動産会社は、そういうときのために、二十四時間のサポートセンターがあるんだ。そこに電話すればいいだろ」

「でも、スマホも財布も部屋の中だから……」

「交番に行け」

「何で？」

「何で――じゃない。交番で事情を説明すれば、電話くらい貸してくれるはずだ」

「そうなんだ……」

知らなかった。いや、頭が回らなかったと言ったほうが正しい。詩織のことで気が動転してしまっていた。

〈映画研究同好会〉の部屋に足を運んだのも、自分の状況がどうこうというより、晴香が部屋で見た詩織の幻覚の正体が知りたかったというのが大きい。八雲なら、その答えを出してくれるような気がしたのだ。

晴香が考えを巡らせているうちに、八雲が大きく伸びをしながら立ち上がると、晴香に背を向け、突然シャツを脱ぎ始めた。

「ちょっと、何してるの？」

晴香は慌てて視線を逸らしながら抗議の声を上げる。

「何って、着替えに決まっているだろう」

「女の子のいる前で、着替えをするなんて、無神経にも程がある」

「言っておくが、ここはぼくの部屋だ。何をしようとぼくの勝手だ。偉そうに言うな」

――正論だ。

晴香が勝手に部屋に入り込んだのだから、八雲のやることに対して文句を言うのは、お門違いだ。

というか、よくよく考えてみると、深夜に一人暮らしの男性の部屋に忍び込んだ挙げ句、無防備に眠っていたことになる。それを認識するのと同時に、急に恥ずかしくなり、耳まで赤くなった。

「邪魔するぜ」

聞き覚えのある野太い声がしたかと思うと、突然ドアが開いた。

顔を出したのは、刑事の後藤だった。

後藤は、着替え途中の八雲と、顔を赤くしている晴香を交互に見て、にたっと緩い笑みを浮かべた。

良からぬ勘違いをされている。

「おっと。本当に邪魔だったみたいだな」

案の定、後藤がすごすごと部屋を出て行こうとする。

「ま、待って下さい。これは、その……違うんです。そういうんじゃなくて……」

何とか状況を説明しようとしたのだが、思うように言葉が出てこない。喋るほどに、後藤の誤解の渦が大きくなっていくような気がする。

「いいってことよ。ゆっくりしていきな。またあとで来る」

後藤は、片目を不器用に瞑ってウィンクらしきものをすると、本当に部屋を出て行ってしまった。

「本当に待って下さい！」

晴香は、立ち上がって後藤のあとを追いかけようとしたところで、着替えを終えた八雲が「騒々しい」と、ガリガリと寝グセだらけの髪を掻き（か）ながら言う。

「でも、後藤さん、誤解したまま行っちゃったよ」

「そのようだな」

「そんな呑気（のんき）な。どうするの？」

「別にどうもしないさ。あの熊の行動パターンなんて、たかが知れてる」

八雲はそう言うと、壁にある曇りガラスの窓のところまで歩いて行き、勢いよくその窓を開けた。

そこには、身を屈（かが）めて部屋を覗（のぞ）こうとしている後藤の姿があった。

「ばれたか」

後藤が、悪戯（いたずら）が見つかった子どものように笑う。

「いい年して、そんな子どもみたいなことしないで下さい。そんなことばかりしていると、また奥さんに逃げられますよ」

「だから、別に逃げてねぇよ。実家に帰っているだけだ」

「そのまま、戻ってこないかもしれませんね」

「帰ってくるさ」

「泣きそうな顔をしていますけど、大丈夫ですか？　さっさと謝ってしまえばいいものを」

詳しいことは分からないが、話の流れからして、後藤は妻と別居中らしい。ナーバスな話なのに、ズカズカと踏み込んでしまう八雲の神経を疑う。

「うるせぇ！　こんなかわいい娘を目の前にして、何もしないような根性なしに言われたくないね！」

後藤は、吐き捨てるように言ったが、八雲は表情一つ変えなかった。

「彼女に何もしないのは、根性とかの問題じゃないでしょ」

「は？」

「その人の嗜好。つまり好みの問題です」

要は、晴香に女性としての魅力がないと言いたいらしい。本人を前にして、よくも平然と言えるものだと呆れてしまい、反論する気にもなれない。

「お前さ、そんなこと言ってると本当に逃げられちまうぞ」

後藤が嘆くように言ったが、八雲は相変わらず無表情だった。

「かかわれば、トラブルを持ち込まれるだけです。ぼくにとっては逃げてくれたほうが都合がいい」

——むっ！

言い返したいけれど、トラブルを持ち込んでいるのは事実なので、黙るしかないのが悲しいところだ。

「かわいくねぇ野郎だ」

「後藤さんに、かわいいなんて思われたくありません。それより、さっさと入ってきて下さい。何か用事があったんでしょ」

「おお、そうだ、そうだ。忘れるところだった」

後藤はおふざけの時間の終わりを宣言するように頷くと、ドアから部屋に入ってきて、晴香の隣の椅子に座った。

「あの——私、一旦、帰ります」

本当は、晴香が目にした、詩織のことについて相談したかったのだが、後藤のほうも何か用事があるようだったし、一晩、部屋に戻っていないので、そのことも気にかかる。

「いいのか？」

後藤が訊ねてきたので、「大丈夫です。また、後で来るので」と告げて、〈映画研究同好会〉の部屋を後にした。

4

「本当に邪魔しちまったみたいだな」

後藤は閉まったドアを振り返りながら呟（つぶや）いた。

晴香は、八雲に何か用事があって足を運んだのだが、後藤に気を遣って出て行ったように感じる。

「別に邪魔も何もありませんよ。ぼくからしてみれば、うるさいのが一人減って、清々しています」

八雲は、そう言うと大口を開けてあくびをした。

こんなことを言ってはいるが、それが本心だと後藤は思わなかった。

恋愛感情があるかどうかは定かではないが、少なくとも、八雲は晴香のことを嫌ってはいない。友人くらいには思っているはずだ。

だからこそ、前回の事件のとき、必死になって彼女を助けようとした。

だが、それを指摘したところで否定されるのが目に見えている。照れとか、そういうことではなく、多分、八雲が自覚していないからだ。

「何をニヤついているんですか？　気色悪い」

八雲が醒めた視線を向けてくる。

「気色悪いってのは、どういうことだ？」

「熊みたいなむさ苦しいおっさんが、ニヤニヤしてたら、誰でも気色悪いと思うでしょ」

「てめぇ！　いい加減にしろよ！」

激高してみせたが、八雲は表情一つ変えなかった。

——本当に張り合いがない。

「それで、今日は、いったい何しに来たんですか？　警察というのは、そんなに暇なんですか？」

「暇なわけねぇだろ。こちとら、昨日から一睡もしてねぇんだ」

「そうですか。それは大変ですね。今すぐ家に帰って、眠ることをお勧めします。どうぞ、お帰り下さい」

八雲がドアを指し示しながら言う。

「そうはいかねぇよ。おれは、お前に用事があるんだ」

「だったら、それを早く言って下さい。ぼくは、後藤さんと無駄話をしているほど、暇じゃないんです」

——いちいち腹の立つ言い方をする野郎だ。

苛立ちは募ったが、八雲の言うことを全部真に受けていたらキリがない。後藤は、咳払いをして気持ちを切り替え、話を進めることにした。

「実は、お前に見て欲しい写真があるんだ」

「どうせ心霊写真でしょ」

八雲が頬杖を突く。

「よく分かったな」

「後藤さんが、他の写真をぼくに見せたことがあるんですか?」

——それは。

「ない」

「威張って言うことですか?」

「悪かったよ。とにかく、この写真を見てくれ」

後藤は内ポケットから写真を取り出し、その中から一枚を抜き出しテーブルの上に置いた。

写真には、煤だらけになった陸屋根二階建ての建物が写っている。

「昨日の深夜、世田町の住宅街にある一軒家で火災があった。火は消し止められたが、見ての通り全焼だ」

「それで」

「火災が起きた当時、家の中には一人の女性がいた。名前は加藤恵美子。三十七歳。彼女は、ある事件の容疑者としてマークされていたんだが、警察に自殺を仄めかす電話をかけてきた後、自ら家に火を放った」

後藤は二枚目の写真をテーブルの上に置いた。そこには、黒焦げになった恵美子の死体が写し出されている。

普通なら目を背けたくなるような凄惨な写真だが、八雲はさすがに慣れていて、眉一つ動かさなかった。

「その女性にかかっていた容疑というのは、何なんですか？」

八雲が訊ねてくる。

後藤は、返事をする代わりに、別の写真をテーブルの上に置いた。飲み会で撮影された写真だ。二十人ほどの男女が、集合して一枚の写真に収まっている。

この写真だけだと、誰が誰なのか分からない。後藤は、この中の二人の男女を拡大表示したもう一枚の写真を出した。

写真だけ見れば、品のある美男美女の幸せそうな夫婦に見える。

「女のほうは、今回の火事で遺体となって発見された恵美子だ。で、男のほうは、その夫の謙一。父親の後を継いで、建設会社を経営していた」

「謙一さんは、内臓に疾患があるようですね。顔色が悪いですし、浮腫みも酷い」

八雲が険しい表情で口にした。

その指摘は正しい。お前をおれの部下にしたいよ」

「絶対に嫌です」

八雲が即答した。

「そんなに警察が嫌いか？」

「ぼくが嫌いなのは警察ではなく、後藤さんです」

――このガキ！

めちゃくちゃ腹は立つが、文句を言ったところで、十倍になって返ってくるだけだ。

後藤は、怒りを呑み込んで話を進めることにした。

「おれが嫌いだってことはよく分かったよ。とにかく、お前が指摘した通り、謙一は体調不良を訴えていて、一ヵ月前に多機能不全で亡くなっている。検死の結果、体内からヒ素の成分が検出された。おそらく、食事や飲み物に極少量ずつ混ぜられていたんだろうな」

「それが出来るのは近しい人間――ということになりますね」

「そうだ。容疑者は二人いた。一人は謙一の弟の純一（じゅんいち）だ。兄とは対照的で、学生時代からいろいろと問題を起こしていた。浪費癖があって、方々に借金を作っていたらしい」

「典型的なタイプですね」

「ああ。父親も、そのことを分かっていたから、謙一のほうに会社を継がせ、弟は会社に入れることさえしなかったらしい」

「でも、彼は容疑から外れたんですよね？」

「どうして分かった？」

「さっき言っていたじゃないですか。恵美子さんが、容疑者だったって」

言われてみればそうだ。

最初に、恵美子をある容疑でマークしていたと言っている。それが、謙一殺害の容疑だと想像するのは容易い。

「まあ、そうだな。恵美子を調べたところ、ネット通販でヒ素を購入した履歴が見つかったんだ」

あまり知られていないが、ヒ素は身分確認だけで簡単に入手することが出来る。

恵美子が、彼の遺産目当てで殺害を企て、食事などにヒ素を混入させ、死に至らしめたというのが警察の見立てだった。

「なるほど。警察は、恵美子さんを逮捕するために動いていた。でも、それを察した彼女は家に火を放ち、自ら命を絶った——というわけですか」

「まあ、そんなところだ」

「良かったですね。事件解決じゃないですか」

「そう思っていたら、お前のとこに来たりしねぇよ」

八雲だって、それは分かっているはずだ。

後藤は、残り一枚の写真をテーブルの上に置いた。鑑識が現場検証の際に撮影した写真で、焼けた家の中に、白っぽい影のようなものが写っている。

最初は、レンズの埃か何かかと思ったが、よく見るとそうではない。その影は、人の形をしている。

「これは……」

写真を手に取った八雲が声を上げる。

「やっぱり心霊写真なのか？」

「多分、そうだと思います」

八雲が写真をテーブルに戻しながら言った。

鑑識は、写真を撮影したとき、家の中には誰もいなかったと証言した。それに嘘はないだろう。消火したばかりの火災現場に、警察や消防以外の人間が立ち入れば、見咎められる。

「この幽霊は、いったい誰で、なぜこの場所にいる？」

「普通に考えれば、焼死した恵美子さんが彷徨っている——ということになるんでしょうね」

「おれも、最初はそう思ったさ。だけど、どうにも引っかかるんだ」

「何がです？」

「これは、感覚に過ぎないが、ここに写っている恵美子の幽霊は、泣いているように見える」

「そうですか？」

八雲が改めて写真を手に取り、写真を眺めたが、後藤と同じ考えには至らなかったらしく、首を傾げた。

「それに、警察から逃れるために、覚悟の自殺をしたなら、彷徨う理由はないはずだ」

「死ぬ間際に、後悔を思い出してってこともあると思いますよ」

「だが……」

「つまるところ、後藤さんは弟の純一さんを疑っているんですよね？　だから、恵美子さんが自殺したことに納得がいっていない」

図星を突かれて息が詰まる。

八雲の言う通りだ。後藤は、謙一に毒殺の可能性が浮上したとき、純一の事情聴取に立ち会っている。

そのときの純一の態度は、実に怪しかった。落ち着きなく、視線を漂わせ、話も二転、三転して、要領を得なかった。

純一は何かを隠していると確信したのだが、恵美子にヒ素の購入履歴が見つかったことで、容疑は彼女に一気に傾いた。

だが、後藤は納得出来ていなかった。恵美子に関しては、写真だけの印象だが、線が細くて、見るからに温厚な顔立ちをしている。とても夫を毒殺するような冷酷な女性には見えない。

ただの印象だと言ってしまえば、それまでなのだが、得てしてこういう勘は当たるものだと後藤は思っている。

そのことを説明すると、八雲は苦い顔をしながらため息を吐いた。

「つまり、後藤さんは、弟の純一さんが主犯で、恵美子さんは濡れ衣を着せられた上で、自殺に見せかけて殺害された――と？」

「ああ。恵美子を利用して、謙一を殺害し、その後、口封じに恵美子を殺害する。そうすれば、会社も遺産も純一が総取りになる」

「でも、警察に罪の告白と犯行を仄めかす電話をかけてきたのは、恵美子さん本人なんですよね？」

「それはそうだが、脅されて電話をかけさせられていたかもしれねぇだろ」

「仮にそうだった場合、火災が起きた時間帯の純一さんのアリバイが、問題になりますね」

「問題はそこだ。純一には鉄壁のアリバイがある」

「どんな？」

「駐禁で切符を切られて、警察に出頭していたんだ」

「それは鉄壁ですね」

「ああ。ただ、純一が路上駐車をしていたせいで、消防車の到着が遅れた。これは、単なる偶然とは思えない」

後藤が告げると、八雲の表情が一変した。

「つまり、純一さんは、アリバイ作りのために、わざと路駐したまま出頭した——と？」

「おれは、そう思ってる」

「可能性としては、あり得ますね」

「だろ？」

「分かりました。一応、調べるだけ調べてみます」

「本当か？」

八雲にしては、いやに素直な反応だ。

「ただし、この前の事件での借りは、チャラにして下さいね」

――そういうことか。

貸しは作っても、借りは作らない。八雲らしい判断だ。まあ、そもそも後藤は、あれを貸しだなんて思っていないが、八雲がやる気になってくれたならよしとしよう。

5

晴香が再び八雲の隠れ家を訪れたのは、昼過ぎのことだった。

不動産会社に直接足を運び、オートロックを開けてもらい、何とか部屋に入ることが出来た。

部屋の鍵は開けっぱなしだったが、幸いなことに部屋に荒らされた形跡はなく、財布にスマホ、鍵も無事だった。

そこから、シャワーを浴びて、身支度を整えてと何だかんだ準備をしていたら、遅くなってしまった。

〈映画研究同好会〉のドアをノックして開けると、八雲は冷蔵庫の上にアルコールランプを置き、ビーカーに入れた水を熱していた。

「後藤さんの一件で手一杯だというのに、またトラブルが舞い込んだ」

八雲が背中を向けたままぼやく。

口ぶりからして、後藤からも心霊絡みの事件の相談があったのだろう。それを思うと、何だか申し訳なくなってくる。

「中に入るのか、帰るのか、はっきりしてくれ」

八雲に言われて、晴香は「あ、うん」と曖昧に返事をしながら、いつものパイプ椅子に腰掛けた。

「何かごめん」

晴香が言うと、八雲が肩を落としてため息を吐いた。

「まったくだ。揃いも揃って、ぼくを何だと思っているんだ。探偵か何かと勘違いしているんじゃないのか？」

八雲は、不機嫌さを隠しもせず、ブツブツと文句を言いながら、アルコールランプの前で作業を続けている。

確かに、トラブルを持ち込んだことは申し訳ないと思うが、八雲は探偵に向いていると思う。いっそのこと、心霊専門の探偵とか開業すれば、かなり儲かるのではないかと思ってしまう。

いや、でもこんなにも無愛想だと、商売にならないかもしれないな――などと考えを巡らせていると、晴香の前に湯飲み茶碗が置かれた。

「え？　これって？」

「見れば分かるだろ。緑茶だ」

八雲は答えながら晴香の向かいに座ると、自分の分の湯飲み茶碗でお茶を啜った。

こんな風に、八雲から何かを出されたのは初めてのことかもしれない。それは、ちょっと嬉しいのだが、中身に問題がある。

「これってもしかして、さっきビーカーで沸かしたやつ？」

「もしかしなくてもそうだ。実験室からちょいと拝借してきた」

――うげっ。

「そういう問題じゃないと思う。こんなの飲んだらお腹壊すよ」

「今のところ、ぼくは壊していない。隠し味の塩酸が、意外といい味を出している」

「塩酸って……」

多分、冗談なのだろうけど、表情が変わらないので、本気としか思えない。

「それで、君は部屋で友人の幽霊を見た――という話だったな」

八雲があくびを嚙み殺しながら言った。

「幽霊じゃないよ。詩織は死んでないし」

「だとしたら、君が見たのは幻覚だ。寝惚けていただけ。事件解決。どうぞ、お帰り下さい」

八雲が、ドアを指し示す。

「ちょっと待ってよ。まだ、何も解決していないから」

「解決も何も、友だちが死んでいない。でも、その姿を見た——となると、ただの幻覚としか考えられないだろ」

「でも、じゃあ、どうして詩織は、私に何も言わずに引っ越したりしたの？」

「ぼくが知るわけないだろ」

「そうだけど……」

「それに、隣の部屋の住人の話だと、夜逃げ同然で引っ越して行ったんだろ。君の友だちが、何か問題を抱えていたのだとしたら、何も言わずに引っ越すことは、充分に考えられる」

「詩織は、そんなことしない」

晴香は強く否定した。

「どうして、そう言い切れるんだ？」

「だって親友だし……」

「親友といえど、結局のところ他人だ。その人の全てを理解することは出来ない」

「それは、そうだけど……」

「どうしても、君の友だちを探したいなら、ぼくのところではなく、警察に行って捜索願を出すべきだ」

八雲の言葉は正しい。それが、一番いい方法だということは分かっている。

だけど、どうしても引っかかる。

「あのとき……私の前に現れた詩織は、『逃げて』って言ったの。あれは、私に何かを伝えようとしていたような気がする。私は、それが知りたい」

晴香が言うと、八雲が苛立たしげに、ガリガリと寝グセだらけの髪を掻いた。

「君は、本当に厄介だな」

「何それ？」

「ぼくの考えを全部否定するじゃないか。現実というのは、自分にとって都合のいいことばかりではない」

「そんなの分かってるよ。私は、もの凄くわがままなことを言ってる。でも、もう一度、詩織に会いたいの——」

口にするのと同時に、鼻の奥がつんっとした。

涙が出そうになったけれど、晴香はぐっとそれを堪えた。ここで泣いてしまったら、詩織と二度と会えない気がした。

しばらく沈黙していた八雲だったが、やがて長いため息を吐いた。

「君の前に現れた友人が、幽霊でも幻覚でもないとすると、残る可能性は二つだ」

「何？」

晴香は、身を乗り出しながら訊ねる。

「一つは、君の友人が、君を驚かせるために、心霊現象を演出した——」

八雲が人差し指を立てながら言う。

詩織が晴香にドッキリを仕掛けたというのか？　期待していた分、落胆が大きかった。

「詩織は、そんなことしない」

「まだ、何も分かっていない段階なのに、自分の思い込みだけで否定するな。さっきから言っているが、ぼくは可能性を提示しているだけだ」

「ご、ごめん……」

八雲の言う通りだ。

せっかく、八雲が可能性を提示してくれているのだから、それが自分の意に染まないからと否定するのはよくない。

八雲は「まったく……」とぼやきつつも、中指を立てる。

「もう一つの可能性は、生霊(いきりょう)だな」

「生霊？」

「そう。肉体から人間の魂が離れるのは、何も死んだときだけではない。稀(まれ)にではあるが、生きた人間から離れてしまうこともある」

「幽体離脱みたいなこと？」

「少し違うが……まあ、似たようなもんだ」

「じゃあ、きっとそうだ」

「だから、決めつけるな」

「そうだね……」

晴香はまた反省して肩を落とした。

八雲の言う通り、感情に振り回されて、願望だけで決めつけてしまっている。

「もし、君がバイアスをかけた発言をしないと約束出来るなら、調べることに協力しないでもない」

「本当？」

晴香は興奮のあまり席を立った。

「もちろん、調査費用は貰うぞ」

「うん。それは当然だよ」

「それから、君の友人の写真はあるか？」

八雲に言われて、晴香はスマホを取り出すと、二人で撮影した写真を見せた。

しばらく、その写真を凝視していた八雲だったが、やがて小さく首を振り、スマホを晴香に返してきた。

「彼女の調査に協力するのはいいが、もう一つだけ約束してくれ」

「な、何？」

「どんな結果であったとしても、事実を受け容れることだ」

現実が、思い通りじゃないからと、否定をするなと言っているのだ。いや、それだけじゃない。最悪の結果を想定しておけという忠告でもある。

「分かった」

晴香は、覚悟を決めて大きく頷いた。

6

晴香は、調査の手始めとして、駅前にある不動産会社に足を運ぶことになった。

どうして詩織が突然、引っ越しを決めてしまったのか。そして、何処に行ってしまったのかを確かめる必要がある。

駅前の商店街にある店舗で、上京したときに、詩織と一緒に足を運んだことがある。

八雲は、真っ直ぐ不動産会社には足を運ばずに、近くのケーキ屋でクッキーの詰め合わせを購入し、包装までしてもらった。

「どうしてクッキーなんか買ったの？」

「必要だからだ。後で、経費として追加で請求する」

八雲は、しれっと言った。

「え？」

どうして、八雲が買ったクッキーの代金を請求されなければならないのか？　抗議をしようかと思ったが、その前に、八雲は不動産会社に入って行ってしまった。

晴香は、釈然としない思いを抱えながらも、八雲について行くしかなかった。

不動産会社の店内は、椅子が四つ並んだカウンターと、奥に四人がけのテーブルが一つあるだけの殺風景な空間だった。

カウンターの向こうには、向かい合わせで並んだデスクがあり、そこに禿頭（とくとう）の太った男性が座っていた。

不機嫌そうにパソコンのマウスを操作していて、晴香たちが入店したことに気付いてさえいないのか、顔を上げようともしない。

「すみません」

八雲が、カウンター越しに声をかけると、ようやく男性が顔を上げた。

「いらっしゃいませ」

男性は、急に人懐こい笑みを浮かべると、カウンターに歩み寄ってきた。

「カップル向けの物件をお探しですね？」

晴香と八雲を交互に見たあと、男性は分かっていますとばかりに、何度も頷いた。

「まさか。ぼくは、そんな物好きじゃありませんよ」

八雲が笑いながら答える。

——ん？

今のは、いったいどういう意味だ？　カップルではないことを否定するのはいいが、「物好きじゃありません」という言い回しが引っかかった。

だが、ここであれこれ言っても仕方ないと、晴香は曖昧に笑みを浮かべるに留めた。

「はあ」

「実は、今日は物件を探しに来たわけではないんです」

「違うんですか？」

男性の顔が急に曇った。

「ええ。ぼくは、ハイツ檜の二〇四号室に住んでいた、伊藤詩織の兄です」

——は？

思わず声を出しそうになったが、慌ててそれを呑み込んだ。

正攻法で情報を聞き出そうとしても、個人情報保護の絡みがあって話を聞けない。だから、八雲は実在しない詩織の兄を演じることにしたのだろう。

「ああ。あの子の……」

男性の顔の曇りが増したような気がする。

「詩織は、引っ越し前にちゃんとご挨拶に来たでしょうか？」

八雲が訊ねると、男性は「いや」と首を横に振った。

「挨拶も何も、急に解約したいってメールが来て、翌日には郵送で鍵が送られてきてね。こういうのって、最後は立ち会いとかして、原状回復の見積もり出したり、敷金の返金したりと、いろいろと手続きがあるってのに……」

「そうでしたか。それは大変失礼致しました。妹は、そういうとこがズボラで。お世話になった不動産会社さんには、ちゃんと挨拶しろと言ったんですけどね。まったく。あ、これ、良かったら皆さんで——」

八雲は、そう言ってさっき買った詰め合わせのクッキーを男性に差し出した。

「ご丁寧にどうも。お兄さんは、常識のある人のようで良かったです」

男性の顔から曇りが取れた。すっかり気をよくしたようだ。

クッキーの詰め合わせは、確かに必要経費だったかもしれない。

「いえいえ。当たり前のことです」

「では遠慮なく」

男性が、クッキーの詰め合わせを受け取る。

「ちなみに、妹は転居先などもちゃんと伝えていったでしょうか？」

「ああ。それは、郵送されてきた解約書類に書いてありましたよ。長野の実家の住所でしたね」

――嘘。

詩織の実家は火災で焼失している。帰れるはずがない。そのことを主張しようとしたが、八雲に睨まれた。

今は黙っていろ――ということのようだ。

晴香は、釈然としない思いを抱えながらも、唇を噛んで口を閉ざした。

「解約の件以外で、何かご迷惑をおかけしていませんでしたか？」

「そうですね。部屋に男が出入りしていたみたいですね」

晴香は、さらに驚きを覚えた。半年くらい前に、好きな人がいるとは聞いていたけれど、その後、恋人が出来たなんて話は聞いていなかった。

「そうでしたか」

「まあ、それ自体は、迷惑ってほどのことでもないんですが、一度、アパートの前で修羅場を演じたことがありましてね」

「修羅場――ですか」

「ええ。男を取り合ったんでしょうね。男女三人で大声を上げて喧嘩(けんか)をしたことがあって、そのときは、さすがにご近所さんからクレームの電話がありました」

「それは、大変ご迷惑をおかけしました」

「いえいえ。まあ、その一件があったんで、急に解約の連絡があったときも、男と別れたのかな——なんて思ってたんですよね」

「いや、本当にお恥ずかしい限りです」

「まあ、済んだことですしね」

「重ね重ね、ご迷惑をおかけして申し訳ありません」

八雲は、恐縮した兄を演じたまま頭を下げた。

晴香も一応、「すみません」と謝罪の言葉を口にしたが、まったく納得していなかった。

「別の人の話をしているみたい」

不動産会社を出たところで、晴香はポツリと口にした。

詩織は、礼儀正しくて穏やかな女性だった。それなのに、さっきの男性から出てくる話は、それとはまったく正反対のものばかりだった。

「人間なんて、みんなそういうものだ」

八雲が、大きく伸びをしながら言った。

「何それ？」

「言葉のままだ。人間は平面ではない。様々な側面を持った多面体だ。君が知っているのは、詩織という女性の一面に過ぎない」

八雲の言わんとしていることは分かる。晴香自身、相手や状況によって異なる側面をみせることがある。詩織に、晴香の知らない一面があるのは、充分に理解している。

でも、それでも──。

「あまりに違い過ぎると思う。詩織は、毎日欠かさず日記を付けるくらい几帳面な性格だったの。急に何も言わずにいなくなるなんて、やっぱり変だよ」

「別に君がそう思うのは勝手だが、状況から考えて、詩織さんは自分の意志で姿を消したのは間違いなさそうだ」

それは、八雲の言う通りだ。

メールで不動産会社に自分で連絡して、アパートの解約の手続きをしている。

「…………」

「それから、彼女には恋人がいて、三角関係の修羅場を演じた」

「でも、詩織に彼氏がいたなんて私聞いてない」

「言えなかったんじゃないのか？」

「何で？」

「友人にも秘密にしなければならない恋愛関係となると、可能性は絞られる」

「…………」

「相手の男性が、反社会的勢力のような場合か、あるいは既婚者であった場合だな」

八雲は、晴香の心情などお構いなしにズバズバと指摘する。

否定したいのは山々だけど、それは感情論に過ぎない。冷静に考えれば、八雲の言っていることは正しい。

「私は……」

「状況から考えて、君の友人の詩織さんは、恋愛のトラブルから、急遽引っ越しをせざるを得なくなったと考えるのが妥当だ。あるいは、相手の男性と駆け落ちしたのかもしれない」

八雲がきっぱりと言った。

「でも、だとしたら、私が見た詩織は……」

「全てを秘密にしていた彼女は、君に対して申し訳ないことをしたと後悔を抱えていた。その想いが、生霊というかたちで君の前に現れたと考えれば筋が通る」

説明を終えた八雲は、大口を開けてあくびをした。

確かに、筋は通る。だけど、それだと肝心なことが分からず終いだ。

「詩織はいったい何処に行ったの？」

「さあね。ただ、ほとぼりが冷めたら、連絡があるんじゃないか。とにかく、これで君の事件は解決だ」

「……………」

「君はこれ以上、余計なことをせずに家に帰れ」

八雲は、それだけ言い残すと、スタスタと歩いて行ってしまった。

慎重過ぎるくらいに慎重を期す八雲が、今回はやけに結論を急いでいるような気がする。晴香の持ち込んだトラブルに、心底嫌気が差しているのかもしれない。

7

後藤は、スマホにかかってきた電話の音で目を覚ました。

署に戻って自席で事件についての資料を見返していたはずだが、いつの間にかデスクに突っ伏して眠ってしまっていたようだ。

「誰だ？」

後藤は、凝り固まった首を捻りながら電話に出る。

〈電話応対を改めて下さい〉

電話の向こうから聞こえてきたのは、八雲の声だった。

「うるせぇ。ごちゃごちゃ言うな」

〈せっかく野生の熊に、人間の常識を教えてあげているのに、その態度は何ですか？〉

「いちいち恩着せがましいんだよ。で、用事は何だ？　おれは忙しいんだよ」

〈そうですか。お忙しそうで何よりです。後藤さんから依頼があった件で、有力な情報が入ったのですが、興味がないようなので切りますね〉

「何だと？　おい八雲。ちょっと待て」

後藤は、立ち上がりながら慌ててスマホに向かって呼びかけたが、すでに電話は切られてしまった。

「あの野郎、本当に切りやがった」

後藤は、すぐに折り返しの電話を入れたが、しばらくのコール音の後、留守番電話に切り替わってしまった。

一度電話を切って、改めてかけ直したが結果は同じだった。

完全にへそを曲げてしまったらしい。こうなったら、八雲が電話に出るまで、かけ続けるしかない。

うんざりしながらも電話をかけ続け、五回目にして、ようやく八雲が電話に出た。

〈しつこいです。もう電話してこないで下さい〉

八雲が、不機嫌さを露(あら)わにしながら言う。

「悪かったよ」

〈誠意が感じられませんね〉

――このガキ！

「おれが悪かったです。申し訳ありませんでした」

後藤が怒りを噛み締めながら言うと、八雲から〈よく出来ました〉と、上から目線の返答があった。

「それで、どんな情報を入手した？」

後藤が改まった口調で訊ねる。

〈その前に、そちらの捜査状況はどうなっているんですか？〉

「ああ。あの死体は、加藤恵美子のものだということが、ほぼ確定した。彼女は、数年前に事故で、左の小指が欠損していたんだが、その特徴が一致した。それから、血液型も同じだ」

〈ＤＮＡ鑑定は？〉

「これからだ。何せ家があの状態だからな。ただ、幸いなことに、謙一の弟の純一が、恵美子が忘れて行った髪留めを持っていた。そこに残っていた毛髪から、鑑定することになっている」

〈なるほど。それなりに進んでいるんですね〉

「警察をバカにすんな。それで、お前のほうは、どんな情報を掴んだんだ？」

〈それを話す前に、行方を捜して欲しい人物がいます〉

「人捜し？」

〈ええ。あいつの友だちなんですが、伊藤詩織という女性です〉

八雲の言う〈あいつ〉とは、晴香のことだろう。彼女からも、何か依頼を受けて、調べていたといったところか。

「悪いが、今は人捜しをしている余裕はねぇぞ」

〈そう慌てないで下さい。ぼくの話を聞けば、後藤さんも、彼女を捜したくなりますよ〉

「どういうことだ？」

〈詩織さんは、数日前に突如として契約していたアパートを解約し、夜逃げ同然で姿を消しています〉

「だったら、夜逃げじゃねぇのか？」

〈まあ、そういう考え方も出来ます。ですが、彼女には恋人がいました。相手はおそらく既婚者で、その妻とトラブルになっていたようです〉

「それが原因で、逃げたんじゃねぇのか？」

後藤がため息交じりに言うと、八雲が〈話は最後まで聞いて下さい〉と制した。

「分かったよ。さっさと続きを言え」

〈あいつに詩織さんの写真を見せてもらったとき、何処かで見た気がしたんです〉

「で？」

〈後藤さんから見せてもらった、加藤謙一さんと、妻の恵美子さんが写っている飲み会の写真。その中に、詩織さんも写っていました〉

ちょっと見ただけの集合写真に写っていた人物を、同一人物だと特定出来るものだろうか？

後藤がそのことを指摘すると、八雲はふっと小さく笑った。

〈ぼくは後藤さんと違うので、記憶が正しいか確認を取りました。謙一さんの会社の従業員名簿の中に、詩織さんの名前がありました〉

ひと言余計だが、さすがの洞察力と行動力だ。

「つまり、加藤謙一の会社の従業員が、一人行方をくらましている——ということか」

タイミング的に考えても、確かに単なる偶然とは思えない。

〈その通りです。それから、さっき詩織さんは、既婚者と交際していたと言いましたよね？〉

「ああ」

〈あくまで推測ですが、その相手が謙一さんだったとしたら？　後藤さんは、恵美子さんが謙一さんを殺害し、焼身自殺したことに懐疑的でしたよね〉

八雲の話を聞き、後藤はぞわっと背筋が寒くなった。

これまで純一にばかり目を向けていたが、詩織という行方不明の女性が加わったことで、事件の筋書きが幾通りにも増える。

詩織が謙一の愛人だったとして、彼の復讐のために恵美子を殺害した——なんて可能性まで出てくる。

「八雲。このことは、晴香ちゃんには伝えたのか？」

〈いいえ〉

即答だった。

「なぜだ？　彼女の友だちなんだろ？」

晴香に話を聞くことで、詩織の居場所が分かるかもしれない。

〈友だちだからですよ。あいつは、友だちが、こんな事件に関わっているなんて、露ほどにも思っていません〉

「だったら、余計に伝えたほうがいいんじゃねぇのか？」

〈いいえ。知らないほうが彼女のためです〉

——お優しいことで。

口では、ああだこうだ言っているが、結局のところ、八雲は晴香を傷つけたくないのだろう。だから、何も言わずに自分だけで事件を処理しようとしている。

八雲が、そんな風に誰かを気遣うことが意外だったが、同時に嬉しくもあった。

〈とにかく後藤さんには、伊藤詩織さんの行方を含め、追加で調べて頂きたい点があります〉

「分かった」

後藤は、八雲からの指示をメモすると、上着を摑んで刑事部屋を飛び出した。

廊下に出たところで、スマホに電話がかかってきた。表示されたのは、監察医の畠の名前だった。

「爺。何の用だ。おれは、今忙しいんだよ」

後藤が歩きながら電話に出ると、受話口からひっ、ひっ、ひっという、薄気味悪い笑いが聞こえてきた。

〈相変わらずせっかちじゃな〉

「うるせぇ。用がねぇなら切るぞ」

〈まあ待て。今朝の焼死体について、面白いことが分かった〉

「何？」

後藤は、思わず足を止めた。

8

晴香は、八雲と別れたあと、自分の部屋に戻った。

身体がいつもより重く感じるのは、単に寝不足が祟っているだけではない。

詩織のことで、いろいろと考え過ぎているのだと思う。

晴香は、玄関のドアを開けたところで、ふと動きを止めた。

誰かに見られているような気がする。

慌てて周囲を見回してみたが、部屋は静まり返っていて、人の姿など何処にもない。

それでも、見られているという感覚が拭えなかった。

「もしかして詩織？」

声をかけてみたが、詩織が現れるはずもなく、返答もなかった。

――何やってるんだろう。

晴香は、内心で呟きながら、ベッドに腰掛けた。

少し神経が過敏になっているのかもしれない。詩織の知らない一面を一度に突き付けられ、ショックを受けたのもあるが、それだけでなく、八雲に「余計なことに首を突っ込むな」と言われたのも、地味に響いている。

八雲が組み立てた推理は、確かに説得力がある。けれど、どうしてもそれを心が受け容れない。

晴香の持つ詩織のイメージと、どうしても合わない。

もしかしたら、晴香は詩織を見ているようで、何も見ていなかったのかもしれない。

親友なんて言いながら、彼女のことを理解していなかった。

気持ちを奮い立たせようとするのだが、どうしても気分がマイナスに引っ張られる。

「こんなのダメだ」

晴香は、声に出して自分を叱咤する。

八雲には何もするなと言われたが、一人で悶々と考えを巡らせていたところで何も始まらない。出来ることは少ないが、詩織の行方を掴むために行動するべきだ。

手始めに、高校時代の友人たちに、詩織の行方を知らないか訊ねるメッセージを送ることにした。

誰かが、詩織のことについて知っているかもしれない。

一通りメッセージを送り終えたところで、次は、詩織の勤務先に当たってみることにした。社員の個人的な連絡先は知らないので、迷惑かもしれないが、直接、会社に足を運んで、聞き込みをするのがいいだろう。

確か、前に詩織から名刺を貰っていたはずだ。晴香が名刺を探していると、インターホンが鳴った。

インターホンのモニターに映っていたのは、郵便局員だった。

〈配達証明付きの郵便なので、印鑑かサインを頂きたいのですが――〉

晴香は「はい」と応じながら、オートロックの解錠ボタンを押した。しばらくして、部屋のチャイムが鳴った。

ドアを開けて、郵便局員から封筒を受け取り、受領のサインをした。

――誰からだろう？

晴香は、ドアを閉めながら差出人の名前を見て、はっと息を呑んだ。

伊藤詩織という名前が書かれていた。少し、右上がりの文字は、間違いなく詩織の字だ。住所は、これまで詩織が住んでいたアパートのものだった。

急にいなくなって、後からこんな風に封筒を送ってくるということは、八雲が言っていたように、駆け落ちか何かをしたのかもしれない。

晴香は、大きく息を吸い込んでから、ゆっくりと封筒を開けた。

中には手紙が入っていた。

晴香へ――
本当にごめんなさい。

手紙の書き出しを読んだだけで、目頭が熱くなった。

読み進めたら、きっと泣いてしまうだろう。だけど、それでも、やっぱりちゃんと読まないといけない。

晴香は、覚悟を決めて手紙を読み進める。

だが、そこに書かれていた内容は、晴香が想像していたのとは、大きく異なるものだった。

涙が溢れるどころか、どんどん干上がっていき、血の気が引いて指の先まで冷たくなっていくようだった。

手紙を読み終えたときには、頭の中が真っ白になった。

何も考えることが出来ず、しばらく手紙を見つめたまま放心してしまった。

だが、次第に詩織の手紙が持つ意味が、じわじわと晴香の中に浸食してきて、身体が重くなっていくような気がした。

詩織が、わざわざ配達証明付き郵便で送ったのだから、他の誰にも見せるべきではない。でも、それでも、このままにしておくわけにはいかない。

晴香は、スマホを手に取り電話をかけた。

9

後藤が〈映画研究同好会〉の部屋を訪れると、八雲が不機嫌な顔で出迎えた。

「邪魔するぜ――」

「もう少し、静かに部屋に入れないんですか?」

八雲の小言を「うるせぇ」と流し、向かいの椅子にドカッと腰を下ろした。今は、つまらない小競り合いに時間を使うのが惜しい。

「それで、何か分かりましたか?」

八雲が眠そうに目を擦りながら訊ねてきた。

「時間がなかったから、あまり多くはないが、いろいろと見えてきた。まず、詩織って娘は、一週間前に勤務先を退職している」

「理由は?」

「一身上の都合としか言わなかったそうだ。電話で退職の意思を伝え、郵送で退職願が送られてきたって話だ」

「そうですか」

「それまでの勤務態度は、非常に真面目で、周囲の評価は高かった」

「問題は、そこじゃないでしょ？」

八雲がぐいっと左の眉を吊り上げた。

確かにそうだ。

「謙一との関係について、何人かの従業員に訊ねてみたところ、社内で噂になっていたらしい。二人が一緒にいるところを、目撃したという奴もいた」

人の噂を全部鵜呑みにするのはどうかと思うが、それでも、重要な証言であるのは確かだ。

謙一と詩織が男女の仲にあった可能性が高まったわけだ。

「なるほど」

「会社の従業員が気付くくらいだから、妻の恵美子も二人の関係を知っていたのかもしれない」

「知っていたはずです」

八雲が、しれっと言う。

「何か根拠があるのか？」

「不動産会社の話では、詩織さんのアパートの前で、男女三人が修羅場を演じて、近隣の住民からクレームが入ったそうです」

「それが、恵美子ってわけか」

八雲が「おそらく」と大きく頷いた。

今回の事件は、警察の失態と言っていい。恵美子が謙一を毒殺した犯行動機を、遺産に絞って動いてしまったせいで、集める情報に偏りが生まれていた。

今回の事件に、男女の諍いが絡んでいるのだとすると、事件の見え方は大きく変わる。

「で、詩織さんの経歴のほうはどうですか？」

八雲が、あくびを噛み殺しながら訊ねてくる。

「彼女の両親は、昨年、火事にあって他界している。焼失後の土地は、すでに売却されていて、今は更地だそうだ。母方の祖母が存命だが、認知症を患っていて、施設に入っている状態だ」

「詩織さんは、実質、天涯孤独になってしまっていたわけですね」

「そうだな」

両親を火事で失い、唯一の肉親である祖母は認知症。実家はなくなり、恋人だった謙一も死んでしまった。

僅か一年ほどの間に、彼女の前からあらゆるものが消えてしまった。詩織が味わった喪失感と孤独は、相当なものだっただろう。

「詩織さんの引っ越し先は、判明したんですか？」

「引っ越し業者の線から追おうと思ったがダメだった」

「ダメとは？」

「正確には、彼女が手配したのは、引っ越し業者じゃなく、廃品回収業者だったんだよ。あらゆる家財を全部処分しちまった。それから、スマホも解約している」

「完全に、自分の存在を消してしまった——というわけですね」

「ああ。こういうことをする奴は、だいたいその先、何をするのか見当がつく」

「自ら命を絶つ——」

後藤の言葉を引き継ぐように、八雲がポツリと言った。

まさにその通りだ。詩織の行動は、自ら死のうとする人間のものだ。

「詩織って娘を早く見つけないと、手遅れになる」

後藤が言うと、八雲が首を左右に振った。

「多分、もう手遅れです」

「どうして、それが分かる？」

「あいつからの相談内容は、友だちの詩織さんが、自分の前に現れて、突然消えたという怪現象を解決する——というものでした」

そこまで話を聞けば、後藤にも、何が起きたのかは容易に想像がつく。

「晴香ちゃんの前に現れたのは、詩織の幽霊だった——ってわけか」

「ええ。生霊の可能性も考えてみましたが、まず十中八九、すでに死んでいるのだと思います」

「そのことは、晴香ちゃんに伝えたのか？」

「可能性は示唆しましたが、受け容れませんでした。多分、彼女は、自分の目で確かめるまで、信じ続けるんだと思います。正直、理解に苦しみますよ」

八雲が、苛立たしげにガリガリと寝グセだらけの髪を掻いた。

後藤には、晴香の気持ちは痛いほどに分かる。人間は、誰しも思考だけで生きているわけではない。頭では分かっていても、それでも心では信じたい。そういうものだ。

「それからもう一つ。ここに来る直前、監察医の爺から連絡があった」

後藤は、咳払いをして気持ちを切り替えてから話を始めた。

「何です？」

「警察が駆けつけたとき、恵美子の頭部にテレビが倒れていた。だが、頭蓋骨の損傷状態からして、それが偽装工作の可能性があるそうだ」

この情報には、さすがの八雲も驚きの反応を示した。

焼け跡で、後藤は畠に自分で検死をしろという旨の話をした。一度は、それを無視した畠だったが、気になり自分の手で調べたところ、不自然な点を見つけたというわけだ。

何れにしても、頭部の損傷が、転倒したテレビのせいでないとすると、恵美子は焼死する前に昏倒させられた、あるいは、すでに殺害されていた可能性が出てくる。

「つまり、恵美子さんは自殺ではなく、他殺の可能性が出てきたわけですね」

八雲が眉間に人差し指を当てながら言う。

「ああ。しかも、それをやったのは、詩織かもしれない」

両親に次いで恋人だった謙一も失った詩織が、復讐のために恵美子を殺したということは、充分に考えられる。

そして、復讐を遂げた彼女は、すでに命を絶っている。

重くなった部屋の空気を打ち破るように、八雲のスマホに電話がかかってきた。八雲は、画面に表示された名前を見て、小さくため息を吐きつつ電話に出た。

「もしもし――。そんなに喚いていたら分からない。少し落ち着け――」

漏れ聞こえてくる電話の声からして、おそらく相手は晴香だろう。かなり動揺しているようだ。

事件にかかわることかもしれないので、後藤は黙って八雲が電話を終えるのを待った。

五分か十分、あるいはそれ以上か。主に八雲が相槌（あいづち）を打ち、ときに「それで」と先を促しながら話を聞いていた。

「話は分かった。警察には、ぼくから連絡をしておく。君は、部屋から一歩も出るな」

八雲が、そう忠告をして電話を切った。

「何があったんだ？」

後藤が勢い込んで訊ねると、八雲は頬を引き攣らせて苦い顔をした。

「あいつのところに、詩織さんから手紙が届いたそうです」

「手紙？」

「ええ。自らの罪を告白する手紙です──」

10

八雲との電話を終えた晴香は、脱力して天井を仰いだ──。

詩織の手紙に書かれていたのは、あまりに衝撃的な内容だった。

詩織は、勤務している会社の社長である加藤謙一という人物と、不倫の関係にあった。本人も、道ならぬ恋であることは重々承知していた。

だが、それでも、お互いに想いを止められなかったそうだ。

そこまででも、これまでの詩織のことを考えれば、驚きの内容だったのだが、話はそれで終わらなかった。

詩織の恋人であった謙一は、妻である恵美子に、ヒ素を盛られて中毒死してしまったのだという。謙一の遺産と会社の乗っ取りを狙っていた恵美子は、彼を殺すことで、全てを手に入れようとしたようだ。

警察も捜査に動いていたようだが、詩織には、どうしても恵美子が許せなかった。自分の手で、彼女を殺したいと思うようになったのだという。

詩織が、そこまで追い詰められたのは、両親を失っていることも大きいだろう。家族がいなくなり、大学も辞めざるを得なくなった。そんな中、謙一と出会ったことで、詩織は不幸続きだった自分の人生を、少しだけ肯定することが出来たのかもしれない。

だが――。

その謙一も、詩織の前からいなくなってしまった。

詩織には何もなくなってしまったのだ。

晴香は、そこまで詩織が追い詰められていることに、気付きもしなかった。生活環境が変わったことで、疎遠になったのもあるが、そんなのは言い訳だ。

喪失感と孤独を抱えた詩織は、恵美子を殺して、自分も死のうと考えてしまった。

いや、順番は逆だったかもしれない。

先に自殺を考え、だったら死ぬ前に、愛する人を奪った恵美子を道連れに――という発想のようにも思える。

何れにしても、詩織は最悪の選択をしてしまったのだ。

「私は……」

呟くように言ったところで、再びインターホンが鳴った。モニターに映っていたのは、スーツ姿の男性だった。

「はい。どちら様でしょうか？」

晴香が応答すると、スーツの男性は内ポケットから、黒い手帳を取り出し、それを呈示しながら〈世田町署刑事課の加藤といいます〉と名乗った。

「警察……」

さっき、八雲に電話をしたとき、警察に連絡しておくと言っていた。彼からの電話を受け、警察がやってきたのだろう。

〈伊藤詩織さんをご存知ですよね？〉

「はい……」

〈彼女のことについて、少しお話を伺いたいと思っています。お手数ですが、下まで降りてきて下さいますでしょうか？〉

「分かりました。すぐに行きます」

晴香は、そう告げると手紙を持って部屋を出た。

詩織には申し訳ないと思うが、このままだと手紙に書いてある通り、自殺してしまうかもしれない。それだけは、何としても止めたかった。そのためには、警察に情報を渡し、それを手掛かりに詩織を捜してもらうしかない。

　エレベーターで一階に向かい、エントランスを出たところに、さっきのスーツの男性が待っていた。

「ご足労頂き、ありがとうございます」

　スーツの男性が微笑みながら、丁寧に頭を下げる。

「いえ」

「ここで、立ち話も何ですから、お手数ですが、そのまま署までご同行願えますでしょうか？」

　背後から声がした。

　振り返ると、いつの間にか晴香の後ろにスーツ姿の女性が立っていた。年齢は、三十代くらいで、とても綺麗（きれい）な女性だった。

　おそらく、この人も刑事なのだろう。

　こんな風に、刑事二人に挟まれると、それだけで緊張してしまう。

「分かりました」

　晴香がそう応じると、加藤が案内するかたちで、路肩に停車してあった車に乗り込むことになった。

加藤が運転席に座り、晴香とスーツの女性が後部座席に並んで座ることになった。

車が走り出す寸前、晴香は何とも言えない違和感を覚えたが、その正体が何なのかまでは分からなかった。

11

後藤が火災現場に到着したときには、ポツポツと小雨が降り始めていた。

十二月の雨は痛みを感じるほどに冷たい。

「雪にならなきゃいいが……」

後藤は空を見上げながら呟いた。

八雲は、そんな後藤を無視して、煤だらけになった建物に向かって歩み寄っていく。

「ちょっと待てよ。いったい何を調べるつもりだ？」

火災があった現場に行きたい——そう言い出したのは、八雲だった。

今回、八雲からの情報で捜査はかなり進んだ。晴香に届いたという詩織からの手紙についても、他の刑事に回収に行かせている。

今は晴香から手紙の内容を伝え聞いているだけだが、内容を細かく精査し、封筒に残る指紋や消印などを解析していけば、詩織の居場所を突き止める手掛かりになるかもしれない。

正直、事件は終わったようなものだ。このタイミングで、八雲が何を気にしているのかが分からない。

八雲は、後藤の言葉を無視して家の中に入って行く。

天井も壁も煤で覆われていて、床には熱で変形したプラスチックやガラス片が散乱し、消火の際に出来た水溜まりも残っている。

こんな状況では、いくら調べたところで、何も出てきやしない。

「八雲。そこで何してんだ？　さっさと帰ろうぜ」

後藤は、かじかんだ手を擦り合わせながら八雲に声をかける。

「どうしても、引っかかることがあるんです」

「何だ？」

「詩織さんが恵美子さんを殺害したとします。でも、その場合、恵美子さんが警察に謙一さん殺害と自殺を仄めかす電話をしてきたのは、なぜですか？」

——何だ。そんなことか。

後藤も、そのことが気にならないでもなかったが、冷静に考えればそれほど難しくない。

「謙一殺害を自供させることと、恵美子を自殺だったと偽装するために、詩織が脅して電話をかけさせたんだ」

「本気で、そう思いますか？」

八雲が振り返りながら訊ねてきた。

雨で少し髪を濡らした八雲は、酷く陰鬱な目をしていた。

「ああ。それで筋が通るだろ」

「ぼくには、筋が通るとは思えません」

「どういうことだ？」

「詩織さんは、天涯孤独の身だったのです。そして、あいつに送った手紙の中で、恵美子さんを殺害した後、自殺するつもりだと書いている」

「…………」

「そんな人間が、偽装工作をする理由は何ですか？」

「それは……」

「自分が死ぬつもりなのだとしたら、警察に追われることを心配する必要はありません。両親も他界していて、迷惑をかける人もいない。それなのに、どうして彼女は偽装工作をする必要があったのですか？」

「いや、それは……」

「それからもう一つ。偽装工作に使われたテレビというのは、これですよね？」

八雲が床に倒れたままになっているテレビを指差した。

熱で変形してしまっているが、六十インチほどの大きさがあるテレビだ。重量にして二十キロくらいはあるだろう。

――待てよ。

「女性が一人で持つには、重過ぎる……」

後藤が口にすると、八雲は大きく頷いた。

「そうです。小さいものならまだしも、大きさがあるので、男性でも二人がかりでないと、運ぶのは困難でしょうね」

「もしかして、共犯者がいるってことか？」

「いえ。もっと悪いかもしれません」

――悪いってどういうことだ？

後藤が訊ねようとしたところで、スマホに電話がかかってきた。晴香のマンションに向かった刑事からだ。

「手紙は回収したか？」

後藤が電話に出るなり訊ねると、〈いや、それが……〉と頼りない声が返ってきた。

〈家に行ったのですが、不在にしているようなんです〉

「不在？」

〈はい。何度もインターホンを押しているのですが、応答がないんですよね〉

「そんなわけねぇだろ。もう一度、部屋番号を確認してみろ」

後藤は、雑に言って電話を切った。

「どうかしたのですか？」

八雲が怪訝な表情で訊ねてくる。

「晴香ちゃんのとこに行った刑事が、家にいないとかぬかしやがったんだ」

後藤が言い終わる前に、八雲は慌てた様子でスマホを取り出し電話をかけ始めた。だが、繋がらなかったらしく、軽く舌打ちをした。

その後、八雲はぶつぶつと何事かを呟きながら、部屋の中をうろうろと歩き始める。

――何をしているんだ？

八雲の顔は、次第に青ざめていっているように見える。

やがて八雲は、何かに気付いて足を止めると、ゆっくりと顔を上げた。

「君は……」

八雲が、眉間に皺を寄せながら呟く。

「おい。八雲……」

後藤が声をかけると、八雲は静かに――という風に手を突き出して制した。

こうなると、何も言えなくなる。

八雲は、一歩、二歩、と慎重な足取りで、恵美子の遺体が倒れていた辺りに歩み寄ったあと、じっと正面を見据えた。

後藤には、何も見えない。だが、八雲の赤い左眼（ひだりめ）には、何かが見えている。おそらくは幽霊だ――。

「そうか。あれは、君だったのか……。でも、だとすると……」

八雲は重大な何かに気付いたらしく、「くそっ！」と吐き捨てるように言った。

「おい。何をそんなに苛立ってるんだ？」

「ぼくたちは、とんでもない勘違いをしていたんですよ。気付けたはずなのに、バイアスをかけて見落としたんだ」

八雲は、寝グセだらけの髪を掻き回しながら言うと、踵（きびす）を返し足早に外に出て行ってしまう。

「ちょっと待て。何処に行くんだ？」

後藤は、八雲の腕を摑んで慌てて呼び止める。

雨は本降りになっていた。

振り返った八雲は、まるで彼自身が幽霊になってしまったかのように、生気のない顔をしていた。

「あいつが危ない」

「あいつって、晴香ちゃんのことか？」

「ええ」

「いったいどういうことだ？　説明しろ！」

「今、説明している余裕はありません。今すぐ、あいつを捜さないと、死体がもう一つ増えることになります」

鋭く言った八雲の言葉に、後藤は背筋が凍り付いた。

12

車の後部座席に座った晴香は、窓の外をぼんやりと眺めていた——。

雨が降り始め、ガラスに雨粒が当たる。

詩織は雨が好きだった。理由を訊ねると、「好きなことに、理由が必要かな？」と逆に聞き返された。

常識に縛られて、こうあるべきだとか、こうしなければいけないという風に考えてしまう晴香とは見えている世界が違うし、根本的な考え方が違ったのだと思う。

謙一のことにしてもそうだ。晴香なら、そもそも既婚者を好きにはならない。だけど、詩織はそうではなかった。好きなことに、理由を求めないし、常識よりも自分の気持ちを大切にしていた。

――羨ましいな。

そうだ。晴香は、詩織のそういうところも含めて、彼女を好きだったのだ。

「ねぇ。あなた、詩織さんから手紙を受け取ったわよね？」

隣に座っていた女性が訊ねてきた。

八雲から、手紙のことは伝わっているはずだ。誤魔化しても仕方ない。晴香は、素直に「はい」と返事をした。

「あなたは、その手紙を読んだのよね？」

「読みました」

「そう。それは残念だったわね」

女性が静かに言うと、口許に笑みを浮かべた。

――え？

いったい何が残念なのか？　なぜ笑うのか？　いろいろと気になり訊ねようとしたが、その前にスマホに電話がかかってきた。

八雲からだった。電話に出ようとスマホを取り出したのだが、なぜか隣に座っていた女性に取り上げられてしまった。

「あの。返して下さい」

晴香が言うと、彼女はにっこり笑ってみせた。

「ダメよ。これは返せない。そういう決まりなの」

「どうしてですか？　私は、ただ事情聴取を受けるだけですよね。スマホを没収する権利は警察にないと思いますけど」

「決まりだって言ってるでしょ」

「そんなのおかしいです」

「いちいちうるさいわね。とにかく、これは、私が預からせてもらいます」

「待って下さい。そんなの……」

「うるさいって言ってるのが、聞こえなかったの？」

女性は晴香の髪を鷲掴（わしづか）みにすると、ぐいっと自分のほうに近付けた。

間近で見た女性の目は、さっきまでの人当たりの良さや品位はなく、粗野で野蛮な光を宿していた。

「こんなこと……あなたたちは、本当に警察ですか？」

晴香が訊ねると、運転席の加藤が笑い声を上げげた。

「今さら気付いても、もう遅いよ。お嬢さん」

——何？　どういうこと？

「私たちはね、警察じゃないの。モニター越しに黒い手帳を見ただけで、警察だと思い込むなんて、少し不用心過ぎじゃない?」

女性が笑みを含んだ声で言った。

確かにその通りだ。インターホンのモニター越しに手帳を呈示されただけで、中にある身分証の確認まではしていない。八雲から、警察を行かせると聞いていたこともあり、安易に受け容れてしまった。

昨今、身分を偽った犯罪が横行しているというのに、警戒が足りなかった。

でも——だとしたら。

「あなたたちは、いったい誰なんですか?」

晴香は、髪を摑まれながらも、強い意志を持って女性に目を向けた。

「もっと泣き叫ぶかと思ったけど、意外と冷静なのね」

別に冷静ではない。ちょっとでも気を抜いたら、泣き出してしまいそうだ。だけど、泣いたところで事態が収拾されるわけではない。

「答えて下さい。あなたたちは、いったい誰なんですか? どうして、私を……」

言い終わる前に、左の頰に張り手を喰らった。

晴香は、そのままシートに倒れ込んでしまった。じんじんと熱を持った痛みを堪えながら、何とか顔を上げる。

「本当にうるさいわね。私たちが誰かなんて、どうだっていいのよ。あなたが、詩織って子から貰った手紙を、さっさと寄越しなさい」

女性が晴香に向かって手を差し出す。

あの手紙を欲しがっているということは、この人はもしかして——。

「嫌です。渡せません」

晴香が答えると、もう一発張り手が飛んできた。

「生意気な子だね。でも、まあ、渡したくないなら、別にそれでもいいわ」

「え？」

「どうせ手紙を持っているんでしょ」

「………」

咄嗟に別の場所に隠したとか、嘘を吐くべきだったのかもしれない。そうすれば、逃げ出すチャンスも生まれる。

だが、晴香は口籠もってしまった。これでは、認めているのと一緒だ。嘘を吐くのが苦手な自分の性分を、このときほど恨んだことはない。

「あなたを殺してから、手紙はじっくり探すから安心しなさい」

女性は、倒れている晴香に覆い被さるようにして顔を近付けると、耳許で優しく囁いた。

「あなたはいったい……」

「私が誰かなんて、もう気付いているでしょ」

にたっと不気味な笑みを浮かべる女性の左手の小指が、欠損しているのが見えた。

そうか。この人は、加藤恵美子なんだ。

薄々勘付いてはいたが、その実感が絶望とともに晴香の胸に広がった。

13

車の運転席に乗り込んだ後藤は、八雲が助手席のドアを閉めるのを待って、アクセルを踏み込んだ。

詳しい事情はよく分かっていないが、八雲がこれだけ慌てるのだから、よっぽどなのだろう。

後藤は、それを信じるだけだ。

「で、晴香ちゃんを捜すって、何処を捜せばいいんだ？」

「場所なら分かっています。彼女が教えてくれました。後は、間に合うかどうかですね。取り敢えず、このまま真っ直ぐ進んで下さい」

八雲は、そう言いながら車のナビを操作し始めた。

「彼女ってのは、誰のことだ？」

後藤が訊ねると、八雲はナビを操作しながら「詩織さんです」と答えた。

「もしかして、あの火災現場に、詩織の幽霊がいたのか？」

「ええ。鑑識が撮影した写真に写っていたのも、詩織さんの幽霊だったんですよ」

八雲に言われてはっとなる。

いろいろと起こり過ぎて失念していたが、後藤が八雲の許に事件を持ち込んだのは、鑑識が撮影していた心霊写真を見たからだ。

「なぜ、詩織の幽霊は、恵美子が死んだ火災現場に現れたりしたんだ？」

後藤が訊ねると、ナビの操作を終えた八雲が顔を上げた。

「恵美子さんは、生きています」

「は？　お前、何を言ってんだ。現に彼女は……」

「恵美子さんは、自分が焼身自殺をしたように見せかけるために、わざわざ警察に自殺を仄めかす電話をしたんです」

「何だって？」

「警察が急行するタイミングを見計らって、家に火を放ったんですよ」

「だが、あの遺体は……」

「あれこそが、詩織さんです」

「なっ！」

「恵美子さんは、詩織さんが自分に対して殺意を持っていることを知っていました。だから、逆にそれを利用したのです。彼女を誘き寄せ、頭部を殴打し殺害。その上で、自分の身代わりとして、あの家に寝かせ、頭部の怪我を隠すためにテレビを頭の部分に倒して偽装したんです」

「だが、おれたちは、あれが恵美子だと……」

「煙と炎が上がっている中で、本当に確認なんて出来たんですか？　しかも、頭部にはテレビが倒れている状態ですよ」

「それは……」

八雲の言う通りだ。はっきりと顔を確認したわけではない。自殺を仄めかす電話のせいで、最初から彼女に違いないと思い込んでいた。だが、実際に確認出来たのは、彼女の身体の部分だけなのだ。

いや、簡単に納得してはいけない。

「遺体の左手の小指は欠損していた。その特徴は、恵美子と一致している」

「切断すればいい話でしょ」

「それは、そうだが……あまりに計画がお粗末過ぎないか？　ＤＮＡ鑑定をすれば、何れ、あの遺体が恵美子でないことがバレる」

誤魔化すことが出来たとしても、それは一時凌ぎに過ぎない。

「本当にそうですか？　ＤＮＡ鑑定で個人が特定出来るわけではありませんよね。あくまで、比較した二つが同一であるかどうかを確認する作業です」

「それはそうだが……」

「家が焼けてしまったせいで、警察は恵美子さんのＤＮＡを採取出来なかった。そこで、どういう方法を取りましたか？」

「そうか……」

純一が、恵美子が忘れていった髪留めがあるというので、その髪の毛を採取して、ＤＮＡ鑑定をやろうとしていた。

「つまり、純一も共犯で、恵美子の髪の毛だと称して、詩織さんの髪の毛を検体として提出するってことか」

「おそらく、そういうことだと思います」

そうなれば、当然のことながら、ＤＮＡは一致する。両方とも、詩織のものなのだから当然だ。

「何てことだ……」

「純一さんが路上駐車をしたのも、敢えてだと思います。そうすることで、消防車の到着を遅らせ、身許確認不明なくらいに遺体を燃やす必要がありましたし、ＤＮＡ鑑定をさせないために、家の中にある恵美子さんの私物を全部、焼き尽くす必要がありますからね」

　そうした工作をしつつ、警察に出頭することで、アリバイを作ったというわけだ。

　純一が共犯なら、二人でテレビを動かすことも出来た。

「そうやって、自分を死んだことにして、謙一さん殺害の罪を逃れるだけでなく、天涯孤独の詩織さんに成りすまそうとしたのでしょうね」

「謙一の会社も遺産も純一のものになるから、後は山分けってわけだな」

　――とんだクソ野郎どもだ。

「ええ。ただ、一つ誤算があったんです」

「何だ？」

「詩織さんの残した手紙ですよ。手紙の中で、詩織さんは自分が恵美子さんに殺意を持っていて、彼女を殺して自分も死ぬという旨の記述をしています」

「なるほど。警察の手に渡れば、当然、警察は詩織の行方を追うことになる。それは、非常に都合が悪いわけだ。だが、どうして恵美子たちは、詩織さんが晴香ちゃんに手紙を送ったことを知ったんだ？」

「日記です」

「日記？」

「ええ。あいつの話では、詩織さんは、毎日欠かさず日記を付けていたそうです。恵美子さんたちは、それを入手して、手紙の存在を知ったのだと思います」

「晴香ちゃんが、手紙を読んでしまうと、いろいろとマズいと思ったってわけだ」

「それだけではありません。詩織さんが生きていると信じて、方々に聞き込みをしているあいつの存在は、非常に邪魔だったんですよ」

「確かにそうだな」

恵美子たちからしてみれば、詩織のことをあちこちに聞き回っている晴香は、邪魔以外のなにものでもない。

何せ、恵美子は詩織に成りすまそうとしているのだ。

警察の目を逃れることが出来ても、晴香から逃げ回らなければならなくなる。いつ、何処で顔を合わせるかも分からない。

バレるかもしれないと逃げ回るくらいなら、殺して手紙ごと葬ってしまおうと考えているというわけだ。

そして今、その晴香と連絡が取れていない。

なかなかヤバい状況だ。

「ぼくのせいです……」

八雲が、フロントガラスの向こうを睨み付けるようにしながら言った。

「どうしてだ？」

「ぼくは、あいつからの相談を面倒臭いと思って、さっさと切り離そうとしたんです」

八雲が色が変わるほどに唇を噛む。

「だが、こんな事件に発展するなんて、誰も想像しないだろ」

「いいえ。想像出来たはずなんです」

「どうして？」

「あいつの前に現れた詩織さんの幽霊は、助けてでも、苦しいでもなく、逃げて、いいと言ったんです」

「…………」

「それは、詩織さんからの伝言だったんです。手紙を送ったことが、恵美子さんたちにバレてしまった。そうなると、受け取ったあいつに危険が及ぶ。だから、必死に逃げてと訴えたんです」

気持ちは分かるが、やはり詩織の言葉の意味を、その段階から予測して動くことは困難だったと思う。

だが、今それを八雲に言ったところで、きっと受け容れはしないだろう。八雲の後悔を解消する方法は、ただ一つ。晴香を無事に助け出すことだ。

「飛ばすぞ。掴まってろ」

後藤は、そう言うと緊急用のパトランプのスイッチを入れ、アクセルを強く踏み込んだ。

パトランプを回したまま、赤信号の交差点に進入したところで、横から強烈な衝撃を受け、車が大きくバウンドする。

金属の擦れ合うような音とともに、フロントガラスが粉々に砕け散った。

側面に車が衝突したらしい。車が横転し、後藤は洗濯機にでも放り込まれたかのように、ぐるぐると振り回された。

こうなってしまうと、為す術がなかった。

14

晴香を乗せた車は、建設途中のマンションの敷地に入って行った——。

建物の外壁はほぼ完成していて、あとは内装だけといった感じだ。工事用の防音壁に囲まれていて、中に入ってしまえばひと目につかない上に、泣いても叫んでも、外にはほとんど聞こえないだろう。

車が停車すると、運転席から男性——おそらく加藤純一が降りてきて、後部座席のドアを開けた。

一気に外に飛び出して逃げ出そうとしたが、純一はそれを予期していたらしく、すぐにその場に組み伏せられてしまった。

「助け……」

叫ぼうとしたが、口を塞がれてしまった。

恵美子だった。

その後、純一に強引に立たされ、防音壁を抜けて、建築途中のマンションの中に引き摺られるようにして、連れて行かれてしまった。

中に入ったところで、純一に突き飛ばされ、晴香は冷たいコンクリートの床に倒れ込んだ。

膝を擦りむいたけれど、痛みはさほど感じなかった。

それよりも、どうやってここから逃げ出すかを考えるほうが優先だ。晴香を見くびっているのか、それとも拘束した痕が残るのを避けているのかは分からないが、幸いにして身体の自由は利く。

上手く立ち回れば、逃げることが出来るかもしれない。

「あなたたちは、いったい何がしたいんですか？」

晴香は、真っ直ぐに恵美子を見据えながら声を上げる。

「さっきも言ったじゃない。取り敢えず手紙を渡して欲しいのよ」

恵美子はそう言ったあと、自分のネイルを確認する。

「嫌です」

「やだ。欠けちゃってる。あなたのせいよ」

恵美子が、晴香を睨んできた。

「何を……」

「別に渡したくないなら、それでもいいのよ。さっきも言ったけど、どうせ殺すんだから、その後にゆっくり探すわ。私、面倒なことが嫌いだ」

揺さぶりをかけようと思ったのだが、まったく効果がない。最初から、晴香を殺そうと思っているのだから、どんな交渉をしても、きっと意味がないのだろう。

だとしたら、強行突破を試みるしかない。

晴香は、素早く視線を走らせる。

出口を塞ぐように、晴香の正面に恵美子が立ち、背後に純一がいる。かなり無謀だけど、全速力で駆け抜ければ、恵美子を突き飛ばして外に飛び出すことが出来るかもしれない。

「分かりました。手紙が欲しいならどうぞ――」

晴香は詩織からの手紙を取り出し、差し出した。

「ようやく素直になったのね」

恵美子は、にっと笑みを浮かべると、晴香のほうに歩み寄ってきた。

手が届くくらいまで近付いたところで、晴香は手紙を上に放り投げる。一瞬、恵美子の視線が上を向いた。

——今だ！

晴香は、地面を蹴って駆け出すと、恵美子に体当たりした。

不意を突かれた恵美子は、簡単に転倒した。

晴香は、そのままの勢いで出口に向かって全力で走る。

あと少し——。

そう思ったところで、背中に強い衝撃があり、前のめりに倒れ込んでしまった。

純一が、晴香の背中に馬乗りになっていた。背後からタックルをされ、そのまま押し倒されたようだ。

「何処に行くつもりだ？」

純一が笑みを含んだ声で言った。

隙を突いたつもりだったが、逃げ切れなかったようだ。

「あんまり、手間をかけさせないでちょうだい。言っておくけど、そこの出口の鍵は閉めてあるから、すぐには出られないのよ」

恵美子が、晴香の顔を覗き込みながら言った。

逃げようとしたところで、簡単には建物から出られない状況だったようだ。だから、二人は、晴香を拘束していなかった。

晴香の一世一代の大博打は、やる前から負けが確定していた。

「………」

「どうせ、死ぬんだから、無駄なことは止めなさい。痛い思いはしたくないでしょ？」

恵美子が、晴香の顔を覗き込みながら言った。

淡々とこういうことを言ってのけてしまうのだから、それだけ恵美子の精神は普通ではない。きっと、交渉も命乞いも通用しないのだろう。目的を達成するために、晴香を殺すに違いない。

それを理解すると同時に、怖さが一気にこみ上げてきた。でも、だからといって、簡単に自分の命を手放すことは出来ない。

「私を殺したら、警察が動きます」

晴香が主張すると、恵美子は「そうね——」と頷く。

「私も、今回のことで学んだのよ。いくら偽装工作をしても、バレちゃうのよね」

——もしかして、解放してもらえる？

晴香の中に生まれた僅かな希望は、続く恵美子の言葉に簡単に打ち砕かれた。

「死体が見つかると警察が動いちゃうから、あなたの死体は、バラバラに切り刻んでから、丁寧に燃やして、山に捨てることにするわ。死体が見つからなければ、警察も動かないでしょ？」

「………」

「言っておくけど、今度、逃げようとしたら、生きたまま解体するわよ。死んでからのほうが、痛みがないからいいでしょ」

微笑みかける恵美子を見て、晴香は震えるしかなかった。この人たちは、晴香の常識が通用しない。

――お願い。誰か助けて。

心の内でそう念じたけれど、それは誰にも届かない。

もし、このままここで死んだら、自分も幽霊になるのだろうか？　ふとそんな疑問が頭に浮かんだ。

幽霊になったら、八雲は晴香のことを見つけてくれるかな？

15

額に染みるような痛みを感じ、後藤ははっと目を開けた。

事故のショックで意識を失っていたらしい。ほんの数秒だったのか、あるいはもっと長い時間かは分からない。

フロントガラスだけでなく、サイドガラスも砕け散り、ボンネットからは白い煙が漂っていた。

ディスプレイには、様々な警告灯が点灯している。この状態では、エンジンすらかからないだろう。

「八雲。大丈夫か？」

助手席に目を向けると、八雲が頭を押さえながらも「何とか……」と絞り出すように言った。

目立った外傷はなさそうだ。

車に突っ込まれたのは運転席側なので、八雲のほうがダメージが少なそうだ。

「あ、あの。すみません。だ、大丈夫ですか？」

二十代半ばくらいの若い男が、車の中を覗き込みながら声をかけてきた。

顔面が蒼白になっている。

多分、突っ込んできた車の運転手だろう。

「大丈夫じゃねぇよ」

「い、いや、でも、信号は青だったし……」

「アホか！　サイレン鳴らしてただろう！　緊急車両には進路を譲るんだよ！」

「す、すみません。気付かなくて……」

パトカーのサイレンに気付かないとか、あり得ない。大方、大音量で車内に音楽を流していたか、居眠りでもしていたのだろう。

だが、緊急車両と一般車両の事故が意外と多いのは事実だ。

後藤は、シートベルトを外し、運転席のドアレバーを引いたが、壊れているらしく開かなかった。

――くそったれ！

ドアを思いっきり蹴る。

少しだけドアが動いたが、まだダメだ。二度、三度と蹴ることでドアを開けることが出来た。

外に出ると、足許がふらついたが、何とか体勢を立て直す。額だけでなく、首にも痛みがある。むち打ちかもしれない。

「す、すみません。あの、おれ、どうしたら……」

さっきの男が、おどおどしながら訊ねてくる。

「すぐに救急と警察に電話しろ」

「は、はい」

男は、スマホを取り出し電話をかけ始めた。

事故を起こしたときは、パニック状態になり、思考が出来なくなるケースが多い。この男もそのパターンなのだろう。

目を向けると、八雲が助手席から降りてきた。ドアはすんなり開いたようだし、足許もしっかりしている。

八雲が無事なのは良かったが、状況は最悪だ。

晴香の命が危険に晒されているこのタイミングで、事故処理なんて悠長にやっている場合ではない。

「後藤さん。後は任せます」

八雲が肩で呼吸をしながら言った。

「後は任せるって、お前はどうするつもりだ？」

「場所は覚えているので向かいます」

八雲はそう言うと歩き始めた。次第に歩調が速まり、顔に当たる雨を拭いながら、走り出した。

場所は後藤も分かっている。ここから、まだ五キロほどある。ダメージを受けた状態では、三十分はかかってしまうだろう。

現状、晴香は恵美子たちに拉致されている可能性が高い。今にも、口封じで殺されるかもしれないという状況の中で、三十分というのはあまりに長い。

だが、車が大破しているので、走って現場に向かうという選択肢しかないのも事実りする。


だ。

「あ、あの。連絡しました。こ、この後は、ど、ど、どうすればいいですか？」

さっきの男が、後藤に声をかけてきた。

事故で動揺しているのは分かるが、一から十まで説明しないとならないのは、げんなりする。

――いや。待てよ。

「お前の車はどれだ？」

後藤が訊ねると、男は「あれです」と路肩に停車してある輸入車メーカーのSUVを指差した。

ごつくてデカい車体だけあって、見たところ、ボンネットが凹んでいるくらいで大きなダメージはなさそうだ。

「動くのか？」

「え？」

「あの車は、動くのかって訊いてんだよ！」

「は、はい。動きます」

男が困惑しながらも答える。

不幸中の幸いというやつだ。だが、こんなことしたら、後藤は何らかの処分を受けるのは間違いない。よくて停職。下手したら懲戒免職だ。

――知るか！

後藤は、心の内で声を上げる。

処分を気にして、晴香を助けられなかったなんてことになったら、一生後悔を抱えたまま生きることになる。

それに、後藤が警察官になったのは、生活のためでもないし、出世がしたかったわけでもない。子どもじみた思想だということは重々承知しているが、それでも、後藤は困っている誰かを救いたくて、警察官になったのだ。

それに、八雲が自分以外の誰かのために、必死になっている。これまでの八雲からは、到底考えられない行動だ。変わり始めた八雲の想いを、無下にはしたくない。

「一緒に来い」

「え？」

「いいから」

後藤は男を連れて停車してある、彼の車に向かって歩き出した。

16

「あの子ったら、こんな手紙を書いたりして。本当にどうしようもないわね」

恵美子は、さっき晴香が投げ捨てた手紙を拾い、ニヤニヤしながらそれに目を通している。

詩織がたくさんの想いを込めて晴香に伝えた手紙を、嘲(あざけ)るように読んでいる姿に無性に腹が立ったが、うつ伏せに倒され、純一に馬乗りになられている状態では、どうすることも出来ない。

「本当に下らないわね」

恵美子は、読み終わった手紙を迷うことなく破り捨ててしまった。

「酷い……」

思わず言葉が漏れた。

「何が酷いの？　他人の夫を寝取るほうが、酷いことだと思わない？」

「あなたは、旦那(だんな)さんを奪われたから詩織を殺したんですか？」

晴香が訊ねると、恵美子はぶっと吹き出すようにして笑った。

「意外と頭が悪いのね」

「…………」

「別に、あんな男どうだっていいのよ。だって、私が殺したんだもの」

——そうだった。

恵美子が殺したのは、詩織だけではない。謙一もまた、恵美子が殺したのだ。謙一を取り戻したかったのだとしたら、彼を殺す必要はない。

「じゃあ、どうして？」

「勘違いしているみたいだから、最後に教えておいてあげるわね。謙一とは、お金目当てで結婚したのよ。社長夫人という立場も魅力的だった。家事も、ハウスキーパーにやらせて、悠々自適に暮らせると思っていたの」

「………」

「それなのに、あの男ったら、とてもケチ臭いの。お金は渡さないし、私に家事までやれって言うのよ。私は家政婦じゃないのにね。本当に、腹の立つ男だったわ。そんなとき、純一さんと仲良くなったの」

「………」

「つまりね、全部計算尽くだったのよ。謙一を殺すことも、そのことに警察が気付くことも、最初から分かっていたの。当然、あなたのお友だちが、私が夫を殺したって気付くこともね」

「バレたからじゃなくて、最初から詩織を殺すつもりだったんですか？」

「ええ。そうよ。そうなるように仕向けたの。あの子は、私が新しい人生を歩むための身代わりだったってわけ。正直、あの子が現れたからこそ、成立した計画でもあるのよ」

「…………」

「血液型も背格好も一緒。おまけに、身寄りがないから、親族に怪しまれる心配もない。私は、彼女の身分を使って、自由に暮らすことが出来るの。素晴らしい計画だと思わない？」

恵美子の言いように、晴香の怒りが爆発した。

「詩織は、あなたなんかの身代わりになるために生まれたんじゃない！　詩織には詩織の人生があったの！　それを！　あなたは全部壊した！」

晴香は力の限り叫んだ。

生まれて初めて、心の底から誰かを憎いと思った。

両親を失い、辛い境遇に置かれながらも、それでも詩織は必死に前を向いて生きていた。それなのに、恵美子は、それを容赦なく、無慈悲に奪った。

そこに罪の意識もなく、ただ己の欲求を満たすためだけの行動。そんなの、許せるはずがない。

「だから何？　あなたが、ここでいくらそれを叫んだところで、何の意味もないの。あの子も、不倫の恋なんてしなければ、巻き込まれずにすんだのにね。自業自得よ。禁じられた恋に熱くなり過ぎて、本当に燃えちゃったわね」

恵美子は声を上げて笑ったが、まったく笑えない。人の死を、そんな風に茶化すなんて——。

「許さない！　私は、あなたのことを絶対に許さない！」

晴香が叫ぶと、恵美子は急に笑顔を引っ込めて真顔になる。

「どう許さないのかしら？　あなたは、もう死ぬのよ。いくら強がっても、その事実は変わらないの」

恵美子は、晴香の顔を覗き込んだ。その目には、憐れみが浮かんでいるようだった。

彼女の言う通りだ。どんなに晴香が恵美子を許せなくても、この状況では、どうすることも出来ない。

「お喋りの時間は終わりね。約束通り、あなたには死んでもらうわ」

恵美子の手には、いつの間にかナイフが握られていた。

彼女は、晴香の前に屈み込むと、その切っ先を首筋に向ける。喉をナイフで突かれて死ぬのか。

——詩織。ごめんね。

晴香は心の内で詫びると、固く目を閉じた。

「大丈夫だよ。間に合ったから」

耳の裏で、囁く声がした。

それは、間違いなく詩織の声だった。

「詩織？」

晴香が閉じていた瞼を開けると、さっきまで閉ざされていた出入り口のドアが、壊されて開かれていた。

「そこまでだ！」

男性の声が建物の中に響く。

後藤だった。なぜか、額から血を流している。その隣には、八雲の姿もあった。これは幻覚？　妄想？

「八雲君。どうして……」

晴香が口にすると、八雲はガリガリと寝グセだらけの髪を掻きながら、苦笑いを浮かべた。

「ギリギリだったが、間に合ったようだな」

──本物だ。

八雲が助けに来てくれた。緊張の糸が一気に解け、喜びと安堵とが混じり合い、自然と涙が零れてきた。

「加藤恵美子。それから純一。殺人未遂の現行犯で逮捕する。それから、二件の殺人についても、詳しく話を聞かせてもらおうじゃないか」

後藤が、ずいっと前に歩み出る。

恵美子と純一は、あまりに突然のことにしばらく放心していた。

「ふざけんな！　捕まってたまるか！」

叫びながら動いたのは純一だった。晴香の上から離れると、そのまま後藤に向かって突進していく。

彼を突き飛ばして逃亡を図るつもりだろう。

後藤は一切動じることなく、突進してきた純一の腹を蹴り上げた。純一は「うっ」と短い声を上げると、腹を押さえて倒れ込んでしまった。

「大人しく凶器を捨てろ」

後藤は、恵美子を睨み付けながら言う。

逡巡する素振りを見せた恵美子だったが、晴香の髪を摑んで引き上げるようにして立たせると、背後に回り込むようにして、首筋にナイフを突き付けた。

「近付いたら、この子の命はないよ」

恵美子が、晴香を人質に取る格好になった。さすがに、後藤は何も出来ずに「くそっ！」と呻くように声を上げながら動きを止めた。

「無駄なことは、止めたほうがいいですよ」

言ったのは八雲だった。

「私は、絶対に捕まらない。今から、この子と出て行くから、あなたたちは道を空けなさい」

この期に及んで、恵美子の口調は冷静だった。

八雲は小さくため息を吐くと、顔を伏せて左眼のコンタクトレンズを外し、改めて顔を上げる。

「そ、その眼は……」

恵美子が、八雲の赤い左眼を見て動揺の声を上げた。

「あなたは絶対に逃げ切れません」

「逃げるよ。何処までも」

「無理です。なぜなら、あなたには詩織さんの幽霊が憑いています。何処に行こうと、何をしていようと、彼女は、あなたのことを見続ける。決して、逃れることは出来ません」

「ふ、ふざけたことを……」

「ふざけてなどいません。ぼくのこの赤い左眼には、死者の魂――つまり幽霊が見えるんです」

「……」

「ほら、あなたの横に、詩織さんが立っているじゃありませんか」

八雲が、恵美子の横を指差した。

それに釣られて、彼女は視線を向ける。晴香を拘束する力が弱まった。逃げるなら、今しかない。

晴香は恵美子を突き飛ばし、彼女から離れる。

それを確認した後藤は、素早く恵美子との距離を詰め、ナイフを持っている腕を掴むと、一本背負いの要領で投げ飛ばした。

背中を打ち付けた恵美子は、ナイフを取り落とし、白目を剝いて動かなくなった。

「大丈夫か？」

八雲が、晴香に声をかけてきた。

「うん。ありがとう。本当にありがとう。私、もうダメかと……」

「礼なら、彼女に言ってくれ」

「詩織？」

「そうだ。彼女が教えてくれなければ、君を助けに来ることが出来なかった」

詩織が八雲を通して、何かを伝えてくれたということだろう。

——詩織。ありがとう。

心の中で呟くのと同時に、微かにシナモンの香りがした。晴香は、それを辿るように、顔を上げて視線を向けた。

「君にも、彼女が見えているのか？」

八雲の問いに、晴香は首を左右に振った。残念ながら、晴香の目には、何も見えていない。

だけど、詩織の存在を感じるような気がする。

「姿は見えないけど、微かにシナモンの香りがする」

晴香が言うと、八雲は小さく笑みを浮かべた。

「それは多分、霊臭だ」

「霊臭？」

「幽霊が近くにいると、故人が愛用していたものの匂いを感じることがある」

──そうか。

それを聞いて、晴香は詩織のココアの隠し味が何なのかが分かった。

シナモンだったのだ。詩織の出すココアには、少しだけシナモンが足されていたに違いない。

「詩織。気付いてあげられなくて、ごめんね」

晴香は詩織がいるであろう場所に向かって、声をかけた。何も見えないけれど、返答もないけれど、それでも──。

Epilogue

1

後藤が、八雲の許を訪れたのは事件から一週間後のことだった——。

恵美子は、これまでの態度が嘘のように素直に自供を始めている。むしろ、純一のほうが容疑を否認している状況だ。

もしかしたら、あのとき、八雲が詩織の幽霊が憑いている——と告げたことが効いているのかもしれない。

あの言葉で、恵美子は逃れられない呪いにかかったようなものだ。

焼死体のほうも、DNA鑑定の結果、伊藤詩織だということが判明した。全容解明までには、まだまだ時間がかかるが、恵美子と純一は、二件の計画殺人と晴香に対する拉致監禁、および殺人未遂の罪に問われることになる。

罪の重さから考えて、死刑あるいは、無期懲役の判決が下ることだろう。

後藤が、わざわざこうして足を運んで事件の概要を説明しているというのに、八雲は椅子にふんぞり返り、興味ないと言わんばかりに大あくびをしている。

「まったく。せっかく事件の進捗を説明しに来てやったってのに、その態度は何だ？」

後藤のぼやきを、八雲は鼻を鳴らして笑い飛ばした。

「ぼくは、説明しに来てくれなんて頼んだ覚えはありませんよ。事件の真相なんて、わざわざ警察から聞くまでもなく、分かっていますからね」

「まあ、それはそうだが……」

「それに、ぼくに出来ることは、もう何もありませんから。それより、後藤さんの処分はどうなったんですか？」

――そこを突かれると痛い。

後藤は事故を起こしたあと、車両を放置しただけでなく、事故相手であった男の車に乗り込み、晴香を助けるために現場に急行したのだ。

人命がかかっていた局面だったとはいえ、前代未聞の不祥事に、上層部は激怒している。

「まだ処分は決まってねぇよ。通達があるまで自宅謹慎だとよ。もしかしたら、懲戒解雇になるかもな」

「晴れて無職ってわけですか」

「そうなったとしても、晴香ちゃんを助けることが出来たんだから、悔いはねぇよ」

「後藤さんらしいですね」

八雲にしては、ずいぶんと大人しい返答だ。

責任の一端が自分にあると、少しは反省しているのかもしれない。

「まあ、そう気にするな。仮に警察をクビになっても、当てはあるんだ」

「当て？」

「ああ。心霊専門の探偵でもやろうかと思ってな。心霊探偵——いい響きだろ」

「言っておきますが、ぼくは手伝いませんよ」

「は？　何言ってやがる。お前がいなきゃ始まらんだろうが！」

後藤は幽霊が見えるわけでもないし、頭を使うのも苦手だ。八雲が協力してくれなければ、解決なんて出来ない。

「威張らないで下さい。だいたい、こんなところほっつき歩いていていいんですか？自宅謹慎なんですよね？」

ちょっとはしおらしくなったと思ったが、それは後藤の勘違いだったらしい。

「うるせぇ」

「それに、悪いことばかりじゃないでしょ？」

「あん？」

「奥さん、実家から帰ってきたらしいじゃないですか。謹慎中に関係を修復したらどうです？」

「余計なお世話だ！　ってか、何でお前がそれを知ってるんだ？」

「畠（はた）さんが教えてくれました」

──あの爺。余計なことを。

「ちょっと待て。どうして、お前が畠の爺を知ってるんだ？」

「事件のあと、一応検査入院しましたよね。あのとき、病室を訪ねてきたんですよ」

そう言えばそうだった。

事故を起こした後、そのまま晴香の許に駆けつけたので、念のために病院で検査を受けたのだった。

それを聞きつけた畠が、自分から八雲に会いに行ったということのようだ。

「あんな変態爺と関わっていたら、生きたまま解剖されちまうぞ」

忠告してみたが、八雲は本気にしていない様子だった。

「まあ何にしても、用が済んだらさっさと帰って下さい」

八雲が、追い出すように手を払ったが、後藤には、もう一つ伝えなければならないことがあった。

正直、これを言うかどうかは、今もまだ迷っている。

あまりに情報が少ないからだ。だが、黙っていても、何も始まらない。後藤は、覚悟を決めて口を開く。

「実は、もう一つ、お前に言っておかなきゃならないことがある」

「何です？」

「実はな、加藤恵美子の取り調べ中に、彼女が妙なことを言い出したらしい」

「妙なこと？」

「今回の計画を立てたのは自分ではないと主張しているんだそうだ」

「純一ですか？」

後藤は「違う」と首を左右に振る。

「ある日、恵美子のところに一人の男が訪ねてきたそうだ。彼女が夫を殺したいと願っていることを見抜いた上で、今回の計画の立案をしてくれたそうだ」

「…………」

「住所、職業はおろか名前も聞いたような気はするが、覚えていないという。罪を軽くしようとして話をでっちあげているのだとしたら、あまりにお粗末過ぎる。だが、信用しようにも、本人たちが相手のことを覚えていないんじゃ話にならない」

「そんないい加減な話は、無視すればいいいじゃないですか」

「警察は、そうするだろうよ。だが、どうしても引っかかるんだ」

「何がです？」

「恵美子は、自分の前に現れた謎の男は、両眼が赤かった──と証言している」

後藤がそのことを告げると、八雲は目を閉じて、長いため息を吐いた。

そのまま、時間が止まってしまったかのように黙っていたが、やがて「まさか、あの男なのか……」と掠れた声で呟いた。

やはり、八雲は両眼の赤い男に心当たりがあるようだ。

2

晴香が〈映画研究同好会〉のドアをノックすると、「開いている」というぶっきらぼうな声が返ってきた。

遠縁の親戚が喪主になって、詩織の葬儀を執り行うことになった。

晴香は、この後、葬儀に参列することになっているのだが、その前に、八雲と顔を合わせておきたかった。

ドアを開けて中に入ると、八雲がいつもの椅子に座り、相変わらずの眠そうな顔をしていた。

不思議だった。初対面のときは、酷く無愛想だと思ったのだが、今は、その顔を見ると少しだけ、ほんの少しだけ落ち着く感じがする。

晴香は、八雲の向かいの椅子に座った。いろいろと話すことがあったはずなのに、こうして対面してしまうと、何から切り出していいのか分からなくなってしまう。

「いつもお喋りなのが、ここまで大人しいと調子が狂う」

八雲がため息を吐きながら言った。

「何それ？　人を歩く騒音みたいな言い方しないでよ」

「違ったのか？」

どうしてこの人は、いつも憎まれ口ばかり叩くのだろう。腹は立ったが、今の晴香に言い返す気力はなかった。

今だけじゃない。事件が終わってから、ろくに食事も取れず、家に籠もり、詩織のことを思い出しては泣いてばかりいた。

そんなことをしても、詩織が戻ってくるわけじゃない。分かっているけれど、思考ではどうにもならないこともある。

「詩織さんが、君にありがとうって言っている」

八雲が、ポツリと言った。

「見えるの？」

晴香が身を乗り出して聞き返すと、八雲は「ああ」と顎を引いて頷いた。

「私のほうこそ。ありがとう」

後になって知ったことだが、あのとき、晴香の前に現れた詩織の幽霊は、必死に危険を報せようとしてくれていた。

自分が死んでなお、晴香のことを気遣ってくれたのが、本当に嬉しかったし、感謝してもしきれない。

「それと――ごめんね」

晴香は、僅かに顔を上げながら言った。

そうしないと、涙が零れ落ちてしまいそうだったからだ。

詩織は、謙一との関係だけでなく、彼が殺されてしまったという事実を、たった一人で抱えて苦しみ続けていた。

それなのに、晴香は、そうした詩織の苦しみに、気付いてあげることが出来なかった。悔やんでも、悔やみきれない。

今の言葉が、詩織に届いたかどうかは分からない。部屋の中は、ただ静寂に包まれた。

「詩織さんから君に伝言がある」

しばらくして、八雲がポツリと言った。

「伝言？」

「何だか知らないが、想像してたよりずっといい人だって言っている。あと、君は肝心なところで意地を張るからもっと素直になれって……」

八雲は言葉の意味が分からなかったらしく、首を傾げていたが、晴香は詩織の伝言を理解した。

詩織の家で、散々八雲の悪口を言ったのが思い出される。

おそらく、詩織がいい人だと言っているのは、八雲のことだろう。晴香が言った悪口を、愛情の裏返しだと感じたらしい。

自分のことより、他人の世話を焼く。詩織らしい言葉だと思う。

「余計なお世話だって言っといて」

「いったい何の話だ？」

「いいの。何でもない」

八雲はそれ以上追及しようとはしなかった。

どうせろくなことじゃないだろう——そんな顔をしていた。

「私、ずっと考えていたの。どうして、詩織は謙一さんのことを、打ち明けてくれなかったんだろうって……」

「…………」

「私は、常識に縛られちゃうから、聞いたら絶対に交際を反対していた。詩織は、それを分かっていたから、黙っていたんだと思う」

「…………」

「私に、もっとたくさんの価値観を理解して、受け容れられる懐の広さがあったら、詩織の悩みを聞いてあげられたのかも——って」

「それはどうかな？」

八雲は、ガリガリと寝グセだらけの髪を掻いた。

「え？」

「詩織さんは、君のそういうところも含めて、友だちだと思っていたはずだ」

「どういうこと？」

「不完全なほうが、人間としての味があるってことだよ」

「全然分かんない」

「……つまり、君はそのままでいいってことだ」

八雲は、肩を竦めるようにして言った。

やっぱり、八雲が何を言わんとしているのか、晴香には分からなかった。ただ、これ以上、こんなやり取りを続けても意味がない。

それより——。

「ねえ、そろそろ、その君って呼び方は止めてよ」

「何て呼べばいい？」

「普通に名前で呼んでくれていいよ」

「断る！」

八雲はいつもより強めに拒否された。

少しだけ、照れているように見えて、何だかかわいかった。まさか、八雲のことをかわいいと思う日がくるなんて――。

何れにしても、少しだけ気分が楽になった。

「私、そろそろ行くね」

晴香が席を立ったが、八雲は返事すらせずに、猫みたいに大あくび。「じゃあね」とか「またね」とかいう言葉の一つも言えないのだろうか？

でも、言われたら言われたで気持ちが悪い。

「八雲君。今度何もないときにここに来てもいい？」

晴香が、ドアに手をかけながら訊ねたが、返答はなかった。

八雲と会うのは、これっきりかもしれない。そんな寂しさを覚えつつ、ドアを開けた。

「頼むから、今度来るときはトラブルを持ち込まないでくれ」

晴香が振り返ると、八雲は椅子に座ったまま、眠そうな顔で頬杖を突いていた。

「そうさせてもらう。とびっきり美味しいココアの作り方を知ってるの。今度作ってあげる」

晴香は笑顔で手を振りながら〈映画研究同好会〉の部屋を後にした。

晴香はこのときの八雲との約束を破ってしまうことになるとは思ってもいなかった
——。

旧文庫版あとがき

『心霊探偵八雲1　赤い瞳は知っている』を読んでいただき、本当にありがとうございます。

この作品の始まりは、四年半前、私がサラリーマンをしながら執筆した『赤い隻眼』という小説でした。

これは、私が初めて書いたミステリー作品でした。賞に応募しましたが、受賞に至ることはなく、貯金をはたいて自費出版したものの、売り上げは低迷し、ローンだけが残りました。

その一年後、意気消沈していた私は、担当編集のY氏に出会い、この作品に全面改稿を加え『心霊探偵八雲』として出版するに至りました。

それから三年半。シリーズは八作品を数え、ついに文庫化されることになりました。

人生、本当に何が起こるか分からないものです。

文庫化する際に、角川書店の担当編集であるKさんにわがままをいい、大幅な改稿をさせていただきました。

その一番大きな理由は、私自身が、この三年半で、どのような変化を遂げたのか、作品を通して体感してみたいと思ったからです。

こうして、三度目の改稿が始まりました。

いざ始めてみると、過去の自分と向き合うのに似ていて、妙に気恥ずかしく、そして楽しい作業でもありました。

時を経て、改めて自分の作品と向かい合い、私自身、一段と成長できたと信じています。

今回、このような機会を与えてくださった、角川書店の関係者のみなさまには、心よりお礼申し上げます。

次回作も、大幅に改稿したいなと願望を抱きつつ――。

平成二十年　春

完全版あとがき

『心霊探偵八雲1　完全版　赤い瞳は知っている』を手に取っていただき、ありがとうございます。

「心霊探偵八雲」の完全版を刊行しようという話をもらったとき、私は快諾しました。

角川文庫版の「あとがき」を読んだ方ならご存知かと思いますが、予て、もう一度「心霊探偵八雲」を書き直してみたいという願望があったからです。

当初は、角川文庫版の入校データをベースに、加筆修正をしていくつもりでした。文章を整え、現代風にローカライズすることをイメージしていました。

数日あれば完成させられるだろう——と余裕さえ持っていたのですが、実際、作業を開始してみると、私のそうした甘い考えは一瞬で打ち砕かれました。

直したい箇所が無限に湧いてくるのです。

時代が変わったこともありますし、私自身が長い年月を経て、ものの感じ方や文章の書き方が変わったというのもあるでしょう。

しかし、もっとも大きな理由は、私が八雲たちの未来を知っている——ということにあります。

結末を知らずに改稿することと、知った上で改稿することは、まったく意味合いが違うのです。

これは、細々と修正していたらキリがない。真っ新な状態から書いた方が早い。そう考え、新たに「心霊探偵八雲」の物語を紡ぐことにしました。

もちろん、新たに書くことで、物語が全く別なものにならないように、細心の注意を払いました。違う話になっては、元も子もありませんからね。

そうして、予定の十倍ほどの時間をかけて完全版が完成しました。

担当編集さんには、かなり負担をかけることになってしまいましたが、２巻目以降も、今回と同じ手法で「心霊探偵八雲」の物語を新たに紡いでいこうと思っています。

なぜ、わざわざ苦労して書き直すのかって？　決まっています。もう一度、あの頃の八雲たちに出会えるのが楽しいからです。

皆さんにも、「心霊探偵八雲　完全版」を楽しんでいただけたら幸いです。

待て!!　しかして期待せよ!!

二〇二四年　五月吉日

神永　学

本書は二〇〇四年十月に文芸社より刊行され、二〇〇八年三月に角川文庫にて文庫化された『心霊探偵八雲1　赤い瞳は知っている』を全面的に改稿、完全版としたものです。

|著者| 神永 学　1974年山梨県生まれ。日本映画学校卒業。2003年『赤い隻眼』を自費出版する。同作を大幅改稿した『心霊探偵八雲 赤い瞳は知っている』で'04年にプロ作家デビュー。代表作「心霊探偵八雲」をはじめ、「天命探偵」「怪盗探偵山猫」「確率捜査官 御子柴岳人」「浮雲心霊奇譚」「殺生伝」「革命のリベリオン」などシリーズ作品を多数展開。著書には他に『イノセントブルー 記憶の旅人』『ガラスの城壁』『ラザロの迷宮』などがある。

心霊探偵八雲（しんれいたんていやくも）1 完全版（かんぜんばん） 赤い瞳は知っている（あかいひとみはしっている）

神永 学（かみなが まなぶ）

定価はカバーに
表示してあります

2024年6月14日第1刷発行

発行者——森田浩章
発行所——株式会社 講談社
東京都文京区音羽2-12-21　〒112-8001
電話 出版 (03) 5395-3510
販売 (03) 5395-5817
業務 (03) 5395-3615

Printed in Japan

デザイン—菊地信義
本文データ制作—講談社デジタル製作
印刷———大日本印刷株式会社
製本———大日本印刷株式会社

ISBN978-4-06-536150-4

講談社文庫刊行の辞

二十一世紀の到来を目睫に望みながら、われわれはいま、人類史上かつて例を見ない巨大な転換期をむかえようとしている。

世界も、日本も、激動の予兆に対する期待とおののきを内に蔵して、未知の時代に歩み入ろうとしている。このときにあたり、創業の人野間清治の「ナショナル・エデュケイター」への志を現代に甦らせようと意図して、われわれはここに古今の文芸作品はいうまでもなく、ひろく人文・社会・自然の諸科学から東西の名著を網羅する、新しい綜合文庫の発刊を決意した。

激動の転換期はまた断絶の時代である。われわれは戦後二十五年間の出版文化のありかたへの深い反省をこめて、この断絶の時代にあえて人間的な持続を求めようとする。いたずらに浮薄な商業主義のあだ花を追い求めることなく、長期にわたって良書に生命をあたえようとつとめるところにしか、今後の出版文化の真の繁栄はあり得ないと信じるからである。

同時にわれわれはこの綜合文庫の刊行を通じて、人文・社会・自然の諸科学が、結局人間の学にほかならないことを立証しようと願っている。かつて知識とは、「汝自身を知る」ことにつきていた。現代社会の瑣末な情報の氾濫のなかから、力強い知識の源泉を掘り起し、技術文明のただなかに、生きた人間の姿を復活させること。それこそわれわれの切なる希求である。

われわれは権威に盲従せず、俗流に媚びることなく、渾然一体となって日本の「草の根」をかたちづくる若く新しい世代の人々に、心をこめてこの新しい綜合文庫をおくり届けたい。それは知識の泉であるとともに感受性のふるさとであり、もっとも有機的に組織され、社会に開かれた万人のための大学をめざしている。大方の支援と協力を衷心より切望してやまない。

一九七一年七月

野間省一

中上健次

異族

共同体に潜むうめきを路地の神話に書き続けた中上が新しい跳躍を目指しながら未完のまま封印された最期の長篇。出自の異なる屈強な異族たち、匂い立つサーガ。

解説=渡邊英理

なA9
978-4-06-535808-5

石川桂郎

妻の温泉

石田波郷門下の俳人にして、小説の師は横光利一。元理髪師でもある謎多き作家が、「巧みな嘘」を操り読者を翻弄する。直木賞候補にもなった知られざる傑作短篇集。

解説=富岡幸一郎

いAC1
978-4-06-535531-2

風野真知雄 隠密 味見方同心(六)〈鵺の闇鍋〉
風野真知雄 隠密 味見方同心(七)〈絵巻寿司〉
風野真知雄 隠密 味見方同心(八)〈ふふふの麩〉
風野真知雄 隠密 味見方同心(九)〈殿さま漬け〉
風野真知雄 潜入 味見方同心(一)〈恋のぬるぬる膳〉
風野真知雄 潜入 味見方同心(二)〈陰膳だらけの宴〉
風野真知雄 潜入 味見方同心(三)〈五右衛門の鍋〉
風野真知雄 潜入 味見方同心(四)〈謎の伊賀忍者料理〉
風野真知雄 潜入 味見方同心(五)〈牛の活きづくり〉
風野真知雄 潜入 味見方同心(六)〈肉欲もりもり不精進料理〉
風野真知雄 魔食 味見方同心(一)〈豪快クジラの活きづくり〉
風野真知雄 昭和探偵 1
風野真知雄 昭和探偵 2
風野真知雄 昭和探偵 3
風野真知雄 昭和探偵 4
風野真知雄 岡本さとる ほか 五分後にホロリと江戸人情
カレー沢 薫 負ける技術
カレー沢 薫 もっと負ける技術〈カレー沢薫の日常と退廃〉
カレー沢 薫 非リア王

加藤千恵 この場所であなたの名前を呼んだ
神楽坂 淳 うちの旦那が甘ちゃんで
神楽坂 淳 うちの旦那が甘ちゃんで 2
神楽坂 淳 うちの旦那が甘ちゃんで 3
神楽坂 淳 うちの旦那が甘ちゃんで 4
神楽坂 淳 うちの旦那が甘ちゃんで 5
神楽坂 淳 うちの旦那が甘ちゃんで 6
神楽坂 淳 うちの旦那が甘ちゃんで 7
神楽坂 淳 うちの旦那が甘ちゃんで 8
神楽坂 淳 うちの旦那が甘ちゃんで 9
神楽坂 淳 うちの旦那が甘ちゃんで 10
神楽坂 淳 うちの旦那が甘ちゃんで〈鼠小僧次郎吉編〉
神楽坂 淳 うちの旦那が甘ちゃんで〈寿司屋台編〉
神楽坂 淳 うちの旦那が甘ちゃんで〈飴どろぼう編〉
神楽坂 淳 帰蝶さまがヤバい 1
神楽坂 淳 帰蝶さまがヤバい 2
神楽坂 淳 ありんす国の料理人 1
神楽坂 淳 あやかし長屋〈嫁は猫又〉
神楽坂 淳 妖怪犯科帳〈あやかし長屋2〉

神楽坂 淳 夫には 殺し屋なのは内緒です
神楽坂 淳 夫には 殺し屋なのは内緒です 2
加藤元浩 捕まえたもん勝ち！〈七夕菊乃の捜査報告書〉
加藤元浩 量子人間からの手紙〈捕まえたもん勝ち！〉
加藤元浩 奇科学島の記憶〈捕まえたもん勝ち！〉
梶永正史 銃の啼き声〈潔癖刑事・田島慎吾〉
梶永正史 潔癖刑事 仮面の哄笑
川内有緒 晴れたら空に骨まいて
柏井 壽 月岡サヨの小鍋茶屋〈京都四条〉
神永 学 悪魔と呼ばれた男
神永 学 悪魔を殺した男
神永 学 青の呪い〈心霊探偵八雲〉
神永 学 心霊探偵八雲 INITIAL FILE〈魂の素数〉
神永 学 心霊探偵八雲 INITIAL FILE〈幽霊の定理〉
神津凛子 スイート・マイホーム
神津凛子 マ マ
神津凛子 サイレント 黙認
加茂隆康 密告の件、M へ
柿原朋哉 匿名

講談社文庫　目録

岸本英夫　死を見つめる心〈ガンとたたかった十年間〉
北方謙三　試みの地平線〈伝説復活編〉
北方謙三　抱影
菊地秀行　魔界医師メフィスト〈怪屋敷〉
桐野夏生　新装版 顔に降りかかる雨
桐野夏生　新装版 天使に見捨てられた夜
桐野夏生　新装版 ローズガーデン
桐野夏生　ＯＵＴ(上)(下)
桐野夏生　ダーク(上)(下)
桐野夏生　猿の見る夢
京極夏彦　文庫版 姑獲鳥の夏
京極夏彦　文庫版 魍魎の匣
京極夏彦　文庫版 狂骨の夢
京極夏彦　文庫版 鉄鼠の檻
京極夏彦　文庫版 絡新婦の理
京極夏彦　文庫版 塗仏の宴―宴の支度
京極夏彦　文庫版 塗仏の宴―宴の始末
京極夏彦　文庫版 百鬼夜行―陰
京極夏彦　文庫版 百器徒然袋―雨

京極夏彦　文庫版 百器徒然袋―風
京極夏彦　文庫版 今昔続百鬼―雲
京極夏彦　文庫版 陰摩羅鬼の瑕
京極夏彦　文庫版 邪魅の雫
京極夏彦　文庫版 今昔百鬼拾遺―月
京極夏彦　文庫版 死ねばいいのに
京極夏彦　文庫版 ルー＝ガルー〈忌避すべき狼〉
京極夏彦　文庫版 ルー＝ガルー2〈インクブス×スクブス 相容れぬ夢魔〉
京極夏彦　文庫版 地獄の楽しみ方
京極夏彦　分冊文庫版 姑獲鳥の夏(上)(下)
京極夏彦　分冊文庫版 魍魎の匣(上)(中)(下)
京極夏彦　分冊文庫版 狂骨の夢(上)(中)(下)
京極夏彦　分冊文庫版 鉄鼠の檻 全四巻
京極夏彦　分冊文庫版 絡新婦の理 全四巻
京極夏彦　分冊文庫版 塗仏の宴 宴の支度(上)(中)(下)
京極夏彦　分冊文庫版 塗仏の宴 宴の始末(上)(中)(下)
京極夏彦　分冊文庫版 陰摩羅鬼の瑕(上)(中)(下)
京極夏彦　分冊文庫版 邪魅の雫(上)(中)(下)
京極夏彦　分冊文庫版 ルー＝ガルー〈忌避すべき狼〉(上)(下)

京極夏彦　分冊文庫版 ルー＝ガルー2〈インクブス×スクブス 相容れぬ夢魔〉(上)(下)
北森　鴻　親不孝通りラプソディー
北森　鴻　花の下にて春死なむ〈香菜里屋シリーズ1〈新装版〉〉
北森　鴻　桜宵〈香菜里屋シリーズ2〈新装版〉〉
北森　鴻　螢坂〈香菜里屋シリーズ3〈新装版〉〉
北森　鴻　香菜里屋を知っていますか〈香菜里屋シリーズ4〈新装版〉〉
北村　薫　盤上の敵〈新装版〉
木内一裕　藁の楯
木内一裕　水の中の犬
木内一裕　アウト＆アウト
木内一裕　キッド
木内一裕　デッドボール
木内一裕　神様の贈り物
木内一裕　喧嘩猿
木内一裕　バードドッグ
木内一裕　不愉快犯
木内一裕　嘘ですけど、なにか？
木内一裕　ドッググレース
木内一裕　飛べないカラス

講談社文庫　目録

佐々木裕一 将軍の宴〈公家武者信平ことはじめ(九)〉
佐々木裕一 宮中の華〈公家武者信平ことはじめ(十)〉
佐々木裕一 乱れ坊主〈公家武者信平ことはじめ(十一)〉
佐々木裕一 領地の乱〈公家武者信平ことはじめ(十二)〉
佐々木裕一 赤坂の達磨〈公家武者信平ことはじめ(十三)〉
佐々木裕一 将軍の首〈公家武者信平ことはじめ(十四)〉
佐々木裕一 魔眼の光〈公家武者信平ことはじめ(十五)〉
佐藤究 QJKJQ
佐藤究 Ank : 〈a mirroring ape〉
佐藤究 サージウスの死神
佐野晶 三田紀房・原作 小説アルキメデスの大戦
澤村伊智 恐怖小説キリカ
さいとう・たかを 戸川猪佐武 原作 歴史劇画 大宰相〈第一巻 吉田茂の闘争〉
さいとう・たかを 戸川猪佐武 原作 歴史劇画 大宰相〈第二巻 鳩山一郎の悲運〉
さいとう・たかを 戸川猪佐武 原作 歴史劇画 大宰相〈第三巻 岸信介の強腕〉
さいとう・たかを 戸川猪佐武 原作 歴史劇画 大宰相〈第四巻 池田勇人と佐藤栄作の激突〉
さいとう・たかを 戸川猪佐武 原作 歴史劇画 大宰相〈第五巻 田中角栄の革命〉
さいとう・たかを 戸川猪佐武 原作 歴史劇画 大宰相〈第六巻 三木武夫の挑戦〉
さいとう・たかを 戸川猪佐武 原作 歴史劇画 大宰相〈第七巻 福田赳夫の復讐〉
さいとう・たかを 戸川猪佐武 原作 歴史劇画 大宰相〈第八巻 大平正芳の決断〉
さいとう・たかを 戸川猪佐武 原作 歴史劇画 大宰相〈第九巻 鈴木善幸の苦悩〉
さいとう・たかを 戸川猪佐武 原作 歴史劇画 大宰相〈第十巻 中曽根康弘の野望〉
佐藤優 人生の役に立つ聖書の名言
佐藤優 戦時下の外交官〈ナチス・ドイツの崩壊を目撃した吉野文六〉
佐藤優 人生のサバイバル力
斉藤詠一 到達不能極
斉藤詠一 クメールの瞳
佐々木実 竹中平蔵 市場と権力 「改革」に憑かれた経済学者の肖像
斎藤千輪 神楽坂つきみ茶屋〈禁断の「盃」と絶品江戸レシピ〉
斎藤千輪 神楽坂つきみ茶屋2〈突然のピンチと喜寿の祝い膳〉
斎藤千輪 神楽坂つきみ茶屋3〈想い人に捧げる鍋料理〉
斎藤千輪 神楽坂つきみ茶屋4〈頂上決戦の七夕料理〉
作画 蔡志忠 訳 和田武司 監修 野末陳平 マンガ 孔子の思想
作画 蔡志忠 訳 和田武司 監修 野末陳平 マンガ 老荘の思想
作画 蔡志忠 訳 和田武司 監修 野末陳平 マンガ 孫子・韓非子の思想
佐野広実 わたしが消える
紗倉まな 春、死なん
司馬遼太郎 新装版 播磨灘物語 全四冊
司馬遼太郎 新装版 箱根の坂(上)(中)(下)
司馬遼太郎 新装版 アームストロング砲
司馬遼太郎 新装版 歳月(上)(下)
司馬遼太郎 新装版 おれは権現
司馬遼太郎 新装版 大坂侍
司馬遼太郎 新装版 北斗の人(上)(下)
司馬遼太郎 新装版 軍師二人
司馬遼太郎 新装版 真説宮本武蔵
司馬遼太郎 新装版 最後の伊賀者
司馬遼太郎 新装版 俄(上)(下)
司馬遼太郎 新装版 尻啖え孫市(上)(下)
司馬遼太郎 新装版 王城の護衛者
司馬遼太郎 新装版 妖怪(上)(下)
司馬遼太郎 新装版 風の武士(上)(下)
司馬遼太郎 戦雲の夢〈レジェンド歴史時代小説〉
司馬遼太郎 海音寺潮五郎 新装版 日本歴史を点検する
司馬遼太郎 井上ひさし 新装版 国家・宗教・日本人
司馬遼太郎 陳舜臣 金達寿 新装版 歴史の交差路にて〈日本・中国・朝鮮〉
柴田錬三郎 お江戸日本橋(上)(下)

柴田錬三郎　貧乏同心御用帳
柴田錬三郎　新装版 岡っ引どぶ〈柴錬捕物帖〉
柴田錬三郎　新装版顔十郎罷り通る(上)(下)
島田荘司　御手洗潔の挨拶
島田荘司　御手洗潔のダンス
島田荘司　水晶のピラミッド
島田荘司　眩（めまい）暈
島田荘司　アトポス
島田荘司　〈改訂完全版〉異邦の騎士
島田荘司　御手洗潔のメロディ
島田荘司　Ｐの密室
島田荘司　ネジ式ザゼツキー
島田荘司　都市のトパーズ2007
島田荘司　21世紀本格宣言
島田荘司　帝都衛星軌道
島田荘司　ＵＦＯ大通り
島田荘司　リベルタスの寓話
島田荘司　透明人間の納屋
島田荘司　〈改訂完全版〉占星術殺人事件

島田荘司　〈改訂完全版〉斜め屋敷の犯罪
島田荘司　星籠（せいろ）の海(上)(下)
島田荘司　屋上
島田荘司　名探偵傑作短篇集 御手洗潔篇
島田荘司　〈改訂完全版〉火刑都市
島田荘司　〈改訂完全版〉暗闇坂の人喰いの木
島田荘司　網走発遙かなり〈改訂完全版〉
清水義範　蕎麦（そば）ときしめん
清水義範　国語入試問題必勝法〈新装版〉
椎名　誠　にっぽん・海風魚旅〈怪し火さすらい編〉
椎名　誠　大漁旗ぶるぶる乱風編〈にっぽん・海風魚旅4〉
椎名　誠　南シナ海ドラゴン編〈にっぽん・海風魚旅5〉
椎名　誠　風のまつり
椎名　誠　ナマコ
椎名　誠　埠頭三角暗闇市場
真保裕一　取引
真保裕一　震源
真保裕一　盗聴
真保裕一　朽ちた樹々の枝の下で

真保裕一　奪取(上)(下)
真保裕一　防壁
真保裕一　密告
真保裕一　黄金の島(上)(下)
真保裕一　発火点
真保裕一　夢の工房
真保裕一　灰色の北壁
真保裕一　覇王の番人(上)(下)
真保裕一　デパートへ行こう！
真保裕一　アマルフィ〈外交官シリーズ〉
真保裕一　天使の報酬〈外交官シリーズ〉
真保裕一　アンダルシア〈外交官シリーズ〉
真保裕一　ダイスをころがせ！(上)(下)
真保裕一　天魔ゆく空(上)(下)
真保裕一　ローカル線で行こう！
真保裕一　遊園地に行こう！
真保裕一　オリンピックへ行こう！
真保裕一　〈新装版〉連鎖
真保裕一　暗闇のアリア

講談社文庫　目録

真保裕一　ダーク・ブルー
篠田節子　弥　勒
篠田節子　転　生
篠田節子　竜と流木
重松　清　定年ゴジラ
重松　清　半パン・デイズ
重松　清　流星ワゴン
重松　清　ニッポンの単身赴任
重松　清　愛　妻　日　記
重松　清　青春夜明け前
重松　清　カシオペアの丘で(上)(下)
重松　清　永遠(とわ)を旅する者〈ロストオデッセイ　千年の夢〉
重松　清　かあちゃん
重松　清　十　字　架
重松　清　峠うどん物語(上)(下)
重松　清　希望ヶ丘の人びと(上)(下)
重松　清　赤ヘル1975
重松　清　なぎさの媚薬(上)(下)
重松　清　さすらい猫ノアの伝説

重松　清　ル　ビ　ィ
重松　清　どんまい
重松　清　旧友再会
新野剛志　美しい家
新野剛志　明日の色
殊能将之　ハサミ男
殊能将之　鏡の中は日曜日
殊能将之　殊能将之　未発表短篇集
首藤瓜於　事故係生稲昇太の多感
首藤瓜於　脳　男　新装版
首藤瓜於　ブックキーパー　脳男(上)(下)
島本理生　シルエット
島本理生　リトル・バイ・リトル
島本理生　生まれる森
島本理生　七緒のために
島本理生　夜はおしまい
小路幸也　高く遠く空へ歌ううた
小路幸也　空へ向かう花
小路幸也 原案　山田洋次 平松恵美子　家族はつらいよ

小路幸也 原作・脚本 山田洋次 脚本 平松恵美子　家族はつらいよ2
島田律子　私はもう逃げない〈自閉症の弟から教えられたこと〉
辛酸なめ子　女　修　行
柴崎友香　ドリーマーズ
柴崎友香　パノララ
翔田　寛　誘　拐　児
白石一文　この胸に深々と突き刺さる矢を抜け(上)(下)
白石一文　我が産声を聞きに
小説現代 編 石田衣良他著　10分間の官能小説集
小説現代 編 勝目梓他著　10分間の官能小説集2
小説現代 編 乾くるみ他著　10分間の官能小説集3
柴村　仁　プシュケの涙
塩田武士　盤上のアルファ
塩田武士　盤上に散る
塩田武士　女神のタクト
塩田武士　ともにがんばりましょう
塩田武士　罪　の　声
塩田武士　氷　の　仮　面
塩田武士　歪んだ波紋

2024年3月15日現在